王 静 著

乔伊斯·卡罗尔·欧茨的悲剧小说研究

南京大学出版社

乔伊斯·卡罗尔·欧茨部分作品名称缩写

them   *them*. New York: The Modern Library, 2006.
AL   *Angel of Light*. Boston: Dutton, 1981.
Foxfire   *Foxfire: Confessions of a Girl Gang*. New York: Plume, 1993.
TF   *The Falls*. New York: Harper Collins Publishers Inc, 2004.

注：本书中凡出自欧茨以上作品的引文，只用作品名称缩写与页码表示（如 AL, 25），除特别说明之外，不再另注。

前　言

美国当代最负盛名的女作家乔伊斯·卡罗尔·欧茨(Joyce Carol Oates)将悲剧视为"艺术的最高形式"，认为"这一艺术所展示的对抗虚无的胜利向我们呈现了一个未来，一个我们无法想象的未来"。在其半个多世纪的小说创作中，用悲剧的形式昭示当代美国人的生存困境以及讴歌这一困境下所凸显的悲剧精神成为贯穿欧茨创作始终的本质特征。

本书选取欧茨不同时期的四部代表作品——《他们》、《光明天使》、《狐火》和《大瀑布》——进行研究。立足悲剧理论，本书集中探讨欧茨在反思20世纪30至60年代美国人所面临的生存困境和遭遇过程中的悲剧写作与悲剧意识。欧茨小说中的人物有男有女，有老有幼，这些人物富于激情，敢于挑战权威，但因为命运、性格、社会环境和伦理冲突而不可避免地走向悲惨的结局。在欧茨看来，这些人物作为20世纪美国人的代表不时地流露出悲剧式的缺陷，但他们普遍表现出的令人称道的激昂个性使其在斗争中绽放出人性的光辉。

本书共分为六章。

第一章为绪论，首先介绍欧茨其人及其在创作中取得的成就和文学地位，梳理国内外对于欧茨的研究现状；其次，通过梳理古典悲剧与现代悲剧的特点以及当代学者对现代悲剧的论述，归纳学界对于悲剧的分类，构建本书的理论框架；最后说明本书的研究方法、内容及意义。

第二章结合《他们》探讨欧茨笔下20世纪30至60年代底层小人物在命运的无常与荒诞下悲惨的生存境地。命运以暴力的形式实现对个人价值体的摧毁,并在日常生活中的偶然与巧合中体现其意志。在应对这一生存困境时,《他们》中的主人公要么凭借令人难以置信的韧性与弹力一次次地重新找到生活的轨迹,顽强地生存了下来,用"活着"这一简单的事实发起对命运的抗争;抑或以暴力为武器与一直压制自己的命运进行无畏的抗争,释放了自己被压制抑郁的激情,洋溢出丰盈的生命活力。《他们》通过悲剧形式向人们呈现了20世纪30年代美国极度的经济贫困与五六十年代丰裕社会给底层美国人带来的强烈荒诞感。

第三章结合小说《光明天使》探讨欧茨笔下的美国人在20世纪60年代历经的性格悲剧。冲动、莽撞、短于思考、易于轻信以及过度张扬等性格上的缺陷是这部小说主人公失败乃至死亡的主要原因。小说通过主人公性格与悲剧结局关系的揭示,充分展示出欧茨强烈的悲剧意识和对于美国社会的忧患意识:她一方面颂扬了20世纪60年代美国人激昂的拼搏精神,另一方面又对美国人在激进浪潮中的表现表达了深切的担忧。

第四章聚焦小说《狐火:一个少女帮的自白》。欧茨在这部小说中重现了女权运动到来之前、20世纪50年代美国女性的生存困境。在充满男性暴力的50年代,女性在肉体上承受着男性暴力的戕害并面临着群体性失语的困境。在与父权社会的反抗中,女性用姐妹情谊为纽带建立起对抗男性权威的统一战线;用文字将故事从记忆转为历史,与以男权话语为主导的男性叙事相抗衡;用暴力切断男性话语和权力的关联。虽然势单力薄的少女们最终不得不面临失败的悲惨结局,但《狐火》这部小说充分展现了20世纪50年代美国女权主义先驱们在反抗父权社会的过程中展现出的巨大能量和斗争意志。

第五章以《大瀑布》为例考察欧茨又一部关于20世纪50年代美

国社会生活的小说。20世纪50年代,小说主人公面临着强大的传统信仰和伦理压力:一方面是基督教教义中对异性恋和传统信仰的坚持;另一方面,传统的个人主义作为美国核心社会价值主导着20世纪50年代美国社会的思想。同性恋情结与宗教信仰、科学与宗教教义构成了两组不可调和的伦理矛盾,但深陷此伦理矛盾的小说主人公并未选择懦弱的生存,而是在张扬的生命活力下选择用死亡对压抑自我的基督教伦理进行最后的反抗。同时,在善良意志与美国个人主义伦理观的冲突下,主人公无畏地向个人主义宣战,用生命激情奏起了悲剧之歌。《大瀑布》这一伦理性悲剧小说既传达了欧茨对20世纪50年代反叛青年的敬意,也书写了当代美国社会的困境。小说影射了美国新保守主义思潮,同时也表达了欧茨对社群主义的呼吁。

  第六章为结论。欧茨在自己的小说中表达了对20世纪美国人生存困境的关注,她用严肃的悲剧艺术表达了她对现代美国社会生活的反思。她的创作揭示了20世纪美国人所经历的苦难以及面临的种种生存困境,但在欧茨笔下,那是一种悲剧式的苦难。在欧茨的小说中,20世纪的美国人经历了许多失败与苦难,但她从美国人的奋起反抗中看到了一种不屈的品格与崇高精神。欧茨的悲剧性小说突出表现以下特点:在内容上体现出现代悲剧平易近人的特点,将小人物带进悲剧的殿堂;在形式上仍然遵循古典悲剧崇高的原则。极力通过暴力故事传达主旨,暴力构成了欧茨悲剧书写的两个层面:一方面通过对暴力以及暴力所造就的悲惨的呈现来营造悲剧氛围,唤醒混沌懵懂的大众,完成悲剧第一层面的书写;另一方面由暴力展现个体内心的激情和生存意志力,表现个体的悲剧气概,向读者展示一种现代生存困境中的悲剧性超越。她的悲剧区别于美国的肤浅乐观主义,也绝非阴郁绝望的悲观主义,而是以一种"向死而生"的态度启发人们正视生存困境,认识自我,寻找出路。

目 录

第一章　绪论 ································· 1
　第一节　欧茨其人、其作与研究综述 ················· 1
　第二节　悲剧与现代悲剧 ······················· 12
　第三节　本书的研究方法、内容及意义 ··············· 28
第二章　《他们》中的命运悲剧 ····················· 34
　第一节　命运与"小人物"的毁灭 ·················· 41
　　一、底层人的命运 ·························· 44
　　二、命运力量的实现：暴力 ···················· 47
　　三、命运意志的彰显：偶然与巧合 ················ 51
　第二节　底层人的反抗 ························ 55
　　一、强韧生存 ···························· 57
　　二、暴力反击 ···························· 61
　第三节　现代美国与荒诞人生 ···················· 66
　　一、危机年代中的绝对贫穷 ···················· 68
　　二、丰裕社会里的相对贫穷 ···················· 72
第三章　《光明天使》中的性格悲剧 ·················· 79
　第一节　一个现代"阿特柔丝家族"的悲剧 ············ 84

一、天使的陨落 ·· 85
　　　二、自由女性的悲哀 ·· 94

　第二节　激情与悲剧的超越 ······································ 101
　　　一、复仇中的天使 ·· 101
　　　二、"邪恶"中凸显的崇高 ·································· 105

　第三节　喧嚣年代与国民性格 ···································· 113
　　　一、浮躁时代的美国青年 ···································· 114
　　　二、激进时代的美国女性 ···································· 118

第四章　《狐火》中的社会悲剧 ···································· 123
　第一节　父权社会中女性的悲惨与失语 ···························· 128
　　　一、男性暴力下受虐的女性 ·································· 129
　　　二、被剥夺话语权的女性 ···································· 135

　第二节　女性的突围 ·· 143
　　　一、姐妹情谊 ·· 145
　　　二、女性书写 ·· 148
　　　三、反抗男权的暴力 ·· 151

　第三节　"过渡时代"与女性悲哀 ································ 154
　　　一、经济基础的缺乏 ·· 155
　　　二、内化男性价值观的女性 ·································· 157

第五章　《大瀑布》中的伦理悲剧 ·································· 163
　第一节　"善"与"对"的伦理冲突 ······························ 168
　　　一、同性恋情结与宗教信仰的对立 ···························· 169
　　　二、宗教信仰与科学的矛盾 ·································· 175

三、道德与狭隘个人主义的冲突 …………… 178
　　四、道德与极端利己主义的交锋 …………… 185
　第二节　伦理压抑下的抗争 ……………………… 190
　　一、反击信仰的自杀 ………………………… 190
　　二、对抗个人主义的善良意志 ……………… 197
　第三节　保守时代与生命抉择 …………………… 201
　　一、向"垮掉的一代"致敬 ………………… 203
　　二、批评新保守主义 ………………………… 206
　　三、呼吁社群主义 …………………………… 209
第六章　结论 …………………………………………… 214
参考文献 ………………………………………………… 229
后　记 …………………………………………………… 259

第一章 绪 论

"从现在起100年后,人们会嘲笑我们现在没有重视乔伊斯(卡罗尔·欧茨)。"

——菲尔·麦库姆斯①

"她深深植根于悲剧传统中,相信自我通过反抗、斗争来获得自我和身份并取得超越。"

——玛丽·凯瑟琳·格兰特②

第一节 欧茨其人、其作与研究综述

2011年3月,美国总统奥巴马在白宫为20位艺术家颁发2010年度美国国家人文科学奖章(National Humanities Medal),以表彰他们"对美国人民更加深刻地认识人文"做出的杰出贡献。在这些代表美国文艺界顶尖水平的艺术家们之中,唯一的女作家成为众人瞩目的焦点;这位从众多优秀当代作家中脱颖而出的就是乔伊斯·卡

---

① Phil McCombs. "The Demonic Imagination of Joyce Carol Oates." *Washington Post*, (18, August)1986, pp. 11-12.

② Mary Kathryn Grant. *The Tragic Vision of Joyce Carol Oates*. Durham: Duke University Press, 1978, p. 94.

罗尔·欧茨。

1938年6月,欧茨出生于美国纽约洛克波特市的一个普通工人家庭。当时的美国,正经历着有史以来最为严重的经济大萧条,人们的生活苦不堪言。欧茨曾在访谈中回忆这段"不堪回首的"童年生活,称"每天都在为了生存而挣扎"。(转引自 Johnson, 1998: 2)然而,也正是幼时的这段贫苦经历使得欧茨对美国下层人民的悲惨生活有了较深入的体会和了解,为其日后的创作提供了深刻而丰富的素材。这些体会不仅为她现实主义创作风格的形成奠定了基础,同时也影响并形成了她的悲剧创作观。中学时期的欧茨就展现出对文学的极大热情,尤其对费奥多尔·陀思妥耶夫斯基(Fyodor Dostoevsky)、列夫·托尔斯泰(Leo Tolstoy)、奥诺雷·巴尔扎克(Honoré de Balzac)等现实主义文学大师的作品爱不释手。出于对文学的热爱,欧茨进入大学时选择的专业是英语文学。大学期间对英语文学系统的学习使得欧茨熟悉了各种文学理论,为她日后的文学创作打下了坚实的基础;对詹姆斯·乔伊斯(James Joyce)、威廉·福克纳(William Faulkner)、弗吉尼亚·伍尔夫(Virginia Woolf)等作家作品的大量阅读更使得欧茨极大地拓宽了文学的视野。除了在文学上的广泛涉猎,欧茨还对西方现代哲学产生了浓厚的兴趣,尤其是亚瑟·叔本华(Arthur Schopenhauer)、弗里德里希·尼采(Friedrich Wilhelm Nietzsche)等哲学家的悲剧哲学。这些文学积累不仅丰富了这位未来作家的知识积淀,也在很大程度上影响了她对人生的感悟以及日后的文学创作。

1963年,随着第一部短篇小说集《北门畔》(*By the North Gate*)的出版,欧茨开始了其半个多世纪的文学之旅。迄今为止,欧茨共出版各类作品一百多部。这其中包括50余部中长篇小说①、30部短篇小说集、10部诗歌集和10部戏剧作品集,此外还有对艾米丽·迪金森(Emily Dickinson)、陀思妥耶夫斯基和亨利·詹姆斯(Henry James)等作家进行阐述研究的文学评论集和对画家乔治·贝娄斯(George Bellows)和拳击手迈克·泰森(Michael Tyson)等非文学对象的评论集共12部。此外,为了突破自我、改变大众对其已有作品的固有印象,欧茨还以罗斯蒙德·史密斯(Rosamond Smith)以及劳伦·凯莉(Lauren Kelly)为笔名创作了一系列实验性悬念小说②。不仅如此,她还与他人共同编辑包括《牛津美国短篇小说集》(*The Oxford Book of American Short Stories*,1992)、《美国哥特故事》(*American Gothic Tales*,1996)在内的17部文学作品集。如今,已年逾古稀的欧茨仍笔耕不辍,坚持以每年一到两部作品的速度继续进行着文学创作。

欧茨惊人的创作力以及创作体裁的多样化为她赢得了无数殊荣,使她成为众多优秀美国当代作家中的佼佼者。1970年,以20世纪30至60年代阶级问题严重、社会动荡不安的底特律为背景的早期作品《他们》(*them*,1969)为年仅32岁的欧茨赢得了美国国家图书奖(American National Book Award),她获得了"作家中的作家"(Writer's Writer)的美誉。(Johnson,1987:3)此后在半个多世纪

---

① 其中包括以青少年为题材和阅读对象的《大嘴巴丑女孩》(*Big Mouth and Ugly Girl*,2002)、《小雪崩及其他故事》(*Small Avalanche and Other Stories*,2003)等五部长篇小说。

② 以罗斯蒙德·史密斯为笔名创作的小说有:《双胞胎的生活》(*Lives of the Twins*,1987)、《灵魂/伴侣》(*Soul/Mate*,1989)、《复仇者》(*Nemesis*,1990)、《蛇眼》(*Snake Eyes*,1992)、《你抓不住我》(*You Can't Catch Me*,1995)、《双喜临门》(*Double Delight*,1997)、《斯塔·布莱特很快会陪伴你》(*Starr Bright Will Be With you Soon*,1999)、《荒野》(*The Barrens*,2001)。以劳伦·凯莉为笔名创作的小说有:《带我一起》(*Take Me,Take Me With You*,2003)、《被偷窃的心》(*The Stolen Heart*,2005)、《血面具》(*Blood Mask*,2006)。

的创作生涯中,欧茨揽获了无数奖项,其中包括普利策奖(Pulitzer Prize)、古根海姆研究奖(Guggenheim Fellowship)、美国文学与艺术学院颁发的罗森塔尔奖(M. L. Rosenthal Award)、邓根农基金会颁发的短篇小说雷奖(Rea Award for the Short Story)、欧·亨利短篇小说连续成就奖(O. Henry Award)、佩吉·V·黑尔梅里希杰出作家奖(Peggy V. Helmerich Distinguished Author Award)、马拉默德笔会终身文学成就奖(PEN/Malamud Award for Excellence in the Art of the Short Story)、布莱姆·斯托克小说奖(Bram Stoker Award for Novel)以及诺曼·梅勒文学终生成就奖(Norman Mailer Prize)等国际文学大奖。凭借在文学创作方面毋庸置疑的成就,欧茨于1978年当选为美国文学艺术院院士(American Academy of Arts and Letters),2006年获得美国曼荷莲女子学院授予的人文文学荣誉博士,2007年被美国人文主义协会评为年度人文学人(Humanist of the Year),2011年被授予宾夕法尼亚大学艺术荣誉博士学位。2012年欧茨入选新泽西州名人纪念馆以及纽约著名作家纪念馆,并获斯通文学终身成就奖(Stone Award for Lifetime Literary Achievement)。凭借多年取得的文学成就,欧茨已两度获得诺贝尔文学奖的提名,至今仍是该奖项的热门人选。

　　欧茨的创作也得到了众多评论家的肯定。文学评论家乔安娜·克里顿(Joanne V. Creighton)称其为美国"当代最严肃、最杰出的作家之一"(Creighton, 1979:1)。著名传记学者格莱格·约翰逊(Greg Johnson)将其列为"当今最受尊重、最多产的严肃作家之一"(Johnson, 1987:3-4),并称其为"最有才华、最富创新精神、最扣人心弦的美国小说家"(Johnson, 1998:xv)。在英国作家及学者马尔科姆·布拉德布里(Malcolm Bradbury)眼里,她是一位"极其重要的作家"(Bradbury, 1984:176);而学者南希·华特那比(Nancy Watanabe)则盛赞她为"一位世界级的作家"(Watanabe, 1998:ix)。

此外，同时代的著名作家诺曼·梅勒(Norman Mailer)、约翰·厄普代克(John Updike)、约翰·巴斯(John Barth)等也对她赞誉有加。厄普代克曾这样评价欧茨："如果'女文人'这一说法存在的话，那么在这个国家，她最配得上这一称号。"(Updike，1987：119)巴斯则称赞欧茨在她的创作中"描绘了一张完整的美学地图"。(Barth，1984：196)美国作家约翰·加德纳(John Gardner)称欧茨为"一个令人惊奇的现象"，认为她是"我们这一时代最了不起的作家之一"。(转引自 Grobel，2006：142)

　　欧茨现任普林斯顿大学驻校作家和客座教授。即使已到古稀之年，她仍常应邀到世界多所著名大学演讲。集小说家、诗人、戏剧家、评论家、编辑以及学者于一体的多重身份以及她在各领域所取得的卓越成就奠定了欧茨在美国当代文坛举足轻重的地位，使其当之无愧地成为当代美国文学史上一颗璀璨的明珠。

　　欧茨在文学领域取得盛誉的同时，她的创作也招致了不少非议。这些非议与批评主要集中在欧茨的多产与创作内容上的暴力两方面。美国《时代周刊》(Time)曾称呼她为"有些过于多产的欧茨"，这一称谓体现了评论界对欧茨较为普遍的批评态度。很多评论家都在质疑，欧茨如此快的写作速度"是否会影响作品的质量"。(Bedient，1969：610)甚至有人公开致信欧茨让其"放慢速度"。(Clemons，1972：72-77)在欧茨的每次采访中，几乎都会被重复问到一个问题，那就是："你如何看待你的多产？"面对这样的疑问，欧茨表现平静，声称这样的质疑"毫无意义"，并强调"真正重要的是一个作家优秀的作品"。(Parini，1989：157)对于评论家让她放慢写作速度的要求，她归咎于"人性的弱点"，是一种"不严格要求自我的表现"。(Clemons，1972：72-77)事实上，欧茨曾说她的写作其实很慢，她的每部作品在写好后都要无数遍地重写。当她写完初稿后，往往会将手稿放在一边好几周，并且经常因不满意自己的写作而"全部重写"。在她笔下,"有些小说的写作过程甚至历经数年",她甚至可能"花一早上的时间仅仅写一页"。(Myers,1989:183)这样严谨认真的写作态度使得欧茨几乎每一部作品都精心雕琢,而绝非追赶速度下的粗制滥造。因此,多产并不意味着作品质量不高,欧茨已经用自己骄人的成绩向世人证明了这一点。她那几乎每年一两部作品的惊人效率源于她珍惜时间的观念。欧茨青年时期患上了心脏病,这使她意识到生命的有限。她曾在回忆录中说,意识到自己随时可能会离世"使我不敢浪费时间"。(Grobel,2006:142-171)即使在成名后,欧茨仍然过着很有规律的生活:每天八点到八点半之间就坐在书桌前开始创作直到下午一点,短暂的午餐休息后便是上课、讲座、新书发布会、读者见面会等繁忙的工作。一名记者曾跟踪记录欧茨的一天,发现欧茨的生活充实而繁忙,从下午开始便充斥着各种各样的活动直到晚上九点半。即使这样,欧茨仍然会在回家后不知疲倦地重回书桌前看书、继续早上的创作。大量琐碎的工作使欧茨必须时刻保持大脑的超负荷运转,这也导致了她经常性的失眠。与其他失眠患者的痛苦不堪相比,欧茨反而将此当成一种优势,因为她正好可以利用静谧夜晚进行自己的创作。她曾相当愉快地谈起失眠,称"可以每天写十个小时。那时,就好像我在和某个我深爱的人写信一般着迷"。(Jacobs,1989:167)欧茨在普林斯顿大学执教时的同事亚瑟·利兹(Arthur Litz)也证实说:"我怀疑欧茨从来都不睡觉。"(转引自 Parini,1989:155)

  欧茨的勤奋及其对文学的激情使得她以几倍于普通作家的时间投身写作,因此她的高产也就不足为奇了。美国诗人兼出版公司编辑丹尼尔·哈尔伯恩(Daniel Halpern)在评价欧茨时说道,"她是个奇才。许多人,特别是作家,面对她犹如面对新的挑战,因为她创作了如此之多的作品。但是,真正让他们感到震撼的不是数量,而是质量。她的每一部书都因其高水准而令同行惊叹不已"。因此,他为欧茨正名说,"因为她创作了太多作品,很多读者和评论家都没有给予她应有的重视。事实上,她是个很严肃的作家"。(转引自 Parini, 1989: 160)美国文学评论家布鲁斯·艾伦(Bruce Allen)在《哈德森评论》(*The Hudson Review*)上也为欧茨的多产辩护,称"没有人和她写的一样多,但真正令人惊讶的是她所写的大多数都非常棒"。(转引自 Grobel, 2006: 142)

对于欧茨创作内容上的暴力,评论界也颇有微词。一位评论家曾毫不留情地评价欧茨的作品,称其小说中"最典型的活动就是纵火、强奸、暴乱、精神崩溃、杀人(实际的和想象中的,演变为弑父、弑母、杀妻、对子女的大屠杀)和自杀"。而另一位评论家将阅读欧茨的作品这一体验比作"横穿一片情感的雷区",读者"时常会因那多重爆炸而心灵上受到极大震撼"。(Oberbeck, 1971: 142)欧茨本人也因热衷于暴力书写被美国评论家马文·马德瑞克(Marvin Mudrick)冠以"勃朗特的第四个姐妹"(the fourth Bronte sister)的称号。(转引自 Kazin, 1974: 199)暴力成为欧茨作品的重要标签,这使得众多评论家无比讶异:生活平淡、外表温和、甚至有些害羞的女性何以会写出如此耸人听闻的暴力故事?在《为什么你的写作如此得暴力?》("Why Is Your Writing So Violent?")一文中,欧茨对这一质疑做出回应,称"严肃作家不同于于娱乐大众者与宣传员。他们将世界的复杂性、它邪恶的一面以及好的一面自然而然地作为自己的主题……毕竟,严肃作家是世界的见证者"。(Oates, 1981: 15)在欧茨看来,"既然世界与整个历史都充满了暴力",那么"去质问一个作家为何他或她要书写暴力题材就显得十分不真诚"。欧茨将自己视为一名严肃作家,承担起见证世界的重任。她将当前世界中的暴力现象真实地反映在自己的作品中,并未为了刻意美化这个世界或对大众曲意逢迎而对现实中横生的暴力视而不见。不仅如此,对暴力的极尽书写是欧茨悲剧创作的重要手段,也是她悲剧性小说书写中不可或缺的重要因素。对此,本书将在后面章节中进行详尽阐述,在此不再赘述。

欧茨半个多世纪以来笔耕不辍的创作、多变的创作手法以及对包括暴力在内的丰富题材的涉猎,给读者与文学评论者提供了广阔的阐释空间。自20世纪70年代起,国外文学批评者就开始狂热地从不同视角分析和诠释欧茨的作品,这种狂热一直持续至今。欧茨每有新作问世,相关评论与著作便紧随其后、不断涌现。总体而言,对于欧茨的评论大致可分为三个阶段。

20世纪70年代是欧茨研究的初始阶段,小说《他们》于1970年的获奖将欧茨这位名不见经传的年轻作家推向评论界的聚光灯下。在这一时期,研究者们较多地关注欧茨小说中浓重的暴力书写及其多变的创作风格,并采用传统文学评论的方法研究其作品中的艺术特点。乔安娜·克里顿是最早研究欧茨的批评家之一,她在《乔伊斯·卡罗尔·欧茨》(*Joyce Carol Oates*, 1979)中深入剖析了欧茨作品里的暴力内涵,并将欧茨的暴力书写与哥特小说联系在一起,认为欧茨早期小说所具有的哥特式风格。林达·瓦格纳(Linda Wagner)所编纂的《乔伊斯·卡罗尔·欧茨评论集》(*Critical Essays on Joyce Carol Oates*, 1979)是早期欧茨研究的重要成果,其中收录了多位学者对欧茨早期作品中相关主题、结构、形式的评价,分析其小说中的暴力问题、男性对女性的压迫以及小说中的象征和隐喻。

20世纪80年代初至90年代,随着欧茨作品的大量问世,美国的欧茨研究呈现出迅猛发展的势头。在这一阶段,研究欧茨的专著有21部、论文集3部,以欧茨为研究对象的博士论文多达60余篇。研究者主要以欧茨的长篇及短篇小说为研究对象,将欧茨的作品置于更广阔的背景之下、与美国社会文化相结合,从社会、历史的文化语境探讨其中蕴含的主题以及作者表现出的创作特点。代表性作品为加里·沃勒(Gary Fredric Waller)的《梦想美国》(*Dreaming

America，1979）。在评论中，沃勒着眼于欧茨笔下的"美国梦"主题，探讨欧茨作品人物的梦想以及这种梦想超越的可能性。不仅如此，评论者们还将心理分析、女性主义、话语行为理论等新兴的文学批评理论运用在欧茨小说的评论中，这其中颇具代表性的有艾伦·弗里德曼（Ellen G. Friedman）的《乔伊斯·卡罗尔·欧茨》（*Joyce Carol Oates*，1980）、塔布·诺曼（Torburg Norman）在《疏离与联系：欧茨短篇小说中人物关系分析 1963—1980》（*Isolation and Contact: A Study of Character Relationships in Joyce Carol Oates's Short Stories 1963—1980*，1984）以及玛丽莲·韦斯利（Marilyn C. Wesley）的《乔伊斯·卡罗尔·欧茨小说中的拒绝与越轨》（*Refusal and Transgression in Joyce Carol Oates' Fiction*，1993）。在《乔伊斯·卡罗尔·欧茨》中艾伦·弗里德曼将欧茨的作品放置于荣格、弗洛伊德与马斯洛的理论背景下讨论欧茨小说人物的心理机制并探讨欧茨小说的心理现实主义风格。塔布·诺曼集中研究了欧茨 1963 至 1980 年这 20 年间的短篇小说创作，用话语行为理论分析这些短篇小说中人物关系的疏离与联系。玛丽莲·韦斯利在作品中运用女权主义理论对欧茨作品中的违背正常的伦理关系进行了分析。这一时期，美国欧茨研究的一个巨大成就是格雷格·约翰逊（Greg Johnson）于 1998 年出版的《隐身作家——乔伊斯·卡罗尔·欧茨传》（*Invisible Writer: A Biography of Joyce Carol Oates*）。在这部长达 500 页的欧茨传记中，约翰逊以编年体的形式记录了欧茨在人生每一阶段的生活经历、重大事件，第一次对欧茨的生平、创作及生活进行了详尽的研究，为后面的研究者提供了宝贵的文献资料。

21 世纪以来的 10 余年时间是美国欧茨研究的新阶段，这一时期不仅保持了前一阶段迅猛发展的势头，还在诸多方面取得了较大突破。首先，评论者们更加细致、深入地关注欧茨的生平，进而探讨欧茨的生活背景对其创作的影响。约翰逊的《乔伊斯·卡罗尔·欧茨访谈录:1970—2006》(*Joyce Carol Oates*:*Conversations*,*1970—2006*,2006)以及《乔伊斯·卡罗尔·欧茨日记:1973—1982》(*The Journal of Joyce Carol Oates*:*1973—1982*,2008)分别收录了欧茨于20世纪90年代至2006年间所接受的采访以及欧茨于20世纪70年代至80年代之间所记的日记,为读者深入了解欧茨的日常生活、创作历程以及文学理念提供了全面而详细的资料,具有极高的学术价值。其次,新时期的欧茨研究开始对欧茨40余年的创作进行总的把握和全貌分析。加文·布鲁克斯(Gavin Cologne-Brookes)在《冷眼看美国:乔伊斯·卡罗尔·欧茨小说概论》(*Dark Eyes on America*:*the Novels of Joyce Carol Oates*,2009)中用实用主义理论对欧茨从20世纪60年代起至21世纪初的所有作品进行总的阐释,用全景式的分析向读者呈现了欧茨40余年创作的全貌。最后,新时期的欧茨研究增加了对欧茨21世纪之后创作的作品研究,为之前的研究增添了广度。劳拉·米勒(Laure Miller)、丽塔·雅各布(Rita Jacobs)、雷切尔·布罗斯坦(Rachel Browstein)等人将视角投向《金发女郎》(*Blonde*,2000);吉利根·弗林(Gilligan Flynn)在《急流》(*Grand Rapids*,2004)中从生态批评的视角解读《大瀑布》(*The Falls*,2004);而随后对《黑女孩、白女孩》(*Black Girl/White Girl*,2006)、《天堂小鸟》(*Little Bird of Heaven*,2009)的研究更是对前期研究的拓展,增加了欧茨研究的广度。

近年来,随着欧茨作品开始大量地被译介以及欧茨的影响力在中国逐渐被认知,国内学者也纷纷把注意力转向欧茨,但相比较国外对欧茨的大量而视角多样的研究,国内的欧茨研究就稍显不足,与欧茨如此之高的国际声誉不相匹配。目前,期刊网上能够检索到的博士论文有:单雪梅的《从乔伊斯·卡罗尔·欧茨的小说看其女性主义意识的演进》(2000)、刘玉红的《论乔伊斯·卡罗尔·欧茨的哥特现实主义小说》(2007)、王弋璇的《暴力与冲突——乔伊斯·卡罗尔·

欧茨小说的空间性》(2008)、杨建玫的《超越人类中心主义的樊篱》(2010)以及胡小东的《从暴力到宽容：欧茨的超越观》(2012)。这些学位论文分别讨论欧茨小说中的女性主义意识的变化与发展、欧茨小说中哥特手法的运用、欧茨小说的空间性、欧茨作品中的生态伦理思想以及欧茨作品中从暴力反击到宽容主题的演化。国内各期刊上发表的关于欧茨的论文多着眼于其作品中女性形象的研究，探索欧茨的女性主义意识，如单雪梅的《乔伊斯·卡罗尔·欧茨小说世界中的女性群像》、王阿芳的《悲哀的夏娃——欧茨小说中的悲剧女性探析》、曾凤英的《寻找母亲的花园——浅析欧茨〈查尔德伍德〉中的女性主义意识》；还有以女性与暴力为着眼点，探讨欧茨女性形象塑造的独特视角的，如朱荣杰的《〈他们〉中的她们——乔伊斯·卡罗尔·欧茨笔下的女性与暴力》、杨华的《暴力下的女性天空——论欧茨小说中女性意识表达的独特视角》。众多研究者们关注的大多为欧茨获奖或者最具代表性的作品，如《他们》、《奇境》、《金发女郎》、《我们是马尔瓦尼一家》(*We Were the Mulvaneys*, 1996)等。此外，国内论文中对欧茨作品做简单介绍的也占了较大比重，如张群的《美国人的心理——读欧茨的新作〈僵尸〉》、冯亦代的《欧茨的新作〈花痴〉》等。总体而言，当前国内学者对欧茨及其作品的研究几乎集中在主题和女性意识上。随着研究者对于欧茨影响力的认识逐渐深入，国内对于欧茨的研究呈逐年递增态势，研究日益深入，也取得了一定的成就。但是，相比欧茨在国际文学界如此显赫重要的地位，国内对她的研究有待进一步拓展批评范围和深度。

在日益繁荣的欧茨研究中，有些西方评论者对欧茨作品的悲剧性以及作家的悲剧意识有所触及。例如，凯瑟琳·汉肯斯(Kathryn Henkins)在《乔伊斯·卡罗尔·欧茨的美国》(*Joyce Carol Oates's America*, 1986)中对欧茨早期和中期的小说研究后发现，这些作品中展现了美国人意欲追寻的美国梦，但因为它注定会失败，所以作品常常流露出浓郁的悲剧气息。(Henkins，1986：10 - 15)玛丽·格兰特(Mary Kathryn Grant)也认为欧茨的早期作品具有悲剧性。(Grant，1978：1)南希·华特那比(Nancy Watnabe)认为欧茨笔下的人物"是悲剧性的"。(Watanabe，1998：12)在论及欧茨是否悲观这一问题上，加文·布鲁克斯认为欧茨的作品虽然具有悲剧性，但她"并不是一位悲观主义作家"。(Cologne-Brookes，2005：5)乔安娜·克里顿也认为欧茨沿袭了自然主义传统，但并非持宿命论者。(Creighton，1992：142 - 143)此外，唯一一部以欧茨悲剧意识为研究对象的专著是玛丽·格兰特的《乔伊斯·卡罗尔·欧茨的悲剧意识》(*The Tragic Vision of Joyce Carol Oates*，1978)。该书从暴力入手探讨欧茨小说中"社会"(community)的分崩离析以及自我与社会的疏离所带来的灾难与悲剧，但对欧茨的悲剧创作手法、悲剧类型等问题未做系统的阐述。至于国内欧茨研究，目前仅有杨建玫在《怀化学院学报》上发表的《欧茨早期悲剧性艺术观及其在作品中的体现》对欧茨的悲剧意识与作品的悲剧性有所涉及，但也仅限于欧茨20世纪60至70年代这十年间的小说创作，并且遗憾的是所做的评析太过简洁而不成体系。

第二节　悲剧与现代悲剧

悲剧，作为美学的一个重要范畴，其创作与美学研究已有两千多年的历史。但随着时代的变迁，悲剧本身也历经了不断变化、自我调整的过程，这也因此使得"悲剧究竟是什么"、"悲剧的本质和审美特征是什么"这样的追问始终成为亘古常新的理论难题。两千多年来，无数哲学家和美学大师对悲剧进行了不懈的研究和探索，并提出了各种论点和阐释。然而正因为悲剧理论的各异与多样，为悲剧寻找一个明确、唯一的定义就显得愈加困难。

悲剧的最早定义出自亚里士多德的《诗学》。在这部美学理论著作中，亚里士多德系统总结了古希腊悲剧艺术的创作实践，并将悲剧定义为：

> 是对一个严肃、完整、有一定长度行动的摹仿；它的媒介是语言，具有各种悦耳之音，分别在剧的各部分使用；摹仿方式是借人物的动作来表达，而不是采用叙述法；借引起怜悯与恐惧来使这种情感得到陶冶。①

在亚里士多德之后的很长一段时间内，这一定义被美学理论家们奉为衡量悲剧创造的圭臬，直到德国哲学家、古典唯心主义的集大成者格奥尔格·威廉·黑格尔（Georg Wilhelm Hegel）提出以对立冲突为核心的悲剧理论。黑格尔首次用辩证的观点来揭示悲剧的本质，认为悲剧是"两种对立的普遍力量之间的冲突与和解"。（Hegel，1967：164）他用辩证对立的理论对悲剧进行阐释，实现了对亚里士多德悲剧理论的巨大超越，这一定义也成为后来西方悲剧创作者所遵循的基本原则。

除了亚里士多德和黑格尔对于悲剧的经典论述外，众多美学家和文学评论家对悲剧的定义众说纷纭。有些批评家将悲剧和悲惨联系在一起，将有着不幸结局的戏剧作品笼统地概括为悲剧。中世纪

---

① 此处中译文出自罗念生、杨周翰翻译的《诗学·诗艺》，北京：人民文学出版社，1982，第19页。对亚里士多德《诗学》的英译文出自 Ingram Bywater 所著 *The Rhetoric and the Poetics of Aristotle*. New York: Random House, 1954, p. 230. 其中英译原文为："A Tragedy, then, is the imitation of an action that is serious and also, as having magnitude, complete in itself; in language with pleasurable accessories, each kind brought in separately in the parts of the work; in a dramatic, not in a narrative form; with incidents arousing pity and fear, wherewith to accomplish its catharsis of such emotions."

诗人杰弗雷·乔叟（Geoffrey Chaucer）在"僧侣的故事"（"The Monk's Tale"）前言中给悲剧所下的定义中认为悲剧是"不幸"（wretchedness）和"悲惨"（misery）故事的讲述：

> 正如古书所告诉我们的，
> 悲剧讲述的是一个故事，
> 关于一个非常富足之人，
> 从高位上跌落，
> 陷入悲惨，不幸而终。
> 悲剧故事：从幸运转向不幸和苦难。（Chaucer，1998：xix）

英国古典主义学者弗兰克·卢卡斯（Frank Laurence Lucas）认为："严肃剧（serious drama）是通过语言和行为对人类生活的某些方面的严肃表现，而如果这个表现有一个不幸的结局，我们就可以称之为悲剧。"（Lucas，1972：16）美国批评家艾什利·桑代克（Ashley Horace Thorndike）认为悲剧唯一共同的特征是"痛苦和毁灭性的行为"。（Thorndike，1908：12）另外有些批评家则将悲剧从戏剧扩展到其他文学形式，认为悲剧所表现的是"一个灾难性的、不幸的、毁灭的事件"，因此，"在文学作品中，任何一种带有不幸结局，表现了忧伤主题的作品都是悲剧"。（Shaw，1976：376）在这些定义中，苦难和不幸都被看作悲剧不可或缺的因素，悲剧与悲惨剧似乎没什么区别，已然将悲剧泛化。

"泛悲剧"扩大了悲剧的范围，但同时也使得悲剧的概念愈加含糊，因此，相当一部分批评家对这种"泛悲剧"的定义提出了质疑和反对。很多学者将"不幸"与"苦难"视为悲剧的必要条件提出质疑，认为事实上相当一部分悲剧并不是以不幸为结局,而是以和解告终。①根据美国当代学者威廉·斯通(William Storm)的《狄奥尼索斯之后:悲剧理论》(*After Dionysus: A Theory of the Tragic*, 1998),悲剧起源于庆祝酒神狄奥尼索斯(Dionysus)的祭祀仪式。在祭祀酒神的仪式中,歌队成员披着山羊皮扮演半人半羊神,一边跳着简单的舞蹈,一边唱着赞美酒神的颂歌。这些颂歌的主要内容为酒神在尘世间的冒险、苦难与胜利的故事,展现古希腊人崇高、庄重与严肃的英雄主义思想。悲剧也正是从这些颂歌中得以诞生。因此,悲剧最根本的含义并非一般意义上的苦难与痛苦,而是"和谐与争斗"的展现,意味着某种价值的丧失。(Drakakis, 1998:2)苦难与痛苦只是悲剧的表面展现形式,而并非其最本质的核心。德国存在主义哲学家与美学家卡尔·雅斯贝尔斯(Karl Jaspers)在著作《悲剧的超越》(*Tragedy is Not Enough*, 1953)中对于悲剧的本质展开了详细的阐述。他认为,悲剧

> 绝非仅仅围绕受苦、死亡、消亡和衰竭为中心的肤浅思考。苦难、折磨等等要想成为悲剧的话,就需要人的有所作为,也就是说只有在苦难面前人表现出主动的行为,才能进入到注定要摧毁他的悲剧中去。(Jaspers, 1952:65)

雅斯贝尔斯强调,只有表现出人在苦难面前"主动"的反抗,才可被称为悲剧。因为它不仅申诉了苦难,而且通过人自己的行动和反抗超越了苦难。美国剧作家阿瑟·米勒(Arthur Miller)也认为悲剧不只是苦难,而是"向人类自由的敌人提出抗议","为了自由而奋起抗击,

---

① 西方悲剧中的和解有别于中国戏剧中的大团圆结局,和解指的是对立双方在付出惨重、不可挽回的代价后的平衡,而大团圆结局则是对立矛盾双方一定程度上的妥协和折中。

这才是悲剧最突出的特征"。并且,"只有当呈现在我们面前的人物,必要时为维护自己的尊严挺身而出,准备献出自己的生命,这时悲剧感才会在我们心中油然而生"。(Miller,1965:337)美国当代著名悲剧批评家理查德·西华尔(Richard Sewall)也同样指出,在灾难面前逆来顺受、一筹莫展的并非悲剧,悲剧所代表的是"一种采取行动的方式,一种反抗命运的方式"。(Sewall,1965:265)在这些批评家眼中,悲剧主人公是一种富有挑战性和主动性的人物,他抱着一种"明知不可为而为之"的精神在受难中存在。在某种意义上来说,虽然悲剧主人公最终的命运是失败,但他是一个失败的英雄和无冕之王。也正因如此,悲剧给读者带来的不是伤感与悲痛,而是悲壮和振奋。以此观点审视,悲剧就不仅仅是一种艺术体裁和类型,而且是一种哲学观念、审美意识和人生态度。

为了折中和调和两种观点的分歧,也有些批评家提出"低级悲剧"(low tragedy)和"高级悲剧"(high tragedy)[1]以及"绝望剧"(theatre of despair)和"希望剧"(theatre of hope)等概念来区分悲惨与悲剧。加拿大文学批评家、神话—原型批评理论家诺斯洛普·弗莱(Northrop Frye)在《批评的解剖》(*Anatomy of Criticism*,1957)中将悲剧分为高级模仿悲剧(high mimetic tragedy)和低级模仿悲剧(low mimetic tragedy),其中低级模仿悲剧也被称为哀婉剧(pathos)。(Frye,1957:38-39)然而从总体上而言,为了保持悲剧这一概念的深刻性,大多数文学批评家还是倾向于将悲剧与悲惨进行区分,将单纯的不幸和痛苦逐出悲剧范畴。

进入20世纪以来,悲剧批评与研究呈现出一片欣欣向荣的活跃之势,悲剧批评家们对于悲剧创作的批评与质疑此起彼伏,现代悲剧

---

[1] 见 Ivy Lilian McClelland. *Spanish Drama of Pathos*, *1750—1808*: *Low Tragedy*. Toronto: University of Toronto Press, 1970,以及 *Spanish Drama of Pathos*, *1750-1808*: *High Tragedy*. Liverpool: Liverpool University Press, 1970。

面临着前所未有的严峻考验。在时代巨大变化这一大背景下,悲剧的定义和内涵以及人们对悲剧的欣赏与理解都有了新的发展。当代批评家面对着悲剧艺术观念、形式和风格的新挑战,对悲剧的本质、特征以及审美价值等各方面进行了探讨和研究,对亚里士多德、黑格尔等人的古典悲剧理论进行了现代化的修正、补充和深化。20世纪50年代以来,在结束了第二次世界大战引起的战争频繁、社会动荡后,悲剧批评呈现出日益活跃的态势。正如英国评论家克利福德·里奇(Clifford Leech)所指出的那样,"悲剧,作为一种文学类型,作为一种描述世界的方式,与过去相比,在本世纪受到了前所未有的充分研究"。(Leech,1969:32)

对悲剧研究的热情很大程度上源于对现代悲剧存在与否的怀疑。正如有批评家所说,"也许是因为人们已经觉察到现代文明中悲剧精神的缺乏,导致相应地使生活中缺少某种东西,因此对于悲剧的讨论才会如此的热烈"。(Leech,1969:32)美国学者查尔斯·格利克斯堡(Charles Glicksberg)在《20世纪文学中的悲剧意识》(*The Tragic Vision in Twentieth-Century Literature*,1963)一书中曾指出,现代许多批评家对悲剧在现代的缺失普遍感到困惑。现代文学中几乎没什么令人印象深刻的悲剧杰作,没有能与古希腊、伊丽莎白时期悲剧大师相媲美的作家。而作家们面对这一悲剧缺失的现状也感到惶惑不已,好像"我们的时代注定不是一个可以产生悲剧的时代"。(Glicksberg,1963:1)那么,曾被誉为"文艺的最高峰"以及"戏剧诗的最高阶段和冠冕"的悲剧在现代社会为何会消失甚至死亡?(Belinskiy,1980:76)拒绝接受"悲剧已死"的学者又会进行怎样的反驳呢?对这一问题的梳理分析有利于深化对现代悲剧以及欧茨悲剧创作所处时代特征的认识。

古典悲剧,向来与贵族、高贵等词联系在一起,被视为崇高(sublime)的艺术。在《诗学》中,亚里士多德第一次对悲剧艺术进行了深入全面的阐述,创造了一套完整的悲剧理论体系。自此之后,欧洲便逐步形成了一种传统观念,那就是较之于描写小丑艺术的喜剧而言,悲剧更为深刻和崇高。在古希腊戏剧理论中,喜剧被描述为"滑稽"的艺术,这一滑稽艺术所处理的题材往往不登大雅之堂,"即便不是卑贱下流之事,也都是极为平凡普通的日常琐事"。而悲剧与这一滑稽艺术有着天壤之别,悲剧所描述的往往是"帝王的死亡"或者是"王国的崩塌"这悲壮而又崇高的一类事情。(Hall, 2010:269)崇高被视为悲剧的核心与本质。古罗马美学家朗基弩斯(Longinus)在《论崇高》(*On the Sublime*)中称崇高就是能够"使人惊心动魄的"、"肃然起敬的"、"不平凡的"、"伟大的"事物。(Longinus, 2008:124)俄国唯物主义哲学家、文学评论家尼古拉·车尔尼雪夫斯基(Nikolay Chernyshevsky)曾在其影响深远的美学著作《生活与美学》(*Life and Aesthetics*)中评价悲剧为"崇高的最高、最深刻的一种"。(Chernyshevsky, 1855:22)而何为"崇高"? 车尔尼雪夫斯基解释说,一件事情之所以能称为"崇高"就在与其他事情相比较时要"有力得多"。超越平常、更具激情和感染力,因而使得作品充满"力度"(intensity),这也就是车氏理解的"崇高"。他因此这样阐释莎士比亚的《奥赛罗》,认为与日常生活中碌碌无为的平凡男女相比,"德斯得蒙娜爱得更深沉,奥赛罗因爱得更深而愈发嫉妒,德斯得蒙娜受苦是因为她超出一般的忠诚"。而在日常生活中,像莎士比亚笔下的悲剧主人公一样将感情宣泄得如此彻底与深刻的人可谓少之又少。(Chernyshevsky, 1855:94)在车尔尼雪夫斯基看来,《奥赛罗》之所以被称为崇高的悲剧,是因为悲剧主人公在爱和嫉妒上超越常人,具有崇高的激情力量。英国学者阿勒代斯·尼柯尔(Allardyce Nicoll)则从观赏悲剧的角度出发,认为观众观看悲剧所获得的快感来源于主人公身上"显示出来的一种崇高的品格",一种英雄般的庄严气概。(Nicoll, 1960:153)德国哲学家阿瑟·叔本华在其《作为意志和表象的世界》(*The World as Will and Representation*，1818)一书中声称悲剧对人所产生的效果是"一种崇高的力量"。(Schopenhauer，1967：132)美国学者大卫·拉斐尔(David Raphael)在《悲剧的悖论》(*The Paradox of Tragedy*，1960)中也称：

> 悲剧之美是一种崇高美。什么可被称为崇高呢？就是某种超越平常的伟大。这种伟大可以是身体或精神上的伟大，也可以是头顶浩瀚的星空，或是内心高贵的道德价值。正如康德所说，这些都让我们的内心充满惊奇与敬畏。(Raphael，1960：27)

可以说，在众多批评家笔下，"崇高"已成为古典悲剧不可或缺的美学属性之一。

在这种悲剧崇高论的指导下，悲剧作品的主人公就不可能是平庸猥琐的凡夫俗子，而必须是具有高贵血统的帝王将相、王公贵族或者品格高尚的伟人。这些血统高贵、人格高尚的悲剧主人公也被称为"英雄"。19世纪英国哲学家托马斯·卡莱尔(Thomas Carlyle)在《论英雄、英雄崇拜和历史上的英雄业绩》(*On Heroes，Hero-worship and the Heroic in History*，1841)中认为英雄人物是"民众的领袖"，而且是"伟大的领袖"。在他看来，英雄是世界的创造者，世间的一切成就都是英雄人物的创造。正是因为英雄的高度影响力与创造力，卡莱尔将整个世界历史归为"伟人的历史"。(Carlyle，1966：1)悲剧作品中的英雄往往智勇过人，具有崇高和神圣的属性。他们被神选中来完成牺牲与赎罪的神圣使命，因而注定要承受苦难，以自己的受难来换取整个人类的救赎，在悲剧中牺牲是他们无可逃遁的神圣命运。

19世纪以来的西方世界却步入了一个反英雄、反崇高的时代，金钱崇拜、物化的社会造成人的价值和尊严无可挽回的失落。科技日新月异的发展带给人们物质上极大满足的同时也摧毁了人们的自我信仰。文艺复兴时期被高度赞扬与激情歌颂的人类如今却被告知他们仅仅是动物中的一种,带来的结果只能是理想主义和英雄主义的大厦轰然倒塌。雅斯贝尔斯用"三个否定"来描述现代社会与生存于其中的现代人,那就是:"传统价值观的轰然倒塌,信仰的缺乏以及对不可预测的未来的迷惘。"(Jaspers,1971:240)

这一现状反映在文学中就是崇高与庄严的退场,昔日神话里的英雄和莎士比亚笔下的英伟帝王将相如今已让位给地位卑微、粗鄙无为的反英雄(anti-hero)以及浑浑噩噩、苦闷彷徨的非英雄(non-hero)。美国学者哈罗德·鲁宾(Harold Lubin)在《英雄与反英雄》(*Heroes and Anti-Heroes*,1968)中指出,在现代悲剧中高大、神圣、庄严的英雄已被地位卑微、事业失意、名誉不光彩、无所作为甚至有点卑鄙不堪的反英雄取代。这些反英雄身份卑微、品行低贱,可能是流浪汉、妓女、小偷,也可能是酒鬼、吸毒者和罪犯。他们往往对现存的社会制度、阶级关系和生活现状极为不满,有着强烈的愤怒和抵触的情绪,因此常用酗酒、暴力等行为来反抗社会。他们的行为也许会残忍粗暴,但他们的动机都具有一定的合理性,是对社会或者外在压力的反抗。非英雄出现在反英雄之后,不同于反英雄的愤怒、偏执,非英雄更多的是平静面对现实的普通人。英国诗人布莱克·莫里森(Blake Morrison)在《运动派:20世纪50年代英国诗歌与小说》(*The Movement: English Poetry and Fiction of the 1950s*,1980)中最早提出非英雄的概念。(Morrison,1980:173)由于两次世界大战的巨大冲击,现代人深感在社会这股邪恶而巨大的力量面前个体的渺小,他们无意成为英雄,也不再关心国家大事,只求安安稳稳地过普通人的生活。这些非英雄被战争摧毁了信仰,失去了精神支柱,因而充满了困惑与茫然,失去了生存的意义。在悲剧作品中,这些非英雄往往表现为精神麻木、感觉迟钝的苍白小人物。在现代悲剧的舞台上,反英雄与非英雄取代高贵、崇高的贵族成为悲剧主人公,正如美国批评家詹姆斯·金丁(James Gindin)所言,"这种不是英雄的人物"已成为现代小说、戏剧的主角。(Gindin, 1962: 91)

除了主人公的更替,现代悲剧与古典悲剧的不同之处还在于,现代悲剧将平庸琐碎推向悲剧描写的前沿。不同于英雄牺牲时的悲壮与惊心动魄,反英雄与非英雄们往往在一种悲哀、无为的气氛中被摧毁。这些现代悲剧的主人公们没有希望,在一系列的灾难前陷入迷惘与困惑,最后陷入绝望。他们在重压之下无力反抗,索性放弃抗争任凭摧残,最终在精神上遭受摧毁。美国符号学大师苏珊·朗格(Susan Langer)在论及现代悲剧时指出,许多现代悲剧"通过与死亡完全一样的绝望,即一种'灵魂的死亡'来结束一切"。(Langer, 2003: 414)这种放弃反抗、精神上绝望的悲哀主题已然成为现代悲剧的模式化书写。

庸庸碌碌的反英雄与非英雄以及绝望的悲哀主题使得现代悲剧呈现出与"崇高"的古典悲剧截然不同的特质。在这一"崇高"退场的现代荒原背景下,敏感如约翰·加斯纳(John Gassner)的知识分子开始思考现代悲剧存在的可能性。在《现代悲剧的可能性和危险》("The Possibilities and Perils of Modern Tragedy", 1957)一文中,加斯纳不无担忧地说道:"在传统文学中描述非凡人物之命运的崇高艺术悲剧,究竟如何才能在充斥着普通人的时代繁荣呢?"加斯纳所担心的是,在"顾客至上"的现代社会中,为了得到顾客的首肯,作家与销售商们将情感与思想都转化成"精心包装"、"华而不实"的商品。而有着阴暗的外表的悲剧作品如何才能在这样的社会中幸存呢?(Gassner, 1965: 405)几十年后,美国戏剧学家理查德·帕尔默(Richard Palmer)在《悲剧与悲剧理论》(*Tragedy and Tragic Theory*, 1992)一书中仍然重复着这一担忧,担心"在一个失去共同接受的哲学标准或宗教标准的现代社会中悲剧是否能够存在"。

(Palmer,1992:1)这种担忧逐渐演变成批评界对于现代悲剧存在与否的激烈争辩。正如加斯纳不无疑惑地询问:"现代时期是否能写出悲剧? 自从易卜生那个时代放弃浪漫主义以来是否真的能够创作出悲剧?"(Gassner,1965:405)这是一个不断激动着文学界的问题,也是西方现代文学研究中评论家们争执不休的难题。

相当多的批评家否认现代悲剧的存在,不少学者认为现代悲剧过多地沉浸于现代生活的不幸中,因而难以像古典悲剧那样给人以精神的振奋。美国著名作家及批评家约瑟夫·伍德·科鲁契(Joseph Wood Krutch)认为随着人们对上帝和人自身的绝望,昔日光彩照人的悲剧在当代已经丧失了再生和复兴的可能。他因此在其重要著作《现代的情绪:研究与自白》(*The Modern Temper*: *A Study and a Confession*, 1929)一书中"悲剧的谬误"("The Tragic Fallacy")这部分中宣称,现代人道德支柱的倒塌、信仰的缺失导致人无法通过悲剧来确定生活。他也因此断言:"悲剧,从这词的崇高意义上而言,不管是戏剧还是任何其他形式,在现代都已经消失殆尽。"(Krutch,1965:272)支持这一论点的人不在少数,其中就有美国著名文学批评家、哲学家乔治·斯坦纳(George Steiner)。斯坦纳于1961年发表的著名文章《悲剧之死》("The Death of Tragedy")直言伟大的悲剧艺术——这一亚里士多德时代炫目绽放的瑰丽花朵,已经死去;他将现代的悲剧诗人毫不留情地称为"盗墓者和从古老辉煌中变出鬼魂的魔法师"。在他看来,任何想要复活、振兴悲剧的企图注定要面临失败的结局。(Steiner,1961:304)这一观点得到不少批评家们的普遍响应。在这些学者看来,扼杀现代悲剧的罪魁祸首就在于现代社会不断发展的科学技术以及弥漫于整个现代社会的商业精神。

首先,科学扼杀了当代悲剧。美国哲学家与理论家肯尼斯·伯克(Kenneth Burke)在《论悲剧》("On Tragedy")一文中引用了科鲁契在《现代的情绪》中的核心观点,认为"悲剧是从一种神学或玄学的坚定性(theological or metaphysical stability)中发展而来",但随着神学与上帝被科学推翻后,悲剧也被科学"扼杀殆尽"。伯克将悲剧的灭亡与神学的倒台以及人的神圣性被颠覆地联系在一起,认为"当科学将人与超人这一'幻觉'击退的时候,当人被降级成动物的一种,并且只是出于偶然居住在地球上,经历生老病死、存在几十年的时候",神圣性以及崇高性就不再是人类的特性。剥除了神圣性的人无法再创作伟大的悲剧作品,悲剧也就因此走向了死亡。(Burke,1965:284)乔治·斯坦纳也认为"悲剧这种艺术需要上帝的存在。现在悲剧已死,是因为上帝的影子不再像落在阿伽门农、麦克白或雅塔利亚那般落在我们身上"。(转引自 Fass,1984:3)科学将人从神台上拉下并摧毁了作为其精神支柱的上帝,因此也将悲剧的核心要素"崇高"抽离出现代文学,导致了现代悲剧的死亡。

其次,现代商业精神也是扼杀悲剧的罪魁祸首。对于为何现代社会没有如古希腊悲剧和莎士比亚戏剧那般浪漫传奇、气势磅礴的悲剧,萧伯纳早在 19 世纪就说过,这皆归因于现代社会环境。英国近代戏剧理论家威廉·阿契尔(William Archer)引用好友萧伯纳的观点称现代商业精神是"一所很糟糕的艺术学校"。在这座学校里充斥着"激情、谋杀和卖淫",因而浸淫着这种庸俗的商业精神、以谋利为目的的悲剧作品就"不能以磅礴的气势感动我们",像古典悲剧一样"使我们产生怜悯和恐惧"。(Archer,1929:208)

虽然坚持现代悲剧已死的呼声不绝于耳,但坚信现代社会中悲剧仍然存在的批评家也不在少数,这些学者与声称"悲剧已死"的批评家们展开了一场激烈而旷日持久的争论。早在 1955 年,法国存在主义哲学家及戏剧家阿尔贝·加缪(Albert Camus)就在其《关于悲剧的未来,雅典演说》("On the Future of Tragedy")中肯定了现代悲剧的存在并阐述了现代悲剧的未来。英国戏剧家霍华德·巴克

(Howard Barker)在其著名评论集《戏剧之辨》(*Arguments for a Theatre*,1997)中力争悲剧可以在现代剧场中复兴。而在加斯纳看来,悲剧艺术在形式上绝非单一的,对于悲剧哲学的见解也绝不会是唯一的。任何事物都是在时代的发展中变化,悲剧也不例外。在现代社会产生的悲剧必然打上时代的烙印,有现代的特色。它区别于古典悲剧,但这"并不意味着它将不再是悲剧,而仅仅是有所变化而已"。(Gassner,1965:409)悲剧创作与理论并非亘古不变,而是随着时代的发展而变化,因此现代悲剧并未死亡,只是区别于古典悲剧存在着,这也是本书所持观点。

在悲剧的分类上,亚里士多德在《诗学》中曾将悲剧分为简单情节悲剧(tragedy of simple plot)、复杂情节悲剧(tragedy of complex plot)、苦难悲剧(tragedy of suffering)和性格悲剧(tragedy of character)。(转引自 Tonner,2008:5)其中,性格悲剧指的是人物性格中的缺陷(tragic flaw)如软弱、野心甚至恶的因素引起主体的错误行动,为主体的悲惨结局负责。因此,性格悲剧也被称为缺陷悲剧(tragedy of flaw)。(Bushnell,2008:85)莎士比亚的悲剧被公认为性格悲剧的代表,其《哈姆雷特》(*Hamlet*)、《麦克白》(*Macbeth*)、《奥赛罗》(*Othello*)与《李尔王》(*King Lear*)分别体现了主人公性格上的优柔寡断、野心、嫉妒猜疑和刚愎自用,西方理论界甚至将"莎士比亚悲剧"(Shakespearean tragedy)作为性格悲剧的代名词。古罗马哲学家塞内加(Lucius Annaeus Seneca)在悲剧分类上主张将悲剧分为三类:复仇悲剧(revenge tragedy or tragedy of blood),家庭内悲剧(domestic tragedy)和悲喜剧(tragicomedy)。其中,家庭内悲剧指的并非发生于家庭内部的悲剧,而是叙述普通人苦难遭遇的悲剧。因为这类悲剧极具普遍性,可能发生在任何一个家庭,因而被称为家庭内悲剧。(Stanton,1996:385)塞内加认为在这类悲剧中,造成悲剧的根源不在于主人公自身的性格缺陷,而是悲剧主角生活在其中的社会环境。18世纪,随着社会变革与中产阶级逐渐掌握实权,底层穷人的悲剧日益凸显,因而家庭内悲剧也演化为资产阶级悲剧①(bourgeois tragedy)。(Nowell-Smith,1991:269)资产阶级悲剧是对黑暗腐朽的社会环境或惨无人道的资本主义制度的控诉,它反映的往往是某个社会群体所遭受的悲惨与迫害,因此也被称为社会悲剧(social tragedy),与性格悲剧所体现的个人悲剧(personal tragedy 或 individual tragedy)相对应。(King,1978:64)德国当代学者拉斐尔·霍尔曼(Raphael Hörmann)将社会悲剧视为一个社会群体所遭受的集体性压迫,他认为:

> 将悲剧视为社会的,意味着反对在自由资产阶级意识理念中所盛行的一个观念,那就是悲剧主要关注个人:遭受悲剧命运的单个的个人……社会悲剧包括整个社会阶级,一个群体或集合作为悲剧的主要演员。(Hörmann,2009:203)

被誉为"现代戏剧之父"的挪威剧作家亨利克·易卜生(Henrik Johan Ibsen)就是社会悲剧书写的集大成者。黑格尔在《美学》中也根据悲剧冲突的双方提出了三种悲剧类型:命运悲剧(fate tragedy)②、性格悲剧,以及因伦理实体的冲突(ethical entity)而产生的伦理冲突悲剧(the tragedy of ethical conflict)。(转引自 Young,2013:244)命运

---

① 关于中产阶级悲剧的发展史可参见 Helen Dorothy McCutcheon. *The Development of Bourgeois Tragedy 1660—1731*. Louisiana: Tulane University of Louisiana, 1950。

② 命运悲剧有时也被称为 fate drama 或 the tragedy of fate,见 John Gassner. *The Reader's Encyclopedia of World Drama*. New York: Thomas Y. Crowell Company, Inc, 1969, p. 43. 与 Gerhart Hoffmeister. "The Romantic Tragedy of Fate." Ed. Gerald Ernest Paul Gillespie. *Romantic Drama*. Amsterdam and Philadelphia: John Benjamins Publishing Company, 1994, pp. 167-180.

悲剧指的是主人公的自由意志与命运进行抗争，但结局往往是主人公难逃命运的摆布而不得不被其毁灭。在这一类型的悲剧中，酿就主人公悲惨结局的并非人为或者其他内在因素，而是早已注定的命运。西格蒙德·弗洛伊德（Sigmund Freud）认为《俄狄浦斯王》（*Oedipus Rex*）就是一出命运悲剧，其悲剧效果在于"全能上帝的意志与面对灾难威胁的人类徒劳的努力间的冲突"。（Freud，1983：176）事实上，古希腊时期的悲剧大部分都属于命运悲剧，因此命运悲剧在西方也被称为古希腊悲剧（Greek tragedy）。在伦理冲突悲剧中，作为个体的悲剧主人公们都持各自的伦理规范，代表着一种个别的"伦理力量"，这种个别性就决定了他们在行动时所必然具有的片面性，因此在与他人所代表的伦理力量相接触时必然会产生冲突与矛盾。西方学者有时也将这类悲剧称为伦理悲剧（the tragedy of ethics）。（Gallagher，2011：1）

除了以上分类，有些学者按照西方哲学思潮将悲剧分为："荒诞主义悲剧"（tragedy/theatre of the absurd）、"存在主义悲剧"（existential tragedy）①；就悲剧主人公类型将悲剧分为："英雄悲剧"（heroic tragedy）和"小人物悲剧"（tragedy of the common man）；（Khatchadourian，2005：105）就悲剧发生的地点提出"家庭悲剧"（the tragedy of a family）等。（Sternlicht，2002：36）但就影响与接受程度而言，命运悲剧、性格悲剧、社会悲剧与伦理悲剧是四种为学界普遍认可的悲剧类型。

在悲剧研究中，悲剧意识（tragic vision）②与悲剧密不可分，是学

---

① Michael G. Bielmeier. *Shakespeare, Kierkegaard, and Existential Tragedy*. New York: Edwin Mellen Press Limited，2000.

② 目前国内学者对于 tragic vision 的翻译并不统一，在中国知网上检索到的译法大致有"悲剧观"、"悲剧意识"、"悲剧想象"、"悲剧视野"、"悲剧视域"以及"悲剧视阈"等几种，亦有不少台湾学者将其译为"悲剧的灵视"。

者们聚焦的核心概念。美国戏剧评论家托马斯·朗恩(Thomas Van Laan)在《悲剧死亡之神话》("The Death-of-Tragedy Myths")一文中称"悲剧无法脱离悲剧意识而存在。同样我也认为,悲剧意识只能在悲剧中存在,并且只因悲剧而存在"。(Laan,1991:29)美国当代批评家默里·克莱格(Murray Krieger)也认为"悲剧意识在悲剧里诞生,是悲剧的一部分:它是悲剧英雄的财产"。(转引自 Johnson,2010:23)悲剧与悲剧意识之所以关系如此紧密,是因为"正是这种意识才决定了作品的本质"。美国戏剧理论与批评家伯特·斯特兹(Bert O. States)在《悲剧与悲剧意识》("Tragedy and Tragic Vision")一文中这样阐述悲剧与悲剧意识之间的关系,称"有悲剧意识的艺术家用悲剧性的视角看待整个世界,然后将他或她所看见的摹仿进作品中,如此就有了悲剧"。(States,1992:6)可以说,悲剧与悲剧意识一脉相承:持悲剧意识的艺术家创造了悲剧,而反之,从悲剧作品中又可以清晰地看出创作者的悲剧意识。

苦难构成了悲剧的基础,因而在悲剧意识中,对苦难的认识不可或缺。亚里士多德曾说,悲剧离不开悲剧意识,这种意识是一种"对惨痛失败的认识"。(转引自 Gordon,2001:83)美国当代学者温迪·法利(Wendy Farley)也认为,悲剧意识"凝视苦难的面庞,它的典型特征也正是苦难……悲剧意识是种保留未加掩饰的人类苦难的方式,这种苦难是神学沉思中必不可少的要素"。(Farley,1990:19-23)与悲剧一脉相承的是,悲剧意识也不能仅仅认识到苦难,还必须具有与之相抗争的精神。在黑格尔看来,拥有悲剧意识意味着能够"直面人生的消极面并且与之进行抗争"。(转引自 Tallon,2012:150)美国当代学者 W·李·汉弗莱斯(W. Lee Humphreys)也认为悲剧意识的核心在于:"认识到人类的苦难,这种苦难是由英雄人物的行动所激发的,然而,这种不可或缺的苦难又是这个世上人类处境的核心。面对这种苦难的必然性,英雄人物却并未消极被

动。"(转引自 Tallon, 2012: 150)

不难看出,在诸多悲剧理论家的论述中,悲剧意识必须包含悲剧的两大核心要素,那就是对苦难的清醒认识与面对苦难时的主动抗争。除这两点外,美国神学家大卫·特瑞西(David Tracy)还将"必然性"(necessity)加入悲剧意识中,认为悲剧意识须包括必然性、苦难与积极的应对。其中,必然性可细分为绝对必然与偶然的必然,指的是"接受所发生事情的需要";苦难指的是"实际发生的悲惨";积极的应对体现出"对生命的肯定"。(Tracy, 2007: 13)

在悲剧意识的内涵与构成要素上,本书赞同特瑞西的观点,认为悲剧意识不仅认识到苦难并对此积极应对,还必须洞察到苦难的根源——必然性。这种必然性体现为主人公不可逆转的失败定势,而造成这种定势的因素可以是无常的命运、主人公自身的性格缺陷、社会环境或者伦理冲突。悲剧主人公们正是在这必然的苦难下奋起反抗、张扬他们悲剧式的崇高精神。

第三节 本书的研究方法、内容及意义

本书将在充分借鉴国内外评论界对欧茨作品的研究成果基础上,采用宏观把握和文本分析相结合的方法,探讨欧茨对20世纪30至60年代美国人所面临的生存困境进行的悲剧式书写,深入考察欧茨的悲剧小说对当代美国社会做出的思考。根据欧茨小说中凸显出的矛盾冲突,本书选取四种最普遍的悲剧类型进行阐释:命运悲剧、性格悲剧、社会悲剧与伦理悲剧。这四种悲剧较全面地涵括了欧茨的悲剧创作,反映了现代美国人在命运、性格、社会以及伦理冲突之下的生存困境。

笔者主要选取以下四部小说作为研究对象:《他们》(*them*,

1969)、《光明天使》(Angel of Light, 1981)、《狐火：一个少女帮的自白》(Foxfire: Confessions of a Girl Gang, 1993)和《大瀑布》(The Falls, 2004)。选择这四部小说进行研究主要是基于以下三点原因：

首先，所选取的小说皆为欧茨的获奖作品，具有很高的文学价值，能够代表欧茨在不同创作时期所取得的成就。其中，欧茨凭借《他们》斩获1970年度美国国家图书奖，是欧茨60年代的代表作；《光明天使》为纽约时报1981年度杰出图书；《狐火》一经出版便名列《纽约时报》畅销书排行榜；《大瀑布》为2005年法国著名文学奖费米娜奖(Prix Femina)得主，并在同年获英国女性文学柑橘奖(Orange Prize for Fiction)提名。

第二，欧茨在这四部小说中突出呈现了20世纪美国人在各种冲突下的生存困境。《他们》体现了20世纪30至60年代美国底层小人物在无常命运前的渺小与无助；《光明天使》中的主人公因性格缺陷、在张扬的欲望中变成魔鬼，而这一切与20世纪60年代的喧嚣、激进不无关系；《狐火》将20世纪50年代男性霸权下女性的悲惨困境淋漓尽致地呈现在读者面前；《大瀑布》中压抑的20世纪50年代使主人公陷入无可逃遁的伦理冲突之中。欧茨的作品卷帙浩繁，有选择性地抽取以20世纪30至60年代为背景的小说能更突出地阐述欧茨作品中人物生存的困境。

第三，这四部小说不仅对主人公们的苦难与斗争活动极尽描摹，也热情讴歌了他们在苦难中奋起反抗的悲剧精神，较为典型地体现出欧茨悲剧意识中的"崇高"特点。

总之，无论是从作品本身的文学性、创作的时代背景以及所讲述的悲剧主题来看，这四部小说都具有一定的代表性，在一定程度上能够比较全面、准确地反映欧茨在整个创作生涯的悲剧思想。

本书共为六章。首先介绍四部作品并对命运悲剧、性格悲剧、社会悲剧以及伦理悲剧的相关理论进行梳理,然后探讨欧茨小说中呈现出的不同时期美国人悲惨的生存困境、他们的无畏反抗以及悲剧精神在困境中的凸显,最后总结欧茨悲剧创作的意图与现实意义。具体研究框架如下:

第一章为绪论,首先介绍欧茨其人、其作及其在创作中取得的成就和文学地位,并梳理国内外对于欧茨的研究现状;通过梳理古典悲剧与现代悲剧的特点以及当代学者对现代悲剧的论述,归纳学界对于悲剧的分类,构建本书的理论框架;最后说明本书的研究方法、内容及意义。

第二章结合《他们》探讨欧茨笔下20世纪30至60年代底层小人物在命运的无常与荒诞下悲惨的生存境地。命运以暴力的形式实现对个人价值体的摧毁,并在日常生活中的偶然与巧合中体现其意志。在应对这一生存困境时,《他们》中的主人公要么凭借令人难以置信的韧性与弹力一次次地重新找到生活的轨迹,顽强地生存了下来,用"活着"这一简单的事实发起对命运的抗争;抑或以暴力为武器与一直压制自己的命运进行无畏的抗争,释放了自己被压制、抑郁的激情,洋溢出丰盈的生命活力。《他们》通过悲剧形式向人们呈现了20世纪30年代美国极度的经济贫困与五六十年代丰裕社会给底层美国人带来的强烈荒诞感。

第三章结合小说《光明天使》探讨欧茨笔下的美国人在20世纪60年代历经的性格悲剧。冲动、莽撞、短于思考、易于轻信以及过度张扬等性格上的缺陷是这部小说主人公失败乃至死亡的主要原因。小说通过主人公性格与悲剧结局关系的揭示,充分展示出欧茨强烈的悲剧意识和对于美国社会的忧患意识:她一方面颂扬了60年代美国人激昂的拼搏精神,另一方面又对美国人在激进浪潮中的表现表达了深切的担忧。

第四章聚焦小说《狐火:一个少女帮的自白》。欧茨在这部小说中重现了女权运动到来之前、50年代美国女性的生存困境。在充满男性暴力的50年代,女性在肉体上承受着男性暴力的戕害并面临着群体性失语的困境。在与父权社会的反抗中,女性用姐妹情谊为纽带建立起对抗男性权威的统一战线;用文字将故事从记忆转为历史,与以男权话语为主导的男性叙事相抗衡;用暴力切断男性话语和权力的关联。虽然势单力薄的少女们最终不得不面临失败的悲惨结局,但《狐火》这部小说充分展现了20世纪50年代美国女权主义先驱们在反抗父权社会过程中所展现的巨大能量和斗争意志。

第五章以《大瀑布》为例考察欧茨又一部关于20世纪50年代美国社会生活的小说。20世纪50年代,小说主人公面临着强大的传统信仰和伦理压力:一方面是基督教教义中对异性恋和传统信仰的坚持;另一方面,传统的个人主义作为美国核心社会价值主导着50年代美国社会的思想。同性恋情结与宗教信仰、科学与宗教教义构成了两组不可调和的伦理矛盾,但深陷此伦理矛盾的小说主人公并未选择懦弱的生存,而是在张扬的生命活力下选择用死亡对压抑自我的基督教伦理进行最后的反抗。同时,在善良意志与美国个人主义伦理观的冲突下,主人公无畏地向个人主义宣战,用生命激情奏起了悲剧之歌。《大瀑布》这一伦理性悲剧小说既传达了欧茨对20世纪50年代反叛青年的敬意,也书写了当代美国社会的困境。小说影射了美国新保守主义思潮,同时也表达了欧茨对社群主义的呼吁。

第六章为结论。欧茨在自己的小说中表达了对20世纪美国人生存困境的关注,她用严肃的悲剧艺术表达了对现代美国社会生活的反思。她的创作揭示了20世纪美国人所经历的苦难以及面临的种种生存困境,但在欧茨笔下,那是一种悲剧式的苦难。在欧茨的小说中,20世纪的美国人经历了许多失败与苦难,但她从美国人的奋起反抗中看到了一种不屈的品格与崇高精神。欧茨的悲剧性小说突出表现以下特点:在内容上体现出现代悲剧平易近人的特点,将小人物带进悲剧的殿堂;在形式上仍然遵循古典悲剧崇高的原则;极力通过暴力故事传达主旨,暴力构成了欧茨悲剧书写的两个层面:一方面通过对暴力以及暴力所造就的悲惨的呈现来营造悲剧氛围,唤醒混沌懵懂的大众,完成悲剧第一层面的书写;另一方面借由暴力展现个体内心的激情和生存意志力,表现个体的悲剧气概,向读者展示一种现代生存困境中的悲剧性超越。她的悲剧区别于美国肤浅乐观主义,也绝非阴郁绝望的悲观主义,而是以一种"向死而生"的态度启发人们正视生存困境,认识自我,寻找出路。

在欧茨的悲剧性小说中,平凡无奇、庸庸碌碌的反英雄以及非英雄形象占据了绝大部分的篇幅,成为悲剧的主角,这使她的悲剧性小说披上了现代悲剧的外衣。这些寻常的小人物在命运、性格、社会以及伦理冲突不可逆转的毁灭力下无一例外地遭受了被摧毁的悲惨结局,经历了肉体或精神上的残暴摧残。然而,他们并未默然接受这一悲惨结局,而是选择了奋起抗争,用行动向压迫自我的无常命运、性格、外在社会环境以及伦理冲突进行无畏反抗。他们在抗争中所表现出的生命活力以及呈现出悲壮而崇高的精神使他们绽放出与古典悲剧英雄们一样耀眼的光芒,体现出古典悲剧的"崇高"本质。正如英国哲学家弗朗西斯・赫伯特・布拉德雷(Francis Herbert Bradley)所说:"一只小小的麻雀在战胜强大的外力而带来的崇高感,绝不亚于苍穹和大海给人的震撼……这种小战胜大体现出的是力量的大,是一种精神力量的强大。"(Bradley,1935:237)可以说,平凡主人公的悲惨结局、悲惨根源的昭示、悲剧主人公在面对冲突时无畏的斗争与反抗成为欧茨悲剧意识不可或缺的三要素。欧茨的悲剧书写不仅让人直面现代美国人所面临的生存困境,也呈现出美国人精神力量的强大,讴歌了美国人的生命激情。

虽然国内外关于欧茨小说研究的论著不在少数,但欧茨的悲剧意识以及小说的悲剧内涵至今仍然是一个未曾深入开发的话题。对于这一课题的探究有助于全面把握欧茨的创作个性,弥补国内外对欧茨小说中悲剧意识研究的不足;从悲剧视角展开研究,对深入挖掘欧茨小说文本的思想及艺术内涵有着重要的启示作用;有助于把握欧茨悲剧小说创作的意图、特点以及现实意义。

第二章 《他们》中的命运悲剧

"写作的目的是为了展示那一时期我所迷恋的一个主题,那就是个体与自然界无法预测、不能控制的未知之间的联系。"

——乔伊斯·卡罗尔·欧茨①

2003年,欧茨在接受采访时回顾自己近半个世纪、一百余部作品时认为假如自己能被后人铭记,那么这一荣誉将归功于两本小说:一本是以美国电影明星玛丽莲·梦露为原型创作的《金发女郎》(Blonde,2000),另一本则是其早期出版并为她赢得无数殊荣的《他们》。(Oates,2003:12)在众多作品中被作者如此青睐,《他们》这部小说的重要性可见一斑。《他们》出版于1969年,不过对小说的构思早在60年代初就已经开始。1962年,欧茨受聘于底特律大学,因此从德克萨斯搬去底特律,并在那一直生活了六年。底特律这座"汽车之城"的喧嚣与繁荣以及繁荣背后的黑暗激发着欧茨的创作灵感,使她一直思考着用小说的形式表现这座城市以及生活于其中的人们的生存境遇。1968年,欧茨的好友丹·布朗(Dan Brown)开车载欧茨穿过底特律一处破旧的居民区时给她讲述了他的一个学生遭遇强暴

---

① Joyce Carol Oates. "An Interview with Joyce Carol Oates." *Book Review*, (August)1970, pp. 23 - 24.

而自暴自弃的故事。布朗的故事给了欧茨极大的灵感,多年来对底特律这座城市的构思得以最终成形。由于几年的素材积淀,欧茨很快便完成了这部长达500多页小说的写作。

随着《他们》的出版,欧茨收获了人生第一份巨大的成功。这部以温德尔一家三代的命运为线索,全面展示了20世纪30至60年代美国底层社会各个侧面的小说,不仅凭借极强的可读性在商业上取得了巨大的成功,更是在次年斩获美国文学界最高荣誉之一的美国国家图书奖,一时间将年仅32岁、名不见经传的欧茨推向美国文坛的顶峰。不仅如此,《纽约时报》(*New York Times*)更是将其评为1969年度最佳图书。在评论界,虽然有关欧茨及其创作的争议不绝于耳,但《他们》被一致公认为欧茨最著名及最具代表性的小说。《纽约时报书评》(*New York Times Book Review*)的编辑约翰·雷奥纳德(John Leonard)称《他们》为"极其出色的作品"(Leonard,1969:4);《纽约时报》评论欧茨在这部作品中展现出在所有美国小说中都极为"罕见"的才华(Bella,1969:45);《亚特兰大宪章报》(*Atlanta Journal-Constitution*)则盛赞欧茨为"一位出色的故事讲述者",仅从可读性这个角度而言,"《他们》是无法超越的"(David,1971:313)。《当代文学》(*Contemporary Literary*)认为"欧茨小姐那超强而扣人心弦的想象力与其无与伦比的叙述技巧",在《他们》中"那样完美地结合在一起"。(Ellie,1971:208)欧茨的小说出版商伊芙琳·施赖弗特(Evelyn Shrifte)在读完《他们》后惊呼欧茨"是我们这个时代最优秀的作家之一……她的叙述所营造出的感觉以及作品中的寓意极其特别;她敏锐的视角以及充满激情的理解对于她的年龄而言实属难得"。(Johnson,1998:169)

在这部被欧茨称为"小说体裁的历史"作品中,一个充满凶杀、暴力、混乱和动荡的城市图景和底层人民梦魇般的痛苦生活被作者淋漓尽致地呈现在读者眼前。欧茨以美国20世纪30年代经济危机以及危机过后的工业化和城市化进程为时代背景,描写了以温德尔一家三代为代表的贫困底层人民的生活。故事的跨度为 20 世纪 30 年代至 60 年代,展现了 30 年代经济大萧条时期以及五六十年代丰裕时代美国底层人民的痛苦与悲哀,以及他们被命运的洪流裹挟而去、遍体鳞伤的悲惨遭遇。

在《他们》出版后不久的一次采访中,欧茨说生活中存在一些以前曾被称为"超自然"的"自然"事件,这些事件"无法被人接近,无法为人所理解,也无法被控制"。(Kuehl,1989:10)当欧茨在构思创作《他们》时,这些有如命运般莫测的事件就不断萦绕在她的心头,使得《他们》这部小说成为命运悲剧的最佳书写。

人类生活中常有不易解释的遭遇,无法为科学或理性思维所理解。面对这些"不能解释的种种遭遇",古希腊人将其统统归于命运(fatum)。(Sheppard,2012:19)于是,命运便披上了一层神秘的面纱,若隐若现地浮于人们的脑海。对于命运,人们往往无法用言语详述,只是抽象指代一种人力无法把握、无法抗拒的外在于人的神秘力量,这种力量甚或神祇、支配着世间一切的发生。因此,在面对这种强大力量时,人类脆弱无助而又无可奈何。

对于命运的看法就是命运观,世界不同文明系统对于命运所持的观点各异。犹太文明将命运视为"真主耶和华的旨意";佛教认为命运体现为因果轮回报应;伊斯兰教文明持"命运前定"(predestination)的观点。在古希腊文明中,命运作为一种朴素朦胧的意象,最早是以感性的神话形式得以描述的:在古希腊神话中,凡人与神祇的命运都由命运三女神掌管。命运女神不仅决定着诸神与庶人的命运,而且掌控着他们寿命的长短。克罗托(Klotho)负责编织生命之线,拉克希斯(Lachesis)决定生命之线的长或短,阿特波洛斯(Atropos)则负责用剪刀剪断。她们一旦做出决定,命运就无法改变。因此,在古希腊人看来,命运指的是"生活中暧昧而阴沉的一面",它是一种不可抗拒的力量，即使是神祇也要在它面前臣服。(Kitto，2002：173)在《被缚的普罗米修斯》(*Prometheus Bound*)中，普罗米修斯甚至声称在命运三女神面前，众神之父宙斯都"无法躲避注定的命运"。(Aeschylus，1998：49)

　　神话中这种扑朔迷离的力量后来在希腊哲学中以哲学概念的形式得以发展。在古希腊哲学家及数学家毕达哥拉斯(Pythagoras)看来，命运体现为宇宙万物的本源——"数"(number)。在毕达哥拉斯的理论中，作为命运体现的"数"指向潜藏于事物背后并决定着具体事物形式与关系的本质；而在古希腊哲学家赫拉克利特(Heraclitus)眼中，"命运"体现为"逻各斯"(logos)。作为规定万物的尺度，"逻各斯"难以捉摸、无法逆转。它虽然永恒地存在着，但"人们在听见人说到它以前，并且在初次听到它以后都不能完全了解它"。(北京大学哲学系外国哲学史教研室，1957：18)在古希腊哲学家巴门尼德(Parmenides)看来，命运类似于"存在"(being)，它们都是永恒的，是"太一"(the One)。除此之外，命运是苏格拉底理论中的"灵异"(daemon)，也是柏拉图思想中的"理念"(eidos/idea)。虽然古希腊哲学家们对于命运的解释纷繁浩杂，但都认为它是某种自然现象、社会现象，或者是宇宙间万物发展的必然规律，只是人暂时还没有能力理解和主宰它。哲学上的命运观显然区别于之前将命运视为某种超越人之外，而人对之又不可抗拒、无法解释、主宰人乃至神的神秘力量的认识。

　　无论将命运看作一种无可逃遁的神秘力量，还是一种必然规律，古希腊人的命运观念都影响着当时的戏剧创作，成为古希腊悲剧中的核心主题。车尔尼雪夫斯基认为古希腊悲剧的基础就是古希腊人的命运观念。在俄国19世纪哲学家与文学批评家别林斯基(V G Belinskiy)看来，命运观念是古希腊人最基本的世界观，这在他们的悲剧中也占了极大的优势。(Belinskiy，1980：176)尼采甚至认为大多数的古典悲剧都深受古希腊命运观念的影响。(Kaufmann, 1974:352)英国马克思主义理论家与文化批评家特里·伊格尔顿(Terry Eagleton)戏称在古希腊戏剧中,"悲剧与命运往往并肩行走"。(转引自 Wallace,2007:137)我国著名美学家及文学理论家朱光潜先生也曾论道:"悲剧是古希腊人的独创和独有,这根源于古希腊人独特的命运观。"他甚至认为"命运观念对悲剧的创作和欣赏都很重要"。(朱光潜,1996:277)

在命运这种支配一切的力量的掌控下,古希腊文学中的悲剧主人公们永远处于一种无可逃遁的困境之中。譬如索福克勒斯笔下的俄狄浦斯王,为了摆脱命运的束缚而孜孜以求,但他终究摆脱不掉命运的无情捉弄,落得弑父娶母的下场。他的悲剧命运就在于他愈是竭力反抗愈是陷入命运的落网;他愈是努力逃避那可怕的神谕,愈是步步临近自己的毁灭。埃斯库罗斯的众多悲剧作品中同样也笼罩着浓郁的命运色彩,对神的崇拜在埃克斯库罗斯那里最后都归结为一种神秘的力量。其笔下的普罗米修斯不畏强权主持正义,被马克思称为"哲学的日历中最高尚的圣者和殉道者"。(Marx,1967:5)但他仍摆脱不了命运的摆布,经受着痛苦的折磨,他虽然有能力,却不思与宙斯抗争。在歌队长劝告他向宙斯袒露谁将取代他的统治这一秘密,从而免除每日被鹰啄食的皮肉之苦时,普罗米修斯这样回答:

> 不,命运女王莫伊拉(Moira)不容许
> 结束这一切,我必须遭受苦刑,
> 受尽千灾百难,才能摆脱这些锁链;
> 定数的力量远胜于技艺。(Aeschylus, 1998:48)

"定数"(ananke,即 necessity),也就是命运,像一只无形的手掌牢牢

控制着这位先知。这种对强大而不可知命运的敬畏是古希腊戏剧中表现的常见主题。

古希腊悲剧中的命运观与宿命论(Fatalism)观点有着天壤之别。在哲学范畴,宿命论是一种唯心主义理论,认为"意志的一切活动都取决于某种特定的原因",在这些特定原因的支配和决定下,人没有选择的余地,只能按照所规定的轨迹前行。(Bernstein,1992:5)这种否定了人的主观能动性的思想将自由意志与自由选择排除在个体意识活动之外,认为人在命运面前无可奈何、无能为力,带有明显的悲观主义色彩。换言之,宿命论是指一切都早已被注定,包括死亡。在人类社会发展的初始阶段,人类改造自然的能力有限,在与大自然的较量中常常以失败告终,进而产生对自然的敬畏、困惑以及无法掌控自我命运的愤慨,这也是最原始的带有悲观绝望的宿命论世界观。这种困惑和愤慨即使在科学技术飞速发展的当今社会也能在个体心中涌起共鸣。宿命论让人绝望,它不仅嘲弄着作为个体存在的人的尊严,而且无情地打击着个人奋斗的价值。

在古希腊悲剧创作中,命运残暴地将人碾压在自己的巨掌之中,粉碎人的价值。然而,命运的威力与残暴绝非悲剧戏剧家们力图展现的最终目的,相反,在这一无情命运的摆布下人的无畏精神以及反抗意志才是他们赞赏弘扬的核心。在索福克勒斯笔下,俄狄浦斯由神谕得知自己的命运后,并未甘心屈服,而是选择流浪异乡与自己的命运抗争。尽管最终所做的一切努力都被命运所应验,但最终俄狄浦斯仍然用刺瞎双眼这一举动对命运做出了最后的反抗:"刺瞎这双眼的不是别人的手,而是我自己的。"(Sophocles,2005:382)俄狄浦斯与命运的最后一搏所迸发出的悲壮气概正是索福克勒斯企图弘扬的人的意志。在别林斯基看来,虽然古希腊悲剧多少带有宿命论的影子,但在命运这不可违逆的力量下所展现出人的意志才是古希腊悲剧家们力图展示的重点。他说：

> 高贵的古希腊人并未在笼罩于人头顶上方的命运乌云低头屈服，而是在奋勇抗争中寻求出路，用这悲壮的悲剧点亮了命运的阴暗之面。命运之神能够轻易夺取他的幸福，却无法折服他的斗志与精神：可以将他击倒，却不能把他征服。（Belinskiy，1980：174）

古希腊人这种可以被"击倒"却不能被"征服"的悲剧精神让人不禁想起美国小说家欧内斯特·海明威（Ernest Hemingway）在《老人与海》（*The Old Man and the Sea*, 1951）中对于人的经典论述：人可以被"摧毁"（destroyed），却不能被"打败"（defeated）。（Hemingway，2008：83）古希腊悲剧所表现出的正是人那不可战胜的意志力与不屈精神。

尽管人在肉体上遭受摧残甚至毁灭，但精神上异常坚挺，没有在命运投掷来的致命武器下屈服、投降，这种凸显人的抗争意识和自由意志的悲剧精神带给读者的是悲剧的崇高感。在论及古希腊悲剧作品时，我国悲剧研究大师朱光潜从悲剧的审美接受角度考察悲剧给观众的审美感受，认为观众一方面会意识到剧中命运的强大，感到"人的柔弱而微不足道"。在"既不可理解也无法抗拒"的命运前，无论悲剧人物如何善良、幸运，都会在荒诞中被推向毁灭；而另一方面，观众在察觉命运强大与无常的同时又在人的反抗中"体验到蓬勃的生命力"，获得崇高感。（朱光潜，1996：207）可以说，在古希腊命运悲剧中，"命运"这股无形的力量将悲剧主人公推向万劫不复的深渊，构成悲剧的原因。但真正使悲剧闪现光芒、迸发力量的是其中主人公所展现的与命运不懈抗争的自由意志。这种精神在《他们》中被欧茨书写得淋漓尽致。

第一节　命运与"小人物"的毁灭

《他们》是一曲小人物的悲歌。在这首悲歌中,一些平庸、平凡甚至有些不堪的小人物在命运的摆布下无一例外地经受着价值体的毁灭与精神的摧残。他们的悲惨经历让读者在怜悯惋惜的同时,更会感叹命运的无常与残暴。欧茨在小说人物上选择了更符合时代特征、能引起读者共鸣的"草根"式小人物,使他们的悲剧在外表上呈现出与古典悲剧不同的特色。

如绪论中所述,古希腊悲剧以及文艺复兴时期的悲剧专注于伟大人物的丰功伟绩,从俄瑞斯忒斯、俄狄浦斯代表的希腊英雄到奥赛罗、麦克白这类的帝王将相,古典悲剧无不用崇高典雅的风格来展现英雄人物的悲剧性陨落。但到18世纪资产阶级启蒙时期,悲剧为了顺应时代要求而转向用通俗的笔触描写普通小市民的苦难和死亡。法国启蒙运动的杰出代表德尼·狄德罗(Denis Diderot)在其著名的《论戏剧艺术》("Salons, Critique D'art")一文中认为,"除了以伟大人物的不幸凄惨为主题的悲剧外,还有以平凡家庭的痛苦为主题的,以及一切以普通小人物的灾难为主题的悲剧"。(转引自 Green, 2012:23)英国剧作家乔治·李罗(George Lillo)的五幕剧《伦敦商人》(*The London Merchant*, 1731)描写了一位普通售货员的悲剧,开创了小人物悲剧的先河。挪威剧作家易卜生的《玩偶之家》《群鬼》等皆是这种描写小人物的不幸和家庭灾难的悲剧。

面对这种小人物替代英雄帝王成了戏剧主角,庸俗、碌碌无为取代了宏伟、庄严的悲剧,有些学者不禁直呼现代悲剧已死,认为现代戏剧不再像古希腊悲剧和文艺复兴时期那般展现人的高贵与崇高,而走向了崇高的对立面——卑微与琐碎。在这些学者看来,作为高贵艺术的悲剧"一般描绘的是雄伟悲壮的人或事,与逃避现实的下层人物和他们的白日梦毫无关联"。(Sanders,1994:98)因此,坚信"悲剧已死"的这派批评家否定现代悲剧存在的一个重要根据就是小人物在戏剧中的登场,认为这带来的只能是庸俗和无意义。

然而,支持现代悲剧存在者们认为这种以否定小人物为悲剧英雄人物的看法纯属无稽之谈。美国当代悲剧理论家罗伯特·科律根(Robert W. Corrigan)认为以戏剧主角来判断是否为悲剧这种看法是一种"形式谬论"(a formalistic fallacy),这谬论"基于一种假想,认为所有时代的悲剧都应具有相同的形式和结构上的特点"。但在戏剧史上,有谁能够找到这种形式上的一致呢?他接着说:

> 古典希腊悲剧和莎士比亚悲剧也不能做到彻底的一致。悲剧都是关于死亡的吗?那么索福克勒斯明显是个例外。很多人说悲剧英雄之所以陨落是因其"悲剧性缺陷",但考察众多悲剧后这一说法显然站不住脚。……我们试图根据一些形式上的特点来给悲剧下定义的话那么这一努力注定要失败。悲剧中唯一核心一致的东西是悲剧人生观(tragic view of life)或者悲剧精神(tragic spirit)。(Corrigan, 1965:xi)

科律根撇开悲剧纷繁多变的形式,认为小人物作为戏剧主角只是现代悲剧区别于古典悲剧的形式差异,只要悲剧最核心的部分——悲剧精神依然存在,悲剧就不会死亡。美国文学批评家奥尔森·埃尔德(Olson Elder)则进一步肯定了小人物作为主角的可能性。在《现代戏剧与悲剧》("Modern Drama and Tragedy")一文中,他说:

> 将一个普通人、甚至地位甚低的人塑造成悲剧形象是完全有可能的;而在舞台上国王和贵族的表演和悲剧毫无关系也是

完全有可能的。使戏剧成为悲剧或喜剧的不在于其表现的对象,而是戏剧的理念以及实现戏剧的艺术表现手法。(Olson, 1965:181)

这两位批评家都将戏剧的表现对象看作外在因素,而将其最本质的表现精神,也就是有无悲剧精神或悲剧激情看作衡量悲剧的标准。1949年,美国戏剧家阿瑟·米勒(Arthur Miller)在其著名的《悲剧与普通人》("Tragedy and the Common Man")一文中认为在悲剧的最高意义上,"普通人和国王一样,都适合于作为悲剧的主人公",因为:

无论是高贵者还是卑贱者,都有同样的精神变化过程。说到底,如果悲剧行动的升华真的只是高贵人物所独有的特征,那么广大群众人爱悲剧胜过一切形式,就令人不可思议了……我认为,面对着一个人准备献出生命去保护一种东西——对个人尊严的意识,假如必须的话,我们心中就会升腾起悲剧感。(Miller, 1965:148)

米勒这番话既是对其悲剧《推销员之死》(*Death of a Salesman*, 1949)的辩护,也是对现代小人物悲剧的辩护。该文章一出,即刻得到众多学者们的支持。美国著名批评家雷蒙·威廉斯(Raymond Williams)在其《现代悲剧》(*Modern Tragedy*, 1966)一书中也为小人物的悲剧英雄正名,认为时代的变化必然导致文学作品中主人公的转向。任何仍然坚持按照古典悲剧理念创作的作品只能和时代精神相脱节而与读者产生距离感。他说:

一直以来,帝王的命运与政权的更迭

总是悲剧经常表达的主题,
好像不幸把王位当作她的交椅,
只有伟大的人物才拥有这种不幸……
我们带着惊奇听着这些故事,
但它们离得太远,也居得太高,
我们无法怜悯我们不能分享的事情。
……
我们从下层的生活中汲取苦难的情景:
——不要因为他们是同类而减少你的怜悯。(Williams,2006:117)

本书赞成以上几位悲剧理论家们的言说,认为小人物充斥现代舞台非但不是悲剧死亡的依据,反而让现代悲剧更具有时代气息从而引起观众的怜悯与共鸣,是现代悲剧有别于古典悲剧的特点之一。在欧茨笔下,小人物构建成"他们"的悲剧世界,向世人展示命运巨掌下底层人价值的摧毁与丧失。

一、底层人的命运

《他们》的背景为美国的汽车之城与"谋杀之城"(Murder City)——底特律。欧茨曾无比感激地回忆在那里的时光,将底特律称为"我最了不起的主题,造就了我,造就了现在作为作家的我"。(Oates,1986:308)在欧茨眼中,底特律充满了矛盾:它既有着"美国汽车之城的狂热脉搏",也充满了暴力纷争;既是一个繁华的大都市,又是"一个野蛮的谋杀之城"。(Oates,2005:341)在欧茨笔下,这座极富与赤贫严重对立的城市构成了一个象征,"象征着温德尔一家在小说中必须从头至尾要抗争的宿命",是神秘而无可逃遁的命运的化身。(Giles,1995:172)

身处底特律的芸芸众生在命运的起伏中经历各种苦难,洛雷塔(Loretta)的父亲就是这芸芸众生中颇具代表性的一员。1929年经济危机爆发之前,洛雷塔的父亲曾经从事房地产业,与建筑公司的同事建造了许多大楼与建筑。爵士乐时代的底特律歌舞升平,为像洛雷塔父亲一样的下层工人提供了不少机会,命运女神似乎向所有美国人露出迷人的微笑。在命运女神的眷顾下,洛雷塔一家过上了小康的生活,甚至拥有自己的汽车,成为无数人羡慕与嫉妒的对象。然而好景不长,突如其来的经济大萧条彻底改变了洛雷塔一家的命运。整个美国的经济都在倒退,工厂大量裁员,底特律这座城市也因失业率太高而几乎瘫痪。命运女神展现出其不可理喻、无法理解的恐怖一面,顷刻间夺走了成千上万人的幸福与梦想。洛雷塔的父亲丢掉了饭碗,成为失业大军中的一员,修建了一半的房子遭到搁置,任凭风吹雨打直至完全倒塌。在命运这只看不见的手掌的碾压下,在底特律这座"魔鬼般的城市",洛雷塔的父亲被夺走了一切,丧失了珍视的价值体,沦为社会的最底层。

"底层"(subaltern classes)这一概念是意大利马克思主义理论家安东尼奥·葛兰西(Antonio Gramsci)在《狱中札记》(*The Prison Notebooks*)最先提出的,指的是"处于劣势的等级"。葛兰西将"底层"视为一种革命力量,这股力量是由被排除在主流社会之外的、处于从属地位、被压抑的社会群体组成,包括无产阶级、农民阶级和其他被压迫阶级。(Ashcroft,2000:177)对于底层的界定,理论家们一般从三个层面上做出阐释。首先是在政治层面上,底层处于社会权利金字塔的最底端,缺乏在现存社会体制下维护自身利益的能力;在经济层面上,底层者绝大多数都是一贫如洗的贫苦人民,对生产资料和生活资料的占有极其匮乏。这些人在现代市场竞争中缺乏博弈的资本,只能勉强维持最低限度的生存;在文化层面,底层既没有充分的话语权,又丧失了完整表达自我的能力,因而在社会中是失语的

沉默者。(Chatterjee,2004:205)

洛雷塔的父亲就是这样一位在政治、经济与文化层面都处于最低端的底层者。为了维持生计,洛雷塔的父亲四处寻找工作,然而好不容易找到一份巡夜的差事又因为他人的裙带关系被抢走。政治上缺乏权利意识的他只能忍气吞声地接受这个现实,从未想过行使自己合法的权利夺回本属于自己的工作。失去工作、穷困潦倒的他为了养家糊口,日夜徘徊在街头等待工作机会,无论什么活都干,甚至还卖过报纸,而所得的报酬永远那么微薄。经济上一贫如洗的他根本无力挽回以前的风光。洛雷塔的父亲自始至终没有正面出现在小说中,只是作为背景般的存在。他甚至都没有一个名字,更没有说过一句话。政治与经济上的最底层地位也剥夺了他文化上的自我言说能力,在社会文化等领域处于失语的境地。

洛雷塔的父亲这个位于社会最底层的小人物在经济危机这一时代灾难面前根本无力反抗,无论如何挣扎、斗争,都始终无法扭转自己日益倒退、恶化的趋势,只能沿着命运所铺设的道路步履蹒跚地前行。被誉为"美国悲剧之父"的尤金·奥尼尔(Eugene O'Neill)曾说:

> 生活本身也是如此。你一旦上了路,不管你采取何种行动,也无论你如何想方设法改变生活,你都将无可奈何。因为命运,或是神的旨意,或者随便怎么称呼,都将驱赶着你沿着这条道路不断前进下去。(O'Neill,1987:137)

洛雷塔的父亲就在这条命运之路上步履沉重地向前行走。几年后,美国从大萧条中恢复过来,洛雷塔的父亲也重新回到了建筑行业。虽然经济得到了复苏,但建筑行业再也没有景气过。在命运巨掌的摆布下,洛雷塔的父亲陷入了深深的恐惧与迷惘并开始用酒精麻醉自己。物质的贫乏与精神的迷失相互交织,彼此加剧,最终他日益暴躁以至发疯,在精神病院了此余生。像洛雷塔父亲这样的个体以及他所代表的下层工人不得不以卑微的姿态面对强大的时代,在经济危机这一大的命运前俯首。他们无法理解发生的一切,也不能控制自己的命运,更不可能超越和改变所处的时代。

经济危机这一时代灾难摧毁了身处都市的底层贫民,然而,洛雷塔父亲的悲惨境地并非如《推销员之死》中的威利·洛曼(Willy Loman)一样归结于社会:欧茨在表现时代与社会对个人的影响时,并没有刻意描画社会的阴暗面,着意书写社会对个人的压制。她更强调的是时代灾难、社会潮流相对于个人而言的强大与不可逆转以及个人在这些力量前的弱小与无助。欧茨将这种社会力量想象成一股无形的邪恶力量,并将它归结为命运。在《不可能的边缘:文学的悲剧形式》(*The Edge of Impossibility*: *Tragic Forms in Literature*, 1972)一书中,欧茨认为悲剧的最高形式为"由必然性所决定的"悲剧。这种"必然性"不仅仅是一般意义上的客观规律,还是"游离于小说主人公们之外、一种抽象的、超出控制的力量",也就是命运。(Oates, 1972:120)

二、命运力量的实现:暴力

命运抽象而无形,却使得困禁其中的人们无法逃遁、无力反抗。在作用于个体身上时,抽象的命运必然得呈现出某种具体的形式,实现对个人价值体的摧毁,暴力就成为命运作用于个体最直接的方式。对于暴力这一命运的表现形式,欧茨在小说中对其展开了淋漓尽致的书写,以至于《纽约时报》毫不留情地批评,称《他们》是"一个阴森森的哥特式房间,里面充满着鲜血、火灾、精神错乱、混乱、贪婪、腐败和各种死亡"。(Milazzo, 1989:120)的确,这部小说中描写了各种暴力,但欧茨并未如那些低俗小说家过多地渲染暴力的血腥与施暴者的残忍。她关注的是命运洪流裹挟下的社会底层小人物的悲惨遭遇,她的暴力书写真实地再现了贫苦大众在命运之手的碾压下凄苦窘困、理想被剥离的生存困境。

《他们》的开篇,暴力在预感的预示下若隐若现、蠢蠢欲动。正值豆蔻年华的洛雷塔独自伫立在镜前:她一边对镜梳妆,一边思绪游离。她对自己少女的外表颇为满意,对自己的生活和工作也相当知足。然而正当洛雷塔沉浸在愉悦心情中时,一个念头毫无征兆地悄然涌入她的脑海,"事情会怎样发展呢?又会出什么事呢?"(them,3)这个念头犹如一片阴霾,笼罩在洛雷塔原本灿烂晴朗的心头,不仅为小说定下了紧张、沉郁的叙述基调,而且是洛雷塔本该美好的生活被暴力摧残这一悲惨命运的预示。

在古希腊悲剧中,命运通常是以奇特的神谕(oracle)[1]形式预言出来。悲剧主人公的命运往往从一出生就已注定,而这一既定命运的传达有赖于神谕。神谕在作品中的引入为悲剧主人公命运的发展提供了线索,也使命运成为一种先验的存在,预示了情节的发展以及随后的人生际遇。因此,在古希腊悲剧中神谕通常被视为命运的代名词,无论是凡人或永生的神灵都无法逃脱神谕的控制。(Devereux,1976:51)在欧茨的现代悲剧小说中,主人公的命运当然不可能由虚无的神灵所喻示,而是由主人公自己都难以言喻的第六感来预言。这些预感代替古希腊命运悲剧中的神谕成为喻示人物悲惨结局的工具,指引着悲剧情节的发展。不仅如此,这些预感所指示的终点往往是暴力,无情地摧毁主人公所珍视的价值体。

在小说接下来洛雷塔的内心自审中,预感一再地出现,为暴力的

---

[1] 古希腊神话中,神谕是神庙中的祭司以神的名义对人们所提问题做出的回答。在众多发布神谕的神庙中,供奉阿波罗神的德尔菲神庙是最著名的。在德尔菲神庙中,阿波罗的旨意由女祭司皮提亚(Pythia)传达给世人。索福克勒斯的《俄狄浦斯王》中,俄狄浦斯在德尔菲神谕的预示下,一步步地走向自己早已被预设好的命运。

隐现更添紧张气氛。"将会发生什么事情呢?""究竟会发生什么事情呢?"当预感到在不远的将来有些什么事情要发生时,洛雷塔的心"不禁怦怦跳起来"。(them, 4)在短短的两页篇幅内,洛雷塔这种不祥的预感出现了四次,为接下来暴力的出现做了铺设和预示。当天晚上洛雷塔在街上遇见自己的初恋男友伯尼(Bernie Malin),并深情相拥。情窦初开的少女此时应该洋溢着甜蜜与幸福,然而当洛雷塔看着伯尼时,却不由自主地联想起前几天报纸上所报道的被枪杀的纳尔逊和迪林格。洛雷塔还回想起她一个朋友的姑姑向她讲述纳尔逊和迪林格被枪杀的惨状,以及她如何亲眼看见她的一个朋友的裙角沾着迪林格的鲜血。听闻如此骇人听闻的故事后,洛雷塔却毫不畏惧,甚至狂热地"期望自己也能跪倒在血泊中,沾上他的鲜血",因为在洛雷塔看来,

> 纪念一个男人除了保存最原始及最丑陋的东西以外,是没有更多别的东西的。而那血是他身上再真实不过的东西了。它曾经是热的,曾在它的血管中流动过,直到警察的子弹打中了他才使得那血流了出来。(them, 24)

在面对恋人时,洛雷塔眼前浮现的不是美好与甜蜜,相反是鲜血与枪杀,这样的反常不免让读者顿感疑惑,以至于洛雷塔自己也难以理解,"不知道为什么会这样"。(them, 24)骤然涌上心头的"血"和"枪杀"的意象呼应着前文的阴霾预感,更为小说增添了紧张的气氛,预示着暴力的登场。夜晚,洛雷塔偷偷将伯尼带回家,两人相拥而眠。枕在恋人的怀中,洛雷塔却想起壁橱里已过世母亲的旧衣服以及褶皱的衣袖:"那些硬邦邦的衣袖就好像永久地弯曲着,弯成曾伸进过这些衣袖的胳膊的形状。"(them, 25-26)过世的母亲、僵硬的衣袖犹如魔咒般涌入洛雷塔的脑海,挥之不去。甜蜜温馨的时刻与死亡、

僵硬联系在了一起,再次预示着死亡的临近。半夜时分,随着一声枪响,洛雷塔从沉睡中惊醒,却发现伯尼头部中弹惨死在血泊中,洛雷塔"将会有什么事情发生?"的不祥预感被印证为事实,命运用暴力的形式向洛雷塔显现。洛雷塔惊恐地望着头部中弹、一命呜呼的伯尼,发现:

> 血在流淌着,在他那腼腆地转向一旁的头部的一侧,泉涌般地流淌着,渗进了枕头……血是不会止住了,她生怕自己突然一动,就会碰到什么东西,触动那股血流,使它流得更快;似乎这样一来,血便会从他的头部喷涌而出,流到地上,渗进地板,再流向楼下的天花板,使一切东西都覆盖上一层热烘烘、粘乎乎的血似的。(them, 27)

伯尼惨死的场景与洛雷塔之前联想起的纳尔逊和迪林格之死何其相似,同样是枪杀,同样是鲜血横流。不仅如此,伯尼的一只胳膊弯曲着放在裸露的胸脯上,这只弯曲着的胳膊逐渐变得僵硬,成为洛雷塔心中挥之不去的影像,无形中与她死去母亲的衣袖构成了强烈的呼应。一切似乎都在按照洛雷塔的预感发展,洛雷塔仿佛置身于一场已被命运写好剧本的剧中,一步步走向被暴力摧毁的结局。

洛雷塔的少女梦想与憧憬在命运这只暴力之手下瞬间被粉碎。初恋被打穿脑袋,血淋淋地躺在洛雷塔身边,随后赶来的警察霍华德·温德尔(Howard Wendall)却在尸体前强暴了她,以此作为帮她处理尸体的条件。在枪杀、强暴的表层叙述下隐含着现代美国人生活最核心的部分——人的生存困境。暴力越是强烈,人在命运前的渺小、无奈的悲剧处境越突显。

命运用暴力摧毁了洛雷塔的梦想,同样的悲惨也在下一代人身上重演。朱尔斯·温德尔(Jules Wendall)是家中长子,如同所有底层人一样,朱尔斯胸怀美国梦、期待白手起家,他相信未来"那里有美国的前程,正在等待像他这样的人"(them, 106)。遇到生命中的贵人——大资产家伯纳德(Bernard)后,朱尔斯更是觉得距离梦想又近了一步。然而伯纳德的意外遇害粉碎了朱尔斯所有的希望。在毫无任何预兆的情况下,朱尔斯发现伯纳德的尸首:

> 他脸朝天地躺在那敞开着的盥洗室的门旁,喉咙被人切开了……一道道殷红的鲜血在地上流着,染红了伯纳德的雨衣。鲜血流得到处都是,黏在伯纳德的脸颊上,甚至前额上,他那圆睁着的眼睛有一只也黏上了血,睫毛上凝结着血块。(them, 272)

横生的暴力终结的是伯纳德的生命,反映的却是命运对朱尔斯摆脱贫困、步入上流社会的梦想的终结。因此,暴力画面越可怕,给读者的震撼越大,越能折现朱尔斯在面对无情命运时的可悲与凄惨。与朱尔斯一样,妹妹莫琳(Maureen)也是暴力下的牺牲品。为了摆脱贫穷、改变底层人的命运,14岁的莫琳只能出卖自己的肉体,却不想被继父发现。在继父狂风暴雨般的一顿毒打后,莫琳精神崩溃、意志丧失,在此后的很长一段时间里都卧床不起,想要逃离贫困的境地、改变命运的梦想自然也被暴力扼杀。

在欧茨笔下,命运借助暴力对像温德尔一家的小人物的摧残并不局限在肉体上,更表现在精神层面对他们真挚理想、梦想的摧毁。在强大而无情的命运面前,他们形同蝼蚁,过着贫穷卑微的日子,内心中仅存的一丝美好梦想仍躲避不了被暴力摧残的命运。

三、命运意志的彰显:偶然与巧合

抽象的命运不仅借助暴力对个体实施影响,其意志和力量还体现在生活中的偶然与巧合上。根据《牛津希腊语词典》(*A Greek-English Lexicon*)编纂,在古希腊语中,命运(tyche)意指神所赐予的好运、运气(包括好运与厄运)、机遇等。(Liddell,1996:1839)希腊神话中的命运女神堤喀神(Tyche)往往随意地将好运与厄运分配给人类。女神的形象常常蒙着双眼,命运因此往往带着强烈的偶然与不定因素。不仅如此,传说中古希腊骑士帕拉默德斯(Palamedes)将他发明的第一套骰子献祭给她,助其在决定一个人命运时掷骰决定。命运强烈的偶然性与无常的特点可见一斑。

对于命运的偶然与巧合,历史上众多哲学家也展开了自己的论述。亚里士多德曾这样论述命运,称:

> 如果某一偶然事件的结果是好的,人们就说"好运气",如果结果是坏的,就说是"运气不好";若事情的结果比较重大,就用"幸运"和"不幸"……幸运是变化无常的,因为偶然性是变化无常的。(Aristotle,1999:1171)

在亚里士多德看来,命运最大的特点就是偶然与变化无常。意大利哲学家莱昂·阿尔伯蒂(Leon Battista Alberti)则将命运喻作一位喜怒无常的女神,认为:

> 假如一个人不幸落水时,身边恰好有一块木板或一条船,那么命运女神对这个人便是仁慈的。相反,如果他身边什么也没有,只能凭借自己的力量奋力游向岸边,那么,命运女神对他就是残忍而无情的。(转引自 Jarzombek,1989:158)

落水时身边有无营救工具无疑具有极大的偶然性,阿尔伯蒂对命运的阐述所突出的无疑正是命运的偶然性特点。对于命运与偶然,欧茨也有自己的见解。在1969年的一篇采访中,欧茨谈起生活中的偶然事件时认为:"命运的意志正是体现在这些突发性与意外事件中。"(Oates,1969:73)她的这一看法在《他们》中得到了最好体现。

在《他们》中,偶然性事件与欧茨笔下主人公们的命运密切相关,成为他们人生的转折点。透过这些偶然事件,不难发现在它们背后那股无形的决定力量——命运,而事件的偶然性则印证了命运变化无常的性质。洛雷塔的大女儿莫琳是个文静腼腆的女孩,她厌恶家里混乱不堪的状态,常常在图书馆寻求心灵的慰藉。一次,莫琳被推选为班级秘书,负责记录每周五召开的班级会议。对于年仅14岁的莫琳而言,这份工作神圣而令人自豪。在她幼小的心灵里,秘书这份工作是她生活中至为重要的事情。她甚至觉得正是有了这份工作,她的人生才有了保险。因为有了这份特殊技能,她可以为自己累积经验,中学毕业后就可以找到一份秘书的工作,从而摆脱贫穷的命运。因此,那本记载会议记录的蓝色封皮笔记本也被莫琳视为珍宝。可以说,在底特律这一充满暴力、凶杀、肮脏和绝望的世界里,这个笔记本承载着少女莫琳对未来所有的希望。然而在一个午后,莫琳遇到了"一生中最坏的厄运":那个蓝色笔记本不见了。年幼的莫琳顿时"觉得此生休矣。这个世界正张开恢恢的天网要诱捕她"。(*them*,173)她流着泪,发疯般地在所有经过的地方一遍遍寻找,在希望和绝望的交替中最终止于绝望。在老师眼里,这个小小的笔记本里记的都是些琐碎无足轻重的事情,丢了也无关紧要。对于莫琳而言,丢失笔记本却是命运对她第一次也是最沉重的打击。

莫琳这段丢笔记本的叙述其实是作者欧茨的亲身经历,欧茨在1969年接受采访时谈起这段经历:"我和她都采用了一种相当软弱、受害的方式来应对,我们几乎因这件事被摧毁,因绝望而痛哭。这件事如今看来相当愚蠢而且微不足道。但在那个年纪,它却可以摧毁你。"(Kuehl,1989:8)丢笔记本这一偶然事件摧毁了莫琳作为少女全部的希望,告诉这个涉世未深的少女其命途多舛以及命运难以控制,继而彻底改变了她的命运。由于梦想被摧毁同时不堪忍受家里混乱不堪的环境,莫琳竭力想摆脱自己不堪的命运,而从这一厄运中解脱的唯一办法在莫琳看来就有钱。在随后的日子里,莫琳彻底发生了变化,每天思考的都是钱以及如何赚钱,成绩也因此一落千丈,由一个品学兼优的优等生沦为成绩常常不及格的差生。在九年级时,莫琳在路上闲逛时偶然遇到一位中年男子,用自己的身体换回了她梦寐以求的钱,从此莫琳彻底沦落。本来可以指望凭借这些钱改变自己的命运,可谁知,阴差阳错中莫琳坐在陌生男子车上时恰好被过马路的继父撞见,随后遭到继父的猛烈殴打瘫痪在床。这一次接一次的偶然事件使人感觉冥冥之中有一只无形的大手将莫琳推向毁灭,偶然和巧合将莫琳引向她注定逃避不了的命运。

单独看来,偶然与巧合只是个别现象,是特例,而当所有的偶然性事件联系在一起时,命运的必然性就凸显了出来。古希腊悲剧中,雅典国王忒修斯(Theseus)在征服克里特岛国王弥诺斯(Minos)的迷宫后,带着战利品阿里阿德涅公主(Ariadne)回雅典。而在返程途中,忒修斯梦见酒神狄奥尼索斯声称阿里阿德涅为他的妻子。苏醒后的忒修斯无奈将阿里阿德涅留在孤岛以将阿里阿德涅送给狄奥尼索斯。随后,由于失去公主的悲伤,忒修斯忘记将象征胜利的白帆挂上。翘首以盼儿子归来的忒修斯之父看见象征失败与死亡的黑帆,悲痛地以为儿子已死,在绝望中跳海身亡。在这一古希腊经典命运悲剧中,偶然性事件都是以"他物"为设定:忒修斯将公主留在岛上是因为梦见酒神这一"他物",忘记改换白帆是出于悲痛这一"他物",而忒修斯之父的死则出于黑帆。不仅如此,偶然性事件往往又是新的偶然性事件所凭借的"他物"。并且当灾难性的事物在"一切条件齐备时",必然会显现,偶然将会转化为必然。在莫琳的悲剧中,丢失笔记本这一偶然性行为并不在莫琳本身,而这一偶然性事件导致的直接结果就是莫琳梦想的破灭并产生追求金钱的欲望,继而出现街头与陌生男子的偶遇及至最后被继父在街头意外发现。所有的一切偶然从表面上看似乎都出于巧合,只是个例,是意外,而事实上,欧茨小说中的"巧合本身并不是原因,它只是作为表现命运力量的形式而出现的"。(Oates,1969:19)作为底层穷人的子女,莫琳无力改变自己的命运,除了身体她没有别的资源可利用,因此她在街上与陌生男子偶遇、出卖肉体这一连串事情在偶然中又透露出命运的必然性。

在《他们》这部小说中,欧茨揭示了生存中那些令人惊惧却又宿命般摆脱不掉的偶然瞬间,这些偶然无不指向主人公的悲惨结局,最终构成无法挽回的必然后果。正如洛雷塔的第一任丈夫霍华德在工作时被一块重达一两吨的石板砸中而暴毙一样,《他们》中的意外事件构成了人物的注定命运。大大小小的偶然事件正是命运意志的具体体现,它们在一定程度上显示了人物悲惨命运的定势。

第二节 底层人的反抗

命运借助暴力,以偶然与巧合的外在形式摧毁了主人公们所珍视的价值体,但若仅局限在这一层面,那欧茨的小说无异于向人们昭示末日的到来而宣扬悲观消极之情。如欧茨自己所言,她的小说努力使普通大众意识到他们的生活已被摧毁,但最终目的则是"向我们展示如何度过并超越痛楚"。(Oates,1973:21)生命已被命运打击得支离破碎,但残存的气息应该如何维持下去呢?正如美国当代作家索尔·贝娄(Saul Bellow)曾不无疑惑地问道:"我们要么想要生活继续下去,要么不想……如果想要继续下去的话,那么生活该以何种形式呈现呢?"(Bellow,1963:62)欧茨用《他们》中主人公的积极反抗对贝娄这一人类生存的重要问题进行了回答。

小说中,"反抗"可以说是几乎每个小人物在命运重压下所呈现出的人生态度。这在莫琳这一人物塑造上显得尤为突出。面对底层人的命运,莫琳早就表达出"逃脱一辈子做莫琳·温德尔的厄运"的愿望。她躲入图书馆,渴望从书籍中寻求在现实生活中缺失的"秩序"(order),从而对抗外部世界"意外"的力量。(Fossum,1975:286)她对命运的抗争在母亲的干涉下以失败告终,洛雷塔总是指使莫琳干这干那,剥夺了莫琳去图书馆寻求庇护的权利。而后,在意识到金钱的重要性后,莫琳决定出卖自己的肉体,换取逃离贫穷命运的机会。虽然方式极其不堪与无奈,却折射出莫琳逃脱命运魔掌的坚毅决心。在事情败露后,莫琳没有听从妹妹的警告,毅然回家直面暴怒的继父,最终被打成重伤。即便如此,莫琳并未停止对命运的反抗,相反却经历了凤凰涅槃般的重生。她脱胎换骨,变成了与从前截然不同的人:冷酷、坚强并且知道自己的目标,那就是摆脱目前的处境,从"他们"的低贱身份中挣脱出去。为了达到这一目标。她勾引了一名有妇之夫,引诱其离婚并与自己结婚,利用婚姻冰冷无情地实现了自己的梦想,给予自己的命运力所能及的回击。正如美国文学评论家沃尔特·沙利文(Walter Sullivan)所说,在莫琳身上,他看到了"这个有着洞察力的无辜孩子的残忍,不过最终她还是成功了。他们超越了自我,成为围绕在我们身边的普遍性精神孤独的映像"。(转引自 Bloom,1987:15)在小说的结尾,莫琳通过婚姻成功摆脱了莫琳·温德尔的身份,彻底与原有身份所注定的命运切断联系。当丈夫偶然在报纸上看见朱尔斯·温德尔的名字,问她这是否她的哥哥时,莫琳矢口否认。而在哥哥上门探访时,莫琳甚至未让朱尔斯进门,并表示"再也不会见到他们了"。莫琳用一种极端而决绝的方式彻底脱离了"他们"的所属群体,向自己的命运掷以最无情却也最有力的一击。

在面对命运时,弱小的莫琳无依无靠、孤独无助,继父的毒打都可以将她彻底摧毁。然而在对命运的抗争中,精神上不屈的莫琳凸显了个体的自由意志,展现了人精神的强大,洋溢着逆进、抗争的悲剧精神。在法国思想家布莱士·帕斯卡尔(Blaise Pascal)看来,

> 人仅仅是棵芦苇,在自然界是最脆弱的东西,但他是棵会思考的芦苇。整个宇宙不需要什么武器自己就能摧毁他。一口气,一滴水就足以杀死他。但如果宇宙要摧毁他,人依然要比那摧毁他的东西更为高贵,因为他知道他的死亡,也知道宇宙凌驾于他的优势;而宇宙却对此一无所知。(Pascal,2004:347)

在庞大的命运面前,即使没有成功的希望,欧茨笔下的悲剧主人公们依然奋起反抗,在这一"知其不可为而为之"的抗争中绽放出人的伟大力量,展现出人的"高贵"。正如雅思贝尔斯所言,"没有超越就没有悲剧。即便在对神祇和命运的无望抗争中的抵抗至死,也是超越的一种举动:它是朝向人类内在固有本质的行动"。(Jaspers,1952:15)就这点而言,《他们》虽然描写了"在永恒的精神力量和压迫性的物质之间永不停息的戏剧性的斗争"以及人的失败,但它仍然充盈着悲剧的崇高感,"是部充满希望的小说"。(Johnson,1987:76)

面对命运毁灭性力量的摧残,欧茨笔下的主人公们毅然选择了反抗。但究竟如何反抗、采用何种方式对命运发起反击与抗争呢?欧茨用洛雷塔与朱尔斯两代人不同的选择对这一问题进行了回答。

一、强韧生存

在对洛雷塔的人物分析上,许多评论家相信在命运的摧残下,洛雷塔只能消极而被动地默默承受。她被迫与强暴自己的温德尔结婚,在丈夫被砸死后又无言地接受丈夫惨死的事实;与帕特·弗农(Pat Furlong)再婚,面对他对女儿的毒打无能为力,只能躲避假装

没看见;年老色衰、一身病痛的她对命运竟没有一句抱怨,仍然在看着电视、与朋友闲聊的无所事事中了此余生。美国学者詹姆斯·吉尔斯(James Giles)在分析洛雷塔这一人物形象时认为,从本质上而言洛雷塔在命运的一次次施暴中逐渐接受了自己的命运,实行了"心理自杀"(psychic suicide)。吉尔斯进一步阐述说:"心理自杀源自受害者接受了其施暴者的价值观并与之趋同……洛雷塔存活了下来,她的幸存是因为她的内心接受了使其沦入贫民窟的资本主义系统的价值观念。"(Giles,1974:219)他认为在无形中,洛雷塔接受了上层社会的价值观,从积极地寻求改变命运的途径到默然地接受命运的摆布这一过程中,已彻底被命运碾碎。

然而事实上,以洛雷塔为代表的小人物们虽然在暴力的重压下或苟延残喘,或佝偻前行,但他们并不绝望,他们在用"活着"这一简单的事实发起对命运最有力的抗争。正如欧茨所言,不管叙述得多可怕,她所有作品的价值就在于"他们都存活了下来"。(Oates,1973:57)的确,在残忍的命运面前,"他们"没有被击倒、打败,仍然坚强地存活着。美国文学评论家查尔斯·格利克斯伯格(Charles Glicksberg)也强调了生存的意义,认为生命的继续是"活力"的体现,因为:"只要生命在继续(并未因意义的虚无而失去动力),那么生活就必须继续;而文学,不管外表多么得悲观,甚至即使它走向否定的最极端,也从本质上而言是对生命的讴歌。"(Glicksberg,1970:169)面对命运的重压与残暴,活着本身就是一种对抗。因此她的作品是"对生命的歌颂",是对幸存者激情和生命本能的肯定和赞扬。从她的小说中一个"悲剧式肯定"显现出来,那就是"对希望的希望"。(Grant,1978:3)

在哲学上,生存本身就是一件严肃的事情,是对命运的抗争,凸显着"人的尊严和价值"。(Clayton,1979:31)加缪曾用古希腊英雄西西弗(Sisyphus)阐述生存所绽放的生命意志与抗争精神的绚丽光芒。在古希腊神话中,西西弗在冥王哈德斯(Hades)的惩罚下,每天要使尽全力将一块巨石推上陡峭的高山,而每当他耗尽全部气力将巨石推到山顶时,巨石就会从山顶滚落山底,如此反复。西西弗不得不徒劳地重复着这无止境的枯燥工作。不同于古希腊神话中绝望而无奈的西西弗,加缪的著作《西西弗的神话》(Le Mythe de Sisyphe, 1942)中的西西弗却是不屈精神的象征。在加缪看来,西西弗每天机械地重复推石上山的生存状态是荒诞的,可怖的命运通过滚落的巨石一次次对他的劳动加以否定。

西西弗这种荒诞的生存状态同样也体现在洛雷塔的身上,她不得不应对命运向她施加的一次次厄运,不断地"推石上山";却又一次次地遭遇更大的厄运,面临"巨石滚落"的困境。小说伊始,花季少女洛雷塔在镜前顾盼生辉。尽管生活处于极度贫困,但她对生活仍充满憧憬和希望,盼望某一天能改变自己的命运。改变命运的方式在年少的洛雷塔看来只有男人:一个可以帮助她脱离地狱般贫困生存现状的男人。在一个以男性为主导的世界里,洛雷塔本能地将自己依附在男性身上以期改变命运,而她的希望最终还是破灭了。命运给这位少女开了个天大的玩笑,哥哥布洛克(Brock)一时兴起,开枪杀死了伯尼,湮灭了少女的所有期望。当惊魂未定的洛雷塔跑出家门寻求帮助时,她留意到地上被人遗落的一分钱。这一分钱犹如古希腊悲剧中命运女神对人命运的神谕,让洛雷塔的内心又充满了希望,她不禁在心底自言:"真走运!"然而,洛雷塔面临的是更大的厄运:霍华德在伯尼的尸体前强暴了洛雷塔,迫于无奈的洛雷塔与霍华德结婚。婚后不久,霍华德无辜被冤丢掉了警察的工作,从此居无定所、沉默暴躁。在他身上,洛雷塔看见了自己父亲的影子,上一代人的命运悲剧再次重演。最终,霍华德在工作时被重物砸死,这彻底终结了洛雷塔的梦想。洛雷塔的生活再次被抛向混乱、无助的境地。此后的洛雷塔再次结婚,再次生子,也再次经历了婚姻的失败。在

1967年底特律大暴动中,洛雷塔遭受了不少冲击,失去了住宅和仅有的财产。与西西弗一样,命运之手一次次地将灾难的巨石推向柔弱的洛雷塔,向她投以荒诞。

在加缪眼中,在这种无意义、充满荒诞的生存困境中,西西弗却是"幸福"的。加缪认为,在攀登山顶过程中,西西弗"所付出的努力与奋斗本身足以使人充实"。(Camus,1955:120)面对那块不断滚落的巨石,西西弗并未产生诸如孤独、痛苦与绝望的情绪。因为如果他灰心绝望的话,根本不会一再地重复推石上山的动作,而是早在巨石滚落第一百次、一千次时就选择自杀。因此,在这重复而无意义的事情中,凸显的是西西弗应对荒诞处境的悲剧精神与不屈意志。他坚信"在毫无希望的条件下生活是可能的",这是一种充满抗争精神的信念。

作为现代的西西弗,洛雷塔在没有意义的荒诞命运前一再地用乐观去应对所有的磨难,凭借一种令人难以置信的韧性与弹力一次次地重新找到生活的轨迹,顽强地生存了下来。相继遭受了初恋情人的惨死以及强暴的厄运后,生性乐观的洛雷塔并未消沉,她甚至对伯尼惨死当晚霍华德趁机强暴她的行为充满感恩,认为是霍华德的及时出现将她从霉运中解脱了出来。她情不自禁地感慨:"人们可真是好,我算是体会到了。我自己就摊上了一件天大的倒霉事,但是有人帮了我的忙。"(*them*, 43)洛雷塔和霍华德很快结了婚,她忘记了命运施加在她身上的不幸,觉得自己的人生终于有了归宿,甚至开始憧憬以后的幸福。每每想到在这座充满暴力与贫穷的城市里有自己的家庭,洛雷塔就油然生出一种"踏实而美好"的情感。即使在霍华德工作时被重达两顿的重物压死时,洛雷塔仍然没有放弃对生活的憧憬,她继续热恋、重新组建家庭。在底特律大暴动中,虽然她丧失了住处与所有财产,但想到自己能够幸存下来,看到自己的孩子和外孙,洛雷塔就心怀感恩。她走出家门与遭受烧砸盗抢的人攀谈,对于一个房屋被付之一炬的人,洛雷塔安慰道:"要紧的是你没被打死,也没受伤。"(them,528)洛雷塔的乐观精神与永不熄灭的希望之光支撑着她度过一次次命运带来的劫难。

洛雷塔这位现代的西西弗,是现代人超越性的悲剧精神的隐喻。她用乐观与不屈的意志在种种磨难中存活下来,虽然看似被命运征服,但实质上是用生存这一事实嘲弄着命运,向命运发起无言又最有力的挑战与抗争。

二、暴力反击

如果说洛雷塔用一种无言的方式来应对命运投掷出的毒箭,那么下一代人朱尔斯则用激烈得多的方式——暴力向命运挥出反击的利剑。美国小说家弗兰纳里·奥康纳(Flannery O'Connor)曾说,人若想获得解放,只有通过暴力。因为只有暴力才能使人回到现实,为他们受天惠的时刻做好准备。奥康纳认为除了暴力,什么也不能使人们清醒。(O'Connor,1988:207)法国存在主义哲学家让-保罗·萨特(Jean-Paul Sartre)将暴力视为"对由人的意志建构起来的各种关系的否定",认为暴力旨在打破一切活动主体行动中所受到的限制,打破个人在社会活动中的固定地位,是自由的象征。(Sartre,2007:129)于欧茨书中的主人公而言,在生活这场与命运进行的残酷生存较量中,以暴力对抗命运是最常采用的手段。凯瑟琳·格兰特甚至认为在欧茨小说中,"人若是想在'廉价而艳俗的美国现代荒原'中获得自我肯定,只能借助暴力……通常他获得完整感和自我的唯一途径就是暴力"。(Grant,1978:31)作为激情(passion)的极端形式,暴力体现的是个体极度的激情、生存意志力和超乎寻常的悲剧气概。如果说命运借助暴力摧毁了人的价值,使小说呈现出悲惨的一面,那么欧茨对暴力的核心——激情的热衷使其小说超越了悲惨,上升到了悲剧的高度:向读者展示主人公在悲惨、受限的重压下迸发的悲剧精神。用暴力向命运发起挑战、寻求个体解脱也因而在欧茨命运悲剧中成为一种模式化言说。

朱尔斯是用暴力作为武器对命运掷以反击的杰出代表。他生性开朗、对一切充满激情,一直以来都在为一个虚幻的梦想而奋斗,这个梦想就是令无数美国人心醉神迷的"美国梦"。这一梦想有着悠久的历史渊源,它孕育自北美大觉醒运动中美国式的民主理想。民主、平等、自由的思想,锐意进取的创业意识以及凭借努力人人均可发财致富的幻想,构成了美国梦的基本内容。人们普遍认为在美国这块热土上,人人都有成功的希望,朱尔斯正是这种"美国梦"的无数信奉者中的一员。像所有信仰的笃信者一样,朱尔斯认为只要自己努力奋斗就一定会成功,他坚信自己会飞黄腾达:

> 会在金钱的海洋中漂浮起来。首先,他要让他的家庭富起来,然后再从他们底下敏捷而灵活地溜之大吉。他要从美洲大洋上漂浮而去,一路穿越中西部大草原和落基山脉到达西部海岸,那里有美国的前程,正在等待像他这样的人。(*them*, 106)

他跟随商人伯纳德寻求发财的机会改变自己贫穷的命运,却意外遭遇伯纳德惨死;他追求富家女娜丁(Nadine)却遭娜丁枪击,险些命丧黄泉。命运似乎故意与他作对,他越是追求越是抗争,现实距离他的渴求就越远,继而造成更大的痛苦。在经历了发财梦破灭,惨遭恋人枪击命悬一线等一系列命运的恶作剧后,朱尔斯意识到命运的强大与自我的渺小,一种"倦怠的感觉从他身上蓦然而生,这是一种奇异的感觉。生活中总有一些东西令他捉摸不透"。(*them*, 151)朱尔斯被命运一再的残酷和暴力所击倒,他甚至能感觉到"圣灵"已离他远去。正如欧茨在小说中跳出叙述层面对朱尔斯进行评价时称"朱尔斯的命运将一次又一次地陷入异常可怕的疯狂之中,使他体力耗尽,精神上溃败"。(them,284)在强大的命运面前,朱尔斯不得不承认自我的有限与渺小。即便如此,生性乐观的朱尔斯仍对生命充满希望,相信自我。在给母亲的信中,他说:"人们始终都是一样的——孤独、忧虑,但对事物抱有希望……我不向上帝祷告,我只向自己祈祷……"他依然相信自己身上"圣灵"的存在并相信能够掌控命运,相信"事情会变好"。(them,341)即使每次与命运的交锋中总是处于劣势,朱尔斯仍然不放弃与命运的对抗,这种不屈与坚持体现在对娜丁的热恋上。当与娜丁交往时,朱尔斯觉察到两人之间巨大的鸿沟。作为一名卡车司机,尽管每天的工作是运送鲜花,但朱尔斯从鲜花散发出的幽香中仍能敏感地嗅到一股恶臭——这股气味是市区的公共汽车或者大型机动车辆所排出的恶臭。这股气味与精致优雅的鲜花格格不入,似乎在有意提醒着朱尔斯作为底层者低下的社会地位,预示着两人悲剧的结局。然而朱尔斯没有放弃,说服娜丁与他私奔。然而在私奔途中,朱尔斯突生恶疾,随即遭到娜丁的抛弃。即便如此,朱尔斯在痊愈后找到娜丁重修旧好,却意外遭到娜丁的枪击重伤入院。娜丁的反复无常象征着偶然多变的命运,向朱尔斯投来一次次致命的击打。即便如此,在小说结尾,朱尔斯对娜丁仍然毫无怨念,满怀期待地希望能在将来与其修好。

在小说的最后一章"回来吧,我萎靡已久的灵魂……"中,暴力为朱尔斯的反击提供了武器。1967年底特律的大暴动如一声巨吼彻底唤醒了朱尔斯内心的"圣灵",使他重新充满了生命的激情。在暴力的刺激与激扬下,朱尔斯开枪打死了一名警察。这场暴动是一场底层群体长久被压抑欲望的发泄,是一场狂欢。暴动开始时,朱尔斯仍然如往常一样行尸走肉般地徘徊在大街上,但暴动者的兴奋与欢乐感染了他,他感到内心已近熄灭的火焰重新燃烧了起来:"圣灵"并没有真正离开他。他感觉到围绕在他身旁、命运所施加的沉闷压抑的气氛,他渴望着打破这种沉闷。最后,面对一个欲置其于死地的警察,朱尔斯选择用暴力进行反击:他扣动了扳机,向一直以来打压、压制他的命运开出了报复的一枪。

在欧茨笔下,朱尔斯的暴力行径已然脱离了现实道德,成为一种力量的昭示:参与枪杀暴动的朱尔斯并非一般意义上的杀人犯,而是向一直压迫、抑制其个性的命运无畏斗争的勇士。他摆脱了强大命运下的无能与卑微,成为自我的主导。美国学者斯蒂芬·戴蒙德(Stephen Diamond)曾指出暴力产生的根源在于无能,"当人们因为自身的无能而不能达到自我肯定时,就会采取暴力手段来克服这种无能,社会和个人都是如此"。(Diamond,1996:196)人本主义哲学家与精神分析心理学家埃里希·弗洛姆(Erich Fromm)则认为,暴力与毁灭"源于一种努力,即超越(人类)生活的稀松平常与琐屑无奇……寻求刺激,放眼去望甚至跨越人类生存的限制界限"。(Fromm,1973:24)显然,意识到生命的琐屑与平淡本身就隐藏着主体深深的无力感,一种驾驭不了命运的挫败感。无论是戴蒙德还是弗洛姆,实际上都强调了暴力行为背后所体现出的无力感以及超越这种无力感的渴望。在底特律暴动中,示威者激动地宣称:"一切都将砸碎,砸开!应当砸烂——把地狱砸烂!为什么一切都该一成不变呢?……我想把这一切都摆脱掉,像蛇褪掉一层皮一样。我真想看到这座城市被烧毁,然后再重建起来。"(*them*,475)暴力赋予人们力量,将命运规定的、压抑的秩序打破。因此,朱尔斯从暴力中获得的快感并非来自抢劫打闹本身,而是因为暴力的迸发是个人力量的象征,它证明了朱尔斯作为自然人在这个世界的力量,是对命运有力的抗争。暴力成了确证自我力量的方式和手段,因此这场底特律的暴力狂欢,不过是长期被压制、遭遏抑的底层群体证明自我、挑战命运的欲望在社会上的外在表征,是社会底层小人物与强大而无可逃遁的命运相对抗的形式。

朱尔斯用暴力释放了自己被压制抑郁的激情、向压制自己的命运发出怒吼,流露出洋溢着丰盈的生命活力。欧茨在一篇采访中谈到《他们》,曾抑制不住地表达自己对朱尔斯这个人物的喜爱,她说:

> 每一部小说都在处理某个男性从某种束缚中解脱出来的幻想和意识,但只有在最后一部小说——《他们》——中这种意识才以我认为是很讽刺的形式得以实现。就是说,无端的暴力谋杀这一行为最终解放了自我。他(朱尔斯,笔者注)正朝着某种意义上的美国式成功迈进……在《他们》中,我认为在某种讽刺意义上,朱尔斯获得了美国式成功。他是个杀人犯,同时也是个英雄。(转引自 Kuehl,1989:9)

从道德上而言,朱尔斯用暴力实施了犯罪,是个杀人犯。但从悲剧艺术而言,朱尔斯的暴力行为充满反抗的激情与悲剧气概。在《他们》中,欧茨不止一次地跳出叙述层面书写对朱尔斯的喜爱。她说,"朱尔斯故事的主题是精神所做的努力。如何为获得自由而奋斗,怎样冲破压抑、日臻完美——也许是七拼八凑的,但无论如何还是完美的"。(them,284)不完美却充满悲剧气概,也难怪苏联评论家莫里·缅杰利松(Morris Mendelsohn)分析朱尔斯这一人物形象时,认为"朱尔斯是一个充满了矛盾的英雄人物"。(缅杰利松,1994:230)

在欧茨笔下,暴力是个体对抗命运、展露生命激情的一种卓为有效的方式。不过,以此断定欧茨是在宣扬以暴制暴就与作家本人的观点大相径庭。正如她文学路上的精神导师列夫·托尔斯泰(Leo Tolstoy)在《天国在你心中》(*The Kingdom of God Is Within You*,1894)里所言,暴力也是恶行,以暴制暴本身就是一种新的恶行的体现;当以暴抗恶结束后,这种暴力可能膨胀,成为一种新的更带有破坏力的恶行。(Tolstoy,2008:351)实际上,欧茨并不热衷探讨主人公暴力行为中的道德问题,也从未歌颂过烧杀抢砸与掠夺。她所迷恋的只是作为极端形式的激情而存在的暴力。美国当代著名作家诺曼·梅勒(Norman Mailer)在被誉为美国存在主义宣言的《白种黑人：关于嬉普斯特的一些肤浅思考》("The White Negro: Superficial Reflections on the Hipster", 1957)中肯定和赞扬了这种凸显反抗意志与抗争激情的暴力行为。在对一起黑人杀人抢劫事件发表评论时，梅勒并未从道德的角度对其进行批判，相反他认为谋杀行为固然残暴，但确实"需要某种勇气"，因为他们杀死的并不仅仅是一个人，而是"一种体制"。因此"无论这一行为有多残忍，都不能被称为是懦夫行径"。(Mailer, 1992: 347)在梅勒看来，暴力凸显的是个体的反抗激情，是勇者所为。我国当代作家余华也曾说，暴力因其形式充满激情，它的力量源自人内心的渴望，所以它才使人心醉神迷。(余华, 1989: 45)这点上，他与欧茨跨越了国界与年龄的巨大鸿沟，在观点上表现出惊人的相似。暴力这一野蛮和原始的代名词，是自然人的动物本能。在备受奴役、精神迷茫的现代社会，无数大众如欧茨笔下主人公一般浑浑噩噩地生活，但暴力这一原始本能点燃他们心中的火焰，使其拒绝向异己力量妥协投降，向外在暴力世界发起了反抗。欧茨说，"意义的虚无因人与人之间隔阂的消失、激情的流淌而瓦解"，本来苟延残喘的生命因而变得精彩，重新获得了意义。(Oates, 1972: 11)在她的小说里，"激情和非理性的力量主宰着人物的命运"，人物因激情的迸发而彰显力量，洋溢出一股震撼人心的悲剧气概。(Zimmerman, 1989: 14)

第三节　现代美国与荒诞人生

与古希腊的命运悲剧一样，小说《他们》中蕴含着一股理性无法解释的神秘力量。这股力量盲目和巨大，在其作用下，小说主人公们无不面临失败乃至死亡的悲惨结局。古希腊人囿于思想及科学水平,对命运这一不可抗击力量的畏惧源于民族的生命体验以及早期人类对世界以及有限个体的感悟,它的神定命运观所表达的关于命运的盲目与不可抗拒性,体现了古希腊人对未知的神秘命运的恐惧与膜拜。在现代悲剧中,单纯的物理或自然的原因所造成的悲剧冲突由于社会的进步和人类认识水平的提高已经大为降低,将悲剧简单地归因于命运的多舛也因为人类力量的逐渐强大而变得缺乏说服力。然而,欧茨反其道而行之,在小说中流露出对神秘命运的青睐。如果说古希腊命运悲剧体现的是科技水平低下条件下人类对神灵的畏惧,那么欧茨的小说则体现了20世纪30至60年代美国社会底层人生活的荒诞处境。

荒诞(absurdity)是加缪的核心思想,加缪认为人和世界的唯一联系物正是荒诞。那何为荒诞呢? 加缪举了个例子加以阐述,他说:

> 如果一个无辜的人被指责犯了罪;如果一个德行高贵的人被污蔑说对自己的妹妹意图不轨,他们会称这真是荒诞……他们会说这种污蔑违背了他们的生活原则,是不真实的。"荒诞"的言下之意就是"不可能",或者"矛盾"。(Camus,1955:139)

加缪的这段话指出了荒诞的核心,也就是一件事情极度不合理、矛盾相悖的状态。当代美国政治哲学家乔艾尔·费因伯格(Joel Feinberg)也认为各种荒诞之事都有一个共性,那就是它们的"极度的不合理性"(extreme irrationality)。(Feinberg,1992:301)这种不合理性可以指日常生活中不合常理、乖谬的事情,也可以指价值的颠倒;或是人类生活中经常遭遇的一些错位,这种错位把人置于一种困惑和无奈中,理性无法理解这种错位,也会产生出荒诞的感觉。在命运悲剧中,命运总是盲目地向主人公施加力量,幸福与灾难并未遵循正义原则:心地善良、毫无恶意的好人往往惨遭摧毁,而邪恶狠毒之人好运连连,这种盲目与随机就构成了荒诞;主人公拼命追逐自己的理想、珍视自我价值,但结果总是与愿望背道而驰,这种悖论也构成了荒诞。命运的不合逻辑、违背常理的特点,在古代人眼中就是"命运感",而给现代人带来的就是"荒诞感"。20世纪30年代至60年代的美国社会就是充满了这种荒诞感,这在位于社会底层的美国人身上体现得尤为明显。

一、危机年代中的绝对贫穷

1929年,美国爆发了历史上最为严重的经济危机,这场危机成为底层人民荒诞感最为极致的体现。在这场危机中,工厂关闭,商行停业,城市衰落,千百万人失业,饥饿袭击了整个美国底层社会。1933年,美国失业人数已达到整个劳动力人数的三分之一,即使是没有失业的工人,收入也锐减。整个国家陷入一片荒凉,饿殍遍野、民不聊生,无数美国底层人陷入绝对贫穷(absolute poverty)或"赤贫"(abject poverty)状态。

欧茨就出生于这样"绝对贫穷"的底层家庭。19世纪90年代,为了躲避纳粹的迫害,身为犹太人的欧茨曾祖父母漂洋过海、身无分文地从布达佩斯来到美国。在这片陌生的土地上生儿育女,开始艰辛的生活。为了维持生计,欧茨的曾祖父成为一名掘墓人,每天与尸体、坟墓为伴。虽然并未目睹曾祖父的艰辛,但在欧茨成长的过程中,家族的灾难史由家族成员的口口相传像烙印一样深深地烙在她的心中。2007年,欧茨以家族的真实经历为原型创作了《掘墓人的女儿》(The Gravedigger's Daughter),其中小说里的雅各布·施瓦特(Jacob Schwart)正是欧茨曾祖父的文学再现:

他每天要干10到12个小时的活,干不完的活,连衣服都顾不上脱,就一头倒在床上,身上散发出汗臭,溅满泥污的靴子带还紧紧地系着……他一脸的苦相,手持长柄、短柄的镰刀和耧耙;或在长满浓密杂草的墓地里推着生了锈的手推割草机,割草机起劲地工作着……(Oates,2007:56-58)

然而,与小说中的雅各布·施瓦特一样,艰辛的工作并未改变欧茨曾祖父贫穷的命运。最终在绝望中,欧茨的曾祖父用一杆猎枪了结了自己的生命。

1929年的经济危机与大萧条重创了整个美国底层社会,欧茨一家也难逃厄运。全家人过着缺衣少食、贫苦不堪的生活,仅仅依靠身为工匠的父亲那微薄的薪水勉强维生。这场灾难所引起的美国经济停滞一直持续到1939年第二次世界大战爆发,欧茨正是出生在这犹如地狱般的1938年。贫困的出生让她自幼生活在一个安逸感与安全感极度缺乏的世界,对底层人民所面临的荒诞处境有着最直接的感受。年幼的她,从小便真切地体会到底层人民的生活无着、悲观绝望,感受到底层人的渺小与无助,对生活在美国社会最底层的形形色色人的悲惨遭遇与贫穷的生存困境有着最直接与深切的感受。

在《他们》中,欧茨凭借她最真实的生活体验生动刻画了这些生活在美国社会最底层的绝对贫穷者,她以小写的 *them* 为小说的标题,旗帜鲜明地为所有生活在美国社会底层的小人物代言。小说中"他们"绝非个例,而是所有生活在美国社会最底层的穷人的隐喻。朱尔斯的父亲霍华德无论如何奋斗,拼尽全力却换来千疮百孔的生活,整天为生计烦恼与奔波。在经济危机的影响下,霍华德被"暂令停职",失去了曾令人无比羡慕的警察工作。为了缩减开支,他不得不与父母和妻子离开城市,定居农村。在荒凉阴郁的农村,霍华德每天从事着枯燥繁重的工作,他那行动迟缓、疲劳过度的身体每天都要付出巨大的努力,浑身散发出一股汗味和脏臭味儿。即便如此,霍华

德也难以维持全家的生计,时常为一家老小的生计忧心忡忡:

> 钱的问题没完没了。为钱而痛苦,为钱而焦虑;要养活那么多的人,钱根本不够用。家里还有个生病的老母亲;孩子们每年都要闹流感。抗生素太贵,药片也太贵。洛雷塔的肾脏不好,每隔6小时就要吃一次药片,然而就像美国的其他任何东西一样,这药片价格昂贵,极其昂贵。(*them*, 146)

付出的巨大努力与得到的微薄回报带给霍华德强烈的荒诞感。在经济危机之前,美国人普遍相信勤劳和节俭是实现"美国梦"的方式与途径,而将贫穷归咎于个人的懒惰、罪恶或愚笨。在美国早期清教徒眼中,懒惰被等同于罪恶,因为"上帝赐予每个人以才能,他就应该将此才能发扬光大"。因此,努力工作和勤奋被视为"宗教责任",勤劳的人也因此会得到上帝的恩赐——成功。(Crouse,1986:20)1757年,美国"建国之父"本杰明·富兰克林(Benjamin Franklin)在《通往富裕之路》("The Way to Wealth")一文中劝导美国人摆脱懒惰、远离贫穷。在他看来,税收于人而言是种看得见的负担,除此之外,还有另一种更为严重也更为隐蔽的负担,那就是"懒惰"(laziness,sloth)和"游手好闲"(idleness)。他认为"懒惰使一切变得困难,而勤奋让一切变得简单……懒惰者行走得如此之慢,以至于贫穷很快便会追上他"。为了摆脱贫穷、实现富裕,他提出了那句脍炙人口的名言:"早睡早起使人健康、富有和明智。"(Franklin,1848:2)

然而,1929年经济危机的爆发涤荡了美国人的传统观念,大萧条使得许多美国人相信贫穷并不一定是由懒惰或性格缺陷造成的,而是"超出任何个人所能控制的体制问题所导致的"。(Tajalli,2007:97)在这一背景下,美国政府也不得不承认"努力工作的人有时也不能成功",勤奋不再成为实现"美国梦"的必要途径。付出与回报不成比例的荒诞感弥漫整个美国社会,成为底层人民普遍的生存体验。在生活的重压之下、面对如此荒诞事实,霍华德郁郁寡欢,他的沉闷与愤懑与日俱增。以至于朱尔斯在回忆父亲时,觉得父亲就是愤怒的化身:

> 他的核心是愤怒;他的灵魂是由愤怒构成的。愤怒,又为了什么呢?什么也不为,为他自己,为生活,为装配线,为蟑螂,为了那漏水的厕所。所有事都一样。愤怒。没有钱。钱上哪儿去了呢?钱会从哪儿来呢?愤怒。钱。(*them*, 147)

霍华德的愤怒一方面源于辛勤工作与得到回报的不成比例所构成的荒诞性,另一方面也是出于不同社会阶层在经济危机前所表现出的荒诞不平等性。在这场浩劫般的经济危机中,并非所有的美国人都承受着相同的经济损失和失业带来的痛苦,极度的物质匮乏和贫困主要集中在城乡的下层阶级中,中产阶级以及上层社会遭受的损失其实并不算太严重。根据一项调查,至少有半数人口在这个时期并未遭受多少经济损失。(Elder, 1980: 21)当霍华德为勉强维生而心力交瘁、绝望无助时,以伯纳德为代表的富人们依然过着挥金如土的奢华日子。为了最大限度地减少经济危机所带来的损失,农场主们拒绝将产品在市场上低价出售,甚至不惜"将过剩的牛奶倒进河里"。(Neal, 1998: 53)在这样不公平的命运面前,底层穷人的荒诞感就更加强烈地凸显了出来:大资产家们无须工作、仅靠压榨他人就可以衣食无忧,而拼命工作、操劳一生的底层小人物即使再如何努力也逃不出命运的魔掌,一夜之间身无分文、无以为生,沦为徘徊在死亡边缘的绝对贫穷者。

二、丰裕社会里的相对贫穷

20世纪30年代的经济危机造成了美国无数底层人的绝对贫穷，这一局面在50至60年代得到了极大改变。在政府的积极干预下，美国社会从经济危机的影响中恢复过来，整个国家呈现出一派欣欣向荣之势。1964年1月，美国总统林登·约翰逊(Lyndon Johnson)在其著名的《向贫穷开战》("War on Poverty")演讲中将贫穷称为"全美国的羞耻"，宣布将"无条件向贫穷开战"，并发誓"终结我们时代的贫穷"，建构一个"伟大社会"(the Great Society)。(Orleck, 2011: 6)事实上，早在1958年，美国经济学家约翰·加尔布雷斯(John Kenneth Galbraith)在著作《富裕社会》(*The Affluent Society*)中就已经乐观地宣称，美国社会已经走向富裕，贫困不再是困扰这个国家的主要问题。(Galbraith, 1984: 250)

然而，真实的情况是，生活在社会最底层的美国人在生活上并未因此得到太多改善，甚至可能更加恶劣。美国作家多维特·麦克唐纳(Dwight Macdonald)在《看不见的穷人》("Our Invisible Poor")一文中认为在美国20世纪五六十年代的丰裕社会中，贫穷现象并未消失，而是作为一种更为隐蔽的形式存在着。穷人群体被掩盖在美国社会的丰裕表象之下，成为看不见的"隐形人"：

> 穷人正逐渐从我们这个国家的经历和意识中被忽略……穷人仍然居住在中央地带的悲惨住所内，但他们正越来越与他人隔离、失去联系、从他们的视线中消失……(富人们)住在郊区，很容易认为我们这个社会已然是丰裕社会……衣服也使得穷人的贫困不可见；美国有着世界上衣着最为光鲜的贫困……最后，穷人在政治上也不可见……作为一个群体，他们已被分解为原子：他们没有面孔，没有声音。(Macdonald, 1963: 85-86)

诚然，五六十年代的底层人民较之30年代在物质上确实得到了极大提高，不再如30年代那般缺衣少食、难以维持生计，有些穷人甚至可以如上流阶层般衣着"光鲜"地生活。然而这并不意味着贫穷在美国已彻底绝迹，相反，他们外表的"光鲜"恰恰掩盖了其贫穷的真相，使其"隐身"于美国社会。在丰裕的美国社会，底层人的贫穷在于他们在社会中遭受的歧视、不平等的地位以及生活水平的改善远远落后于社会发展的速度。正如美国当代经济学家马歇尔·萨林斯(Marshall Sahlins)所言，五六十年代的贫穷不是"个人财产的缺乏"，不是"占有的资源少"，它所反映出来的是"人与人之间的关系"，是"一种低下的社会地位"。(转引自Conkin，1974：152)这种区别于绝对贫穷的新时代贫穷，就是美国当代学者约翰·艾斯兰德(John Iceland)所认为的相对贫穷(relative poverty)①，是一种"相对处于劣势的困境"。(Iceland，2006：21)

《他们》中，温德尔一家在经历经济危机带来的绝对贫穷后不可避免地成为这种"处于劣势"的相对贫穷者。在50年代美国社会的整体丰裕中，温德尔一家已不再为温饱而发愁，洛雷塔找到了一份美容店的工作，时常与女伴喝喝咖啡、看看美容杂志，甚至还有多余的钱将头发染成淡黄色。朱尔斯也有了一份服务生的工作，每小时可以挣50美分。这份工作不仅维持了他自己的生计，还让他可以每周向家里补贴20元钱，朱尔斯甚至拥有了一辆属于自己的福特汽车。表面上看来，温德尔一家享受了丰裕社会带来的好处，彻底摆脱了贫穷。而实际上，他们生活处境的改善带给他们的并非幸福，而是更为深刻的荒诞感与失落感。作为一名服务员，朱尔斯必须从晚上7点工作到凌晨2点，整天面对着富人们的豪车、裘皮，嗅着他们身上散发出的香水味。他不无羡慕地看着富人们穿着上等的大衣，戴着上

---

① 相对贫穷也称感觉贫穷(feeling poverty)或主观贫穷(subjective poverty)。

好的手套,脚上蹬着上好的皮鞋,脸也刮得干干净净,新理的头发梳得整整齐齐,出入于各类高档酒店。朱尔斯曾帮助过一个醉酒的上层社会人,小心翼翼又带点惶恐地把手搭在他那上等的大衣上。他敏感地发觉他们同时迈出的步伐在表面上是多么相似,而实际上他们的差距又何止千里。有时,他会收到一块钱左右的小费,他深刻地认识到这就是自己与富人们差距的象征。当朱尔斯第一次看到富家女娜旦的豪宅时,他被这座城堡般巍然矗立的建筑震惊了。豪宅旁修剪整齐的草坪、环绕的树篱与葱茏的花木无不让这个仅能解决温饱的底层小伙目瞪口呆,使他的心底不由得涌起一丝"愤懑"。(*them*,256)这种对贫富差距的清晰认识使得朱尔斯认清自己相对贫穷的荒诞处境,从而陷入无尽的痛苦中。正如美国社会学家大卫·纽曼(David Newman)所说,"穷人如果知道他们的生活境遇与其他人相比并非很糟糕的话,他们会感觉更好"。相反,即使收入可以"维持生计",但"得知自己的收入远远不如他人时,人们也会感到贫困不堪"。(Newman,2008:310)朱尔斯便是这样一个身处丰裕社会却感觉到贫穷与生存荒谬性的先知先觉者。

1966年,美国政府推行了针对老年人的"医疗关护计划"(Medicare)和针对穷人和残疾人士的"医疗救助计划"(Medicaid)。这些社会救助制度对于缓解贫困虽然起到了一定的积极作用,但这种救济和福利往往建立在穷人丧失个人尊严的基础之上,给穷人带来的常常是屈辱和更加浓重的贫穷感。小说中,朱尔斯曾陪奶奶到医院看病。所有受救济者不得不忍受漫长的等待,有些病人不得不从早上医院还没开门一直等到下午。朱尔斯与奶奶等了3个钟头才得以进入病房内部检查,而进入病房并不意味着能立即得到医生的诊治,朱尔斯的奶奶在病房内又花费了2个小时才检查结束。有几个病人看完病出来后,"以那种靠救济过活的人所特有的谦卑和顺从的仪态套上外套",他们"低垂着脑袋,眼睛里充满了怨恨和忧虑";而有的病人则抱怨免费配给的药是"掺面粉的药片",根本起不到效果。(*them*,100-101)无止境的等待、低廉劣质的药品以及福利机构人员的冷漠态度让底层人清楚地意识到自己低人一等的地位,加深了他们的相对贫穷感。美国社会学家丹尼斯·吉尔伯特(Dennis Gilbert)在其著作《日益加剧的不平等时代中美国阶级结构》(*The American Class Structure in an Age of Growing Inequality*,1998)中曾说:"在丰裕社会,生活越丰裕,作为一个穷人就越痛苦。"(Gilbert,2011:180)在五六十年代的丰裕社会中,接受政府救济的穷人们必然会产生更浓郁的荒诞感,在心理上变得更为贫穷。

五六十年代美国政府"向贫穷开战"、建构"伟大社会"的计划一定程度上改善了底层人民的绝对贫穷处境,却也拉大了贫富差距,加重了相对贫穷。丰裕与贫穷构成了底层人民摆脱不掉的荒诞性生存困境。美国社会学家迈克尔·哈林顿(Michael Harrington)在《另一个美国》(*The Other America*,1962)中认为,仍然有相当多的美国人生活在另一种形式的贫穷中,他们身处经济繁荣的社会却没有享受到相应的好处,他们生活的世界构成了"另一个美国"。(Harrington,1997:10)以温德尔一家为代表的美国底层人正是在丰裕外的"另一个美国"体验着生存的荒诞。

无论是在经济危机的20世纪30年代,还是丰裕的五六十年代,美国底层人民都不得不忍受着贫穷与生存的荒诞性。然而事实上,现实生活中的绝大多数人并未意识到这种荒诞性,他们像《等待戈多》中的流浪汉一样生活在日复一日的空虚与困惑中,如蝼蚁般毫无意义地生存,在浑浑噩噩中陷入绝望与虚无。正如现代存在主义创始人索伦·克尔凯郭尔(Soren Kierkegaard)所言,"荒诞是绝望的表达",荒诞与绝望紧密地联系在一起。(Kierkegaard,1967:6)正因如此,在许多评论家眼中,现代社会的荒诞直接导致了悲剧的死亡。波兰戏剧理论家詹·柯特(Jan Kott)就曾直言,悲剧在这荒诞的现代世界里正让位于喜剧,因为它"无法像喜剧那样呈现绝望"。(转引自 Harris,1971:30)约瑟夫·科鲁契在"悲剧的谬误"中不仅直言"现代悲剧已死",更否定了现代人精神上的高贵。在他看来,荒诞的现代社会已然使现代人麻木卑微,较之古典英雄,他们已"令人可怜得萎缩"。他说:

> 悲剧作家相信崇高,正如我们相信卑微。于莎士比亚而言,王袍、皇冠和珠宝之所以最适合悲剧人物是因为它们最为合适地展现了他们内在的伟大,但对我们而言,这些就显得荒诞不稽,因为穿戴这些的现代人已令人可怜得萎缩。我们不书写国王,是因为我们相信没有人配得上国王这一头衔。(Krutch,1965:233)

在众多评论家眼中,荒诞产生绝望,导致悲剧的死亡与英雄人物的陨落,俨然与悲剧的崇高精神相背离。

面对荒诞不经的现代美国社会的生存困境,欧茨承认,现代美国人在历史、命运这些大的外在事物面前过于渺小,他们甚至无法认清自己惨遭毁灭的事实。她说:

> 对我而言,最伟大的文学作品解决的是被困于时间流逝中的人类灵魂,无法理解在自己人生所发生事情的意义,正如叶芝某些戏剧中的人物,他们经历过了可怕的事件却无法理解事件的重要性。大多数情况下,历史就是这样碾压过我们。历史被困在要么是成长要么是死亡的悸动中,而普通人被摧毁。最为可悲的是,他们并没有意识到自己被摧毁这一事实。(Oates,1974:105)

然而，对于《他们》中的主人公们而言，他们并未在荒诞的命运面前陷入绝望，而是清醒地认识到自己被摧毁的事实。无论是莫琳手段不堪地破坏他人家庭、洛雷塔乐观顽强地生存还是朱尔斯用暴力唤醒内心激情，这些衣衫褴褛的底层人无不用尽一切方式对现代的荒诞人生进行顽力抵抗。从这点上来说，他们绝非科鲁契所言的"萎缩"了的人，而是有如古典悲剧中身披王袍、头戴冠冕的王侯将相闪耀着高贵的光芒。他们的高贵之处在于"能够直面无意义的现实，毫不畏惧地接受这一现实，心中并无一丝幻想"。（Harris，1971：30）

1967年，底特律爆发持续五日的大规模暴动，造成43人死亡，近500人受伤。历史上将这起暴动定性为"种族骚乱"（race riots），并将其归因于种族矛盾的恶化，是"黑人社区与警察之间经年累月矛盾的产物"。（Cayton，2007：1246）但实际上，参与暴动的并非都是黑人，其中相当一部分是白人。底特律市长在暴动发生后称这起暴动并非种族暴动，而是"社会中没有钱的穷人——无论是白人和黑人——的反抗"。（转引自Johnson，1998：146）因此从本质上而言，这起暴动是底层美国人对贫穷命运的反抗以及愤怒情绪的宣泄。暴动发生时，欧茨与丈夫幸运地没有在底特律，但当她回到底特律后还是被暴乱后的场景所震惊。在《他们》中，欧茨用小说的形式记录了这段历史。然而欧茨并未对暴民作道德上的谴责，相反却对他们的悲惨深感同情。社会并未赋予这些底层人同等的竞争和言说的权利，欧茨却为他们书写，用小说的形式将他们荒诞的生存困境呈现了出来。在一次采访中，欧茨称在美国，

> 有许多无人关心的人。他们为了微薄的薪水拼命工作，他们遭到赤裸裸的剥削，他们就存在于我们身边，但他们又是隐形的。他们无法为自己书写，他们没有语言，有时候他们是文盲。因此，如果有人要为他们书写，那他必须是对这类人充满同情的

人。而我经常感觉,若非上帝的恩典,我就是这类人。(Grobel,2006:170-171)

作为成长于底层社会、熟知底层人悲惨的作家,欧茨对他们生存的荒诞感同身受,同时也看到底层人顽强的生命力与张扬的生命激情。在《父亲与我的小说》("My Father, My Fiction")一文中,欧茨谈到父亲对自己的影响,称父亲给她留下最深刻的印象就是"有代表性的生存以及对世界的超越"。在欧茨看来,这个世界"充满了苦难,而且这个苦难在不断重复,公然挑衅着人们的觉醒"。但是在面对"家庭的动荡、苦难以及大萧条带来的混乱"时,她的父母并未自怜自艾,而是带着一种生命的韧性与热情存活了下来。(Oates, 1989:84)可以说,《他们》是以欧茨父母为代表的底层美国人的真实写照,欧茨用她的悲剧性小说既书写了他们所遭受的荒诞与悲惨,也讴歌了他们身上不屈抗争的悲剧精神。

第三章 《光明天使》中的性格悲剧

"在我的写作中，主人公们往往会不受我的控制，自己讲述故事……他们在性格上各有各的缺陷，却又如此的可爱。"

——乔伊斯·卡罗尔·欧茨①

欧茨的第14部长篇小说《光明天使》被《纽约时报》列为1981年度的杰出图书；《瑞力顿》杂志（*Raritan*）编辑托马斯·爱德华斯（Thomas R. Edwards）称赞此书为"强大而引人入胜的小说……是欧茨充分运用其想象力而创造出的另一部杰作"。（Edwards，1981：108）美国《约翰·巴克汉评论》（*John Buckham Review*）杂志为这部小说所刊发的书评中赞誉欧茨在这部小说中呈现出"一种钻进她笔下人物灵魂里去的能力，这是一种不可思议的能力，有时甚至是一种令人敬畏的能力"。（转引自谢德辉，2005：10）1987年12月，苏联领导人米哈伊尔·戈尔巴乔夫（Mikhail Gorbachev）与妻子访美时，宴请了包括欧茨在内的几位美国作家、学者，并特别指出欧茨的《光明天使》给他留下了深刻的印象。（转引自 Germain，1989：173）

然而遗憾的是，《光明天使》的出版在很长一段时间内未得到足

---

① Joyce Carol Oates. "An Interview with Joyce Carol Oates." *Washington Post*, (Winter) 1970, p. 10.

够多的重视。究其原因大致有两点：一是欧茨的多产导致评论界疲于对其作品产生浓厚的兴趣，正如托马斯·爱德华斯所言，

> 诸如约翰·巴斯(John Barth)、索尔·贝娄、约瑟夫·海勒(Joseph Heller)或托马斯·品钦(Thomas Pynchon)这类作家一旦有新作品问世，不管写的如何，都会被视为一件文学大事；而欧茨的新作(不管是比上一部好还是糟糕，当然和上一部肯定有所不同)，我们都会觉得，只是欧茨新的一部作品而已，而难以将注意力投入其中。(Edwards, 1981: 105)

二是随后出版的《布勒兹摩尔传奇》(*A Bloodsmoor Romance*, 1982)一书迅速占据了公众的视线，从而更加弱化了评论界对《光明天使》的关注。但一部好的作品永远不会湮没于读者的视野，该小说惊世骇俗的情节叙述、细腻的人物性格刻画以及强烈的悲剧色彩正在吸引越来越多评论家的关注。

欧茨在《光明天使》的创作中体现了对人物性格的关注，她积极探索人内在性格缺陷与悲惨结局之间的关系。在一篇早期采访中，欧茨坦承，相比较外部世界，她"更倾向于关注人物内在"。当很多评论家将矛头指向她作品对暴力过度的渲染时，她反驳说"暴力仅仅是表象"，它反映的是个体内在性格中的"激情和阴暗面"。(Oates, 1968: 27)而在稍后的一篇评论中，她同样流露出对那些有能力"书写人类灵魂、性格"的作品由衷的赏识。(Oates, 1971: 2)美国文学评论家沃尔特·沙利文在总结欧茨 70 年代以前的小说时曾说："所有适用于莎士比亚的语句，同样也适用于欧茨。"(Sullivan, 1979: 77)沙利文所言的"适用"体现为她的小说在对人物性格的刻画上展现出与莎士比亚悲剧惊人的相似性。

在《诗学》中，亚里士多德第一次对性格做了比较详细的阐述，认

为性格显示人的内在含义，也是人物行动的基础。他将其列入悲剧六大要素之中，地位仅次于情节。亚里士多德认为在性格悲剧中，主人公"不是极善之人，也并非道德上毫无瑕疵"，他们陷入厄运不是由于为非作恶(vice or depravity)，而是因为在行动上"犯了错误"(error or frailty)。(Aristotle，1999：37-38)亚里士多德的"错误说"或"过失说"强调了两点：一是悲剧主人公既不是道德上完美无缺之人，也不是罪大恶极之人，而应是一个有名望而又有些许缺陷的好人；二是主人公遭受的厄运与其自身的缺陷和错误有着内在的联系。这是西方悲剧史上第一次有学者将悲剧的结果与个人自身内在原因结合在一起加以探讨。

文艺复兴时期，意大利学者对亚里士多德的"错误说"做了更为详细明确的阐述。安东尼奥·明屠尔诺(Antonio Minturno)认为悲剧"应该是壮丽而又严肃的，它描写伟大有名的人物和显著稀奇的事迹"。

> 这种非凡人物有些是善的，有些是恶的，有些是半善半恶的。他们在道德上既不是超群出众，又不是罪大恶极，以致他们因命运打击而遭受不幸，都应该完全归咎于他们自己；因此，在悲剧中描写至善的人或极恶的人陷入任何的患难，都是不合理的。(转引自程梦辉，2009:83)

吉拉尔蒂·钦提奥(Giraldi Cinthio)认为，悲剧要选择善恶参半的人（处于善与恶之间状态的）为主角。这些悲剧人物如果遭遇到可怕的灾难，便惹起我们莫大的怜悯，其原因在于：观众觉得，这个受难之人无论如何是值得受到一些惩罚的，但是不应受如此严重的惩罚。这种正义感，加以惩罚的严重（惩罚过重），便引起悲剧不可缺少的恐惧和怜悯。卢德维克·卡斯特尔维特洛(Ludovico Castelvetro)也赞同悲剧中那种特有的快感"来自一个由于过失、不善也不恶的人由顺境转入逆境所引起的恐惧与怜悯"。(程梦辉,2009:132)上述三位学者共同强调的仍然是两点:一是悲剧主人公应该是"半善半恶"、"善恶参半"、"不善也不恶"之间状态的人,不应该"在悲剧中描写至善的人或极恶的人";二是悲剧主人公之所以遭受不幸,都应"归咎于他们自己",是由他们自身的"错误"和"过失"引起的。但与亚里士多德的理论不同的是,这些学者们认为"善恶参半"的悲剧主人公自身或多或少含有道德上恶的因素,正是这种因素引起他们的"错误"或"过失",导致其悲剧。而亚里士多德的"错误",是指"由于处事不当而犯了过错,并非道德上有缺点"。(Aristotle,1999:39)

亚里士多德提出的"错误说"以及意大利学者对它的补充发展,都是从人物自身寻找悲剧根源,揭示了造成悲剧的主观因素。因此,"错误说"为性格悲剧提供了理论依据。此后的学者对悲剧中的性格这一要素也做了诸多论述,如英国诗人兼文艺批评家约翰·德莱顿(John Dryden)在《悲剧批评的基础》("The Grounds of Criticism in Tragedy",1679)一文中提出了"综合性格"理论,主张性格应是"许多在同一人物身上并不矛盾的因素的综合"。(Dryden,1987:312)德国剧作家戈特霍尔德·莱辛(Gotthold Lessing)在《汉堡剧评》(*Hamburg Drama Commentary*,1767—1769)一书中也强调了悲剧诗人对性格的重视,认为悲剧诗人的"职责就是加强这些性格,以最明确地表现这些性格"。(转引自程梦辉,2009:205)此外,在悲剧理论史上占据重要地位的理论大师黑格尔将悲剧冲突分为三类,其中之一就是"由天生的脾性所造成的主体情欲(如嫉妒、贪婪、欲望、野心等)而引起与合理原则之间的冲突"。(Hegel,1975:263)然而细数众理论家对性格的阐述,最核心的还是亚里士多德及意大利学者派们的"错误说"理论。

在总结各西方悲剧理论大师们关于性格的论述后,德国 19 世纪美学家西奥多·立普斯(Theodor Lipps)对性格悲剧做了阐述,认为这类悲剧是"性格对灾难负责",并且是由于"受难者对自己的不义(包括行为)所招致的一种咎由自取性的惩罚"。(转引自古典文艺理论译丛编委会,1963:124)我国学者杨文华教授也给性格悲剧下了定义,认为:

> 性格悲剧的特点是以人的个性力量为主体,突出表现个人情欲冲突,并将悲剧的原因深化为悲剧主人公自身性格内部的矛盾。性格内部包含着软弱、缺陷甚至恶的因素,正是性格中的这些弱点引起错误行动,导致悲剧。(杨文华,2003:61)

在西方文学史上,最能体现这种由于性格过错而导致悲惨结局的是莎士比亚悲剧。英国文学评论家安德鲁·布拉德雷(Andrew Cecil Bradley)在分析莎士比亚悲剧时,指出其悲剧最大的特点就是其悲剧中的"矛盾冲突并非发生在悲剧主人公和他人之间,也非存在于互为对立的集团之间,而发生于分裂的主人公内在"。(Bradley, 1905:5)莎士比亚悲剧所体现的是"人的弱点与勇气,愚蠢与卓越,脆弱和力量之间永恒的矛盾",强调了"在悲剧主人公身上崇高与卑鄙的并存"。(Lucas, 1972:55-56)在其四大悲剧作品中,哈姆雷特由于性格的软弱、行动的延宕,承担不起为父报仇和重整乾坤的重任;奥赛罗由于轻信与嫉妒杀死了自己心爱的妻子;李尔王的自以为是、傲慢与过分自信导致权力分割的盲目,最终被逐出家门;麦克白则由于不可遏制的权欲和野心从英勇大将堕落成杀人凶手。这些悲剧主人公都不是完美无缺之人,也不是极恶之人,他们性格上的弱点、过失和错误均与最终的悲惨结局有着直接关系。因此,莎翁的悲剧被公认为性格悲剧的代表,西方理论界甚至将"莎士比亚悲剧"作为性格悲剧的代名词,作为自古希腊悲剧(命运悲剧)之后的一种悲剧类别。

《光明天使》是欧茨性格悲剧创作的最佳代表。小说出版于1981年,但欧茨对它的构思可以追溯到60年代,小说创作也主要发生在70年代。其间欧茨因为出国游学、四处巡讲而中断了小说的写作,直到1980年才重新拾起该小说的写作,最终于1981年完成。(Johnson,1998:296)可以说,欧茨在该小说中无论是反映的社会状况还是人们的性格特征都是对美国20世纪60年代①的真实写照。欧茨在这部性格悲剧的文本叙事之下,再次展现出强烈的悲剧意识和忧患意识:她一方面颂扬了美国60年代激昂的拼搏精神,另一方面又表达了对社会弊端及问题的关注以及对美国青少年成长、激进女权主义运动的担忧。

第一节 一个现代"阿特柔丝家族"的悲剧

亚里士多德在阐述"悲剧性"时曾说,悲剧性的行动发生在亲属、仇敌或者非亲属非仇敌的人之间。在这三者之中,在亲属之间发生的苦难事件引发的悲剧性最为惊心动魄,最能引起人的怜悯和同情,譬如兄弟相残、弑父、弑母、杀子等行动,这类事件"才是诗人所应追求的"。(Aristotle,1999:219)亚里士多德的理论揭示了悲剧艺术对生活的一种加工原则,那就是,悲剧越是发生在不该发生的地方,就越残酷,悲剧性也就越强烈,因而能产生更强烈的悲剧效果。《光明天使》这部小说正是讲述了这样一个发生在家族内部,关于背叛与

---

① 在美国,20世纪60年代并不是严格按照年代划分的十年,而是对从50年代末一直延续到70年代这一社会变革时期的统称。在西方世界,美国60年代因而也被称为"漫长的60年代"(long sixties)。(见 John Robert Greene. *America in the Sixties*. Syracuse: Syracuse University Press, 2010, p. 12)本书中的60年代指的亦是这段时期,而非狭义上的十年。

复仇的骇人听闻的故事。

欧茨引用"阿特柔丝家族"①(*The House of Atreus*)这一古希腊悲剧作为其故事框架,在选材上颇具亚里士多德在《诗学》中所要求的悲剧之"严肃性"。小说中人物及故事情节都明显对应着古希腊经典悲剧——"悲剧之父"埃斯库罗斯(Aeschylus)的《俄瑞斯忒亚》(*Oresteia*),是古希腊悲剧的现代翻版:美国联邦司法委员会主席莫里斯·哈勒克(Maurice Halleck)(对应古希腊英雄阿伽门农)在遭到政治弹劾后,写下一封忏悔信随后驾车意外死亡。当所有人都相信莫里斯是畏罪自杀时,莫里斯的一对儿女欧文(Owen)和柯尔斯顿(Kirsten)(分别对应着俄瑞斯忒亚和厄勒克特拉)却坚信父亲的清白和无辜。他们相信是母亲伊莎贝尔(Isabel)和其情夫尼克(Nick Martens)(分别对应克吕泰涅斯特拉和埃癸斯托斯)将父亲逼向死亡的深渊,从而立志向母亲讨还正义,为父报仇。为弄清父亲被害的真相,柯尔斯顿不惜向母亲其中一个情夫托尼献出自己少女的身体,而欧文放弃学业,加入了名为"美国银鸽解放部队"(American Silver Doves Revolutionary Army)的恐怖组织。最终,欧文手刃生母,柯尔斯顿则在最后关头放弃杀死尼克,隐居他乡,远离华盛顿这个是非之地。

一、天使的陨落

在这部家族复仇故事中,欧文和柯尔斯顿兄妹经历了家庭的巨变,遭受了常人无法想象的痛苦与挫折。在《俄瑞斯忒亚》三部曲中,俄瑞斯忒斯毫无疑问是核心人物。在《光明天使》中,欧文,这位温文

---

① "阿特柔丝家族"讲述的是家族世代面临的诅咒及解除,由"俄瑞斯忒亚三部曲"构成。三部曲之一的《阿伽门农》讲述的是俄瑞斯忒斯和伊拉克特拉(Electra)在父亲阿伽门农(Agamemnon)被母亲克吕泰涅斯特拉(Clytemnestra)及情人埃癸斯托斯(Aegisthus)杀害后进行复仇的故事。

尔雅、前途远大的大学预科生与俄瑞斯忒亚在人生境遇上有惊人的相似：首先，他们都是高级统治者（国王与司法委员会主席）的独子，都有一位伟大的父亲和美貌的母亲；其次，他们都遭遇父亲被谋杀（莫里斯间接被谋杀）、王位被篡夺（尼克取代莫里斯成为新一任司法委员会主席）、母亲改嫁凶手（伊莎贝尔改嫁尼克只是时间问题）的家庭剧变；第三，他们都必须承担大义灭亲、为父报仇的重任，并且为了复仇他们都体验过发疯、精神崩溃的痛苦。

在得知父亲的死讯后，这位现代版的俄瑞斯忒亚从原本开朗、活跃的优等生变得忧郁寡欢。尽管表面上他用一种近乎冷漠的方式接受了父亲离世的事实，假装像其他人一样认为父亲是畏罪自杀，但在他内心深处，痛苦已将他折磨得遍体鳞伤。他陷入无尽的恐惧，常常梦见蛇或者某些"在黑暗中朦朦胧胧、无法辨认的东西"。当与妹妹见面时，欧文看到空中成千上万只鸟，这些鸟儿发出一阵阵惊恐的鸣叫："一片无休止的嘈杂，扑扇着翅膀，啼叫、尖啸，事实上应该说哀鸣才对……从鸟儿极度恐慌的啼叫声来推断，肯定有什么可怕的东西惊吓着它们，甚至可能正有什么东西缠住了它们的脖子和脑袋。"（AL，1）鸟儿令人心烦意乱的聒噪实际上是欧文慌乱内心的外在投射。即使在父亲去世的几个月后，欧文内心深处的痛苦与惊恐仍无法消散。当与母亲通电话时，每每想起母亲对父亲的背叛，想象电话那头的母亲与情夫在一起时的情景，坐在书桌后面的欧文总是气愤得浑身颤抖，他那紧紧抓住听筒的手指因过分用力而阵阵发麻。母亲的背叛令欧文作呕并产生深深的憎恶。他最终无法隐藏内心深处对母亲的仇恨，也无法对父亲的枉死无动于衷，涌起了复仇的念头，从此便在这条复仇路上日渐疯狂。一次无意间，欧文瞥见镜中的自己"胡子拉碴"，眼神里"满怀恶意"。（AL，558）原本前程远大、温文儒雅的大学优等生已蜕变成一个在复仇意志下丧失理智、疯狂嗜血的恶魔。

与欧文同病相怜、因父亲的死而性情大变的还有17岁的妹妹柯尔斯顿——现代版的厄勒克特拉。在古希腊悲剧中，厄勒克特拉这一角色定位在弑母弑君的支持者或者帮凶上，家族灾难的最后消除都是由俄瑞斯忒亚来完成的。而在欧茨笔下，对柯尔斯顿大笔墨的刻画使得这一形象散发出与哥哥欧文同样耀眼的光芒。她调皮任性、活泼可爱，然而在经历父亲死亡的沉重打击后变得疯癫失常，与欧文共同谋划复仇计划。甚至可以说，柯尔斯顿一直是整个复仇计划的组织者和策划者，正是她刺激了欧文，使他看清楚身边黑暗的现实。较之希腊神话里那个明显处于次要地位的厄勒克特拉，《光明天使》中的柯尔斯顿更具主动性和行动性。尚处花季的柯尔斯顿本该如所有少女一样拥有平静的生活，享受父母的呵护与疼爱。但家庭的变故、母亲的不忠彻底颠覆了柯尔斯顿原来的美好生活。父亲的死无时无刻不在折磨着她，她数次只身一人前往父亲的自杀地，不断想象父亲临死前的绝望与痛苦，幻想在父亲临死之际自己能陪伴他左右，阻止他走上绝路。想象与残酷现实之间的巨大差异使得这位原本聪明开朗的姑娘陷入了半疯半傻的状态：她开始失眠、无休止的折腾和胡言乱语，却又一连几天一言不发，不洗澡，不上课，无礼地对待同学，靠在寝室同学的臂弯里哭泣；而她那一度很美的脸"绷紧着每一丝表情，那凹陷的双眼睁得老大……面色蜡黄，呈未老先衰的症状"。(AL, 21)她的异常引起了同学的注意，有好事者不无讥讽地说道："在父亲自杀的人里，有谁能做到柯尔斯顿·哈勒克这样，悲痛伤怀到如此登峰造极的地步？"(AL, 52)甚至连欧文在看到妹妹时，都觉得她神经错乱，俨然已成了"疯子"。(AL, 62)柯尔斯顿的巨变反映了其内心的痛苦，在面对成人世界的背叛与欺骗时内心受到的沉重打击。

父亲的无辜惨死以及母亲的背叛将原本无忧无虑的兄妹俩抛向黑暗的深渊，使他们遭受了无与伦比的痛苦折磨。他们也在最后的复仇中遭到了肉体与精神的毁灭:欧文在刺杀母亲后精疲力竭,与母亲一起被事先安置在屋内的炸弹炸成废墟;柯尔斯顿则在放弃刺杀尼克后精神颓废,销声匿迹。然而,兄妹俩的悲惨并不止于此,他们在复仇道路上离目标的渐行渐远以及理想的破灭构成了他们更深层的悲惨。

与古希腊悲剧中的俄瑞斯忒亚和厄勒克特拉一样,面对背叛的欧文与柯尔斯顿决定为父报仇,扭转颠倒的乾坤。但最终,在复仇意志的驱使下,兄妹俩并未用合法手段实现他们伸张正义的目标,而是做出了骇人听闻的弑母与刺杀暴行。欧茨在小说中并未过分表现欧文弑母场面的凶残,在叙述伊莎贝尔遇刺场面时只寥寥几句:她身中"37处刀伤,绝大部分只是划破皮,但有几处却极深,而且是在喉咙、肺部和胃部"。(*AL*, 561)富有冲击力的悲惨画面仍然给读者带来巨大的震撼感。而柯尔斯顿对尼克的刺杀更加令人骇然:

> 她暴怒地哭喊着,双手紧紧攥住刀把,尽平生之力猛向下扎……她双手执刀,狠狠地朝他的喉咙戳下去……她喊叫着向他发起攻击。他有如一头痛苦不堪的动物,这种痛苦又是绝望的……她手中寒光闪闪的刀,轻快地在他身上划着。(*AL*, 576–577)

尼克是莫里斯多年的伙伴,也是欧文的教父,相当于柯尔斯顿的"父亲"。此时柯尔斯顿血腥的刺杀相当于弑父。兄妹俩各自的弑母、弑父之举被认为是伦理上的禁忌,残酷而令人畏惧。曾经一心向善、追求正义理想的两兄妹俨然已化身魔鬼,进行着残酷的屠戮。

伸张正义这一崇高目标将兄妹俩引向黑暗的深渊,行动的激昂带来结果的惨烈,这恰恰是悲剧式的悖论。苏联文学批评家亚历山大·阿尼克斯特(Aleksandr Anikst)在分析悲剧根源时认为邪恶不在于"物质财富的图谋",而在于"人的精神需求"。他理性地分析称"最高尚的动机有时也会导致骇人的后果"。在论及哈姆雷特在复仇过程中导致许多人的无辜枉死,阿尼克斯特评论说:

> 高贵的理性使勃鲁托斯与哈姆雷特都犯了杀人之罪。他们杀人、作恶,予人带来痛苦,目的却是正直而高贵的:力图恢复正义……当一个人在理智的支配下行动的时候,从他一心向善的愿望中却可能生出恶来。(Anikst,1956:376-378)

这种意愿与结果间的巨大差异无疑构成了一种悲剧式悖论,正如俄狄浦斯一心想逃离自己"弑父娶母"的命运,在行动上却在冥冥中朝着这一命运越走越近。正是这一悖论使得《光明天使》中的两兄妹在一心向善、追求正义的道路上离目标渐行渐远,成为嗜血的罪犯。

兄妹俩高举正义之旗,却思维狭隘,深信"正义与邪恶"、"好与坏"这些简单的二元对立,并誓死消灭世界的"邪恶"与"坏",最终错误地选择了暴力这一极端的武器走上了复仇之路。然而,纵然是十恶不赦的人也依然保有与其他所有人一道拥有的东西——作为"人"在人身与人格上所拥有的尊严。这种尊严是人类共同存在的最后纽带,一旦被摧毁,人性将会受到质疑,对任何理想与文明的追求都将显得毫无价值。因此,再崇高的目标也不能成为人身侵犯的理由。欧文与柯尔斯顿错误地选择暴力为武器进行复仇,"将自我感觉的正确性作为评判标准,使凶残的暴行正义化",(Johnson,1987:164)目标的崇高性完全遮蔽了暴力行为本身具有的残忍性与犯罪特征。

既然手段已背离目标,那么兄妹俩不断努力的结果只会使得他们在追寻正义的道路上与目的背道而驰。"正义"(justice)是柏拉图《理想国》(*The Republic*)一书的中心议题。它是人类社会的基本法则,是"善"的重要标志,是人类永恒的理想和追求,或者"是一个超越时空的基本道德原则"。在《理想国》中,正义被定义为"按每个人所应得的而施与他"。(Plato,2006:8-12)美国亚利桑那大学哲学教授大卫·施密茨(David Schmidtz)在《正义的要素》(*The Elements of Justice*,2006)中也认为正义与每个人"应得的"(due)相关。(Schmidtz,2006:7)这意味着在对待他人时我们应遵循"适度"、"公平"或"不逾矩"的原则,即使是惩罚人也应有理有节。一旦逾了矩,率性而为,就违背了正义的原则。以此原则来参照柯尔斯顿和欧文的复仇,就会发现他们超越了理性所能认可的合理限度,破坏了正义的法则。正如欧茨在小说中所说,"人世间的法则应该是正义而不是复仇——这法则由上帝在人世间的代表来掌握"。(*AL*,17)这一点清楚地反映在欧文对待女佣萨门太太身上。这位近60岁的妇人在哈勒克家里勤勤恳恳工作了将近20年,可以说看着欧文长大。当最后一次看见欧文时,萨门太太眼里流露出疼爱。但爱未能感动欧文,最终萨门太太被欧文用药迷晕,被随后的炸弹炸死在伊莎贝尔的豪宅里。萨门太太是无辜的,也与欧文的复仇计划无关,却无辜枉死在欧文手下。欧文在杀死萨门太太时,也同时毁灭了自己追求正义的理想。兄妹俩的行动越是激烈,其结果就越是与其所追寻的正义渐行渐远,这也正是兄妹二人悲剧性的悖论。在欧文和柯尔斯顿选择暴力为武器进行复仇之时,就是他们劫运的开始;其弑母与弑父之举将这一劫运推向顶峰:在他们自以为复仇成功、恢复正义之时也正是理想破灭之际。

欧文与柯尔斯顿的复仇与堕落使他们与魔鬼路西法(Lucifer)构成了某种程度的互文。在约翰·弥尔顿(John Milton)的《失乐园》(*Paradise Lost*)和但丁·阿利吉耶里(Dante Alighieri)的《神曲》(*The Divine Comedy*)中都曾描述过一个名为路西法的天使长。在拉丁语中,lucis 一词意为"光明"(light),而 ferrre 意为"带来"(bring)。因此,这两个词合并而成的 Lucifer 就意为"带来光明的人"(the bringer of light)。在《失乐园》中,这位执掌光明的天使长路西法率领众天使用暴力反抗上帝权威,最终失败而堕落成魔鬼撒旦,被驱逐出天堂、打入地狱。因此,在西方经典文本中,"光明天使"路西法就是撒旦的代名词。欧茨以路西法这一堕落的"光明天使"为小说命名,暗示了柯尔斯顿和欧文的失败与悲惨结局。这两位"光明天使"的暴行与基督教教义中代表耶稣基督信仰、慈爱与恩典的"世界之光"(light of the world)构成了强烈反差,更凸显了他们的失败。兄妹俩虽然以伸张正义、恢复秩序为目标,但在复仇的过程中已化身为暴力和死亡,与他们追寻的正义愈离愈远。小说中,柯尔斯顿早已清醒地认识到这一点,她常常在思考"我的愤怒,我的悲哀,我的复仇计划,我对正义的渴望,最终会引出相反的结局?"(AL,25)最终,两位"天使"一步步沦为令人颤抖惊骇的魔鬼却不自知,在血腥的屠戮中毁灭了理想。

从悲剧中价值的毁灭而言,《光明天使》这部小说的悲剧性并不在于结尾处欧文与母亲共赴黄泉,也不在于柯尔斯顿最终放弃报仇,复仇未完成,而是兄妹俩长期以来牺牲一切追求的正义恰恰毁于自己之手。对此德国现象哲学家马克思·舍勒(Max Scheler)在《论悲剧性》("On the Tragic")中的一段话足以说明兄妹俩的悲剧。他说:"悲剧的产生在于某种价值的毁灭。对于人类而言,并非只有生命和存在的消失才可称为悲剧,一个计划、一种欲望、一件物品、一种信念的毁灭都可称为悲剧。"(Scheler,1965:5-6)欧文和柯尔斯顿心中最珍贵希望的崩塌以及所追求理想的幻灭无疑构成了悲剧,并且是别林斯基所言悲剧中最震撼人心的地方。在别林斯基看来,悲剧就是"悲惨的场面",这种悲惨并不一定有"鲜血"、"尸体"、"利剑"和"毒药",却必然会有"人心中最珍贵的希望的破灭",或者"毕生幸福的丧失"。在这种希望破灭的悲惨结局中,产生了悲剧的"阴森庄严"和"巨大宏伟"。(Belinskiy,1980:138)从选择暴力作为武器开始,欧文和柯尔斯顿便由天使化身路西法,他们寻求正义这一目标就永远不可能达到,理想注定会破灭,小说的悲剧性便由此产生。

从善良的天使到疯狂屠戮的魔鬼,欧文、柯尔斯顿的死亡与失败不能不引起人们对其悲惨结局背后深层原因的关注。在感佩兄妹二人无畏勇气的同时,读者不难发现在欧文和柯尔斯顿这两个"光明天使"形象的背后也攒动着令人不安的阴影,那就是他们各自性格上的缺陷。

《光明天使》借用了古希腊故事原型,但在人物塑造上与埃斯库罗斯笔下的众神大相径庭。《俄瑞斯忒亚》中的主人公在品性上皆完美无瑕,高高在上,他们的悲剧在于命运的无常。而欧茨笔下的欧文和柯尔斯顿皆为凡夫俗子,绝非完美之人。他们冲动、莽撞、短于思考、易于轻信等性格上的缺陷必然要为各自的失败乃至死亡负责,他们的悲剧也因此与哈姆雷特、奥赛罗等一样属于典型的性格悲剧。法国思想家让-雅克·卢梭(Jean-Jacques Rousseau)曾说"人生而自由,但又无往不在枷锁之中",一句话概括出人类生存注定要遭受的悲剧性困境。(Rousseau, 2011: 2)在欧文兄妹俩身上,这一困境就展现为崇高理想被自身性格缺陷这一枷锁所束缚,渴望成为天使的两兄妹,却因性格缺陷注定只能成为堕落的魔鬼。

柯尔斯顿虽然是妹妹,但在和欧文的关系中总是占据主导地位,她坚信父亲的无辜并鼓动欧文加入她的复仇计划。然而在行动中,她的坚持愈发显露出她性格上的偏执,这深切反映在其对母亲的态度上。与《俄瑞斯忒亚》里的厄勒克特拉一样,柯尔斯顿与母亲之间一直是一种"病态的"母女关系:女儿称母亲为"淫妇、母狗、杀人犯",(AL, 47)而伊莎贝尔称女儿是"一个精神病患者"。(AL, 27)母女间除了深深的仇恨之外已无其他感情,对母亲强烈的敌意甚至引起柯尔斯顿的神经性食欲减退。如欧茨的评论家布兰达·达利(Brenda Daly)所言:"厌食是对母亲仇恨的一种表现症状。"(Daly,

1996：182)然而,柯尔斯顿对母亲的痛恨是建立在毫无根据的恶意猜测之上。在莫里斯死后,柯尔斯顿由始至终都坚定地认为是母亲和尼克谋杀了父亲,父亲的死并非自杀,而父亲留下的遗书也是伪造的。面对欧文的质疑,柯尔斯顿只能一再地重复"你是问,谁是凶手?——我们当然知道"。这种肯定却毫无证据。事实上,莫里斯的确是自杀,被谋杀仅仅是柯尔斯顿的想象而已,只不过伊莎贝尔和尼克的背叛间接导致了莫里斯的自杀。她还为自己的猜测找到了理论根据,从诗人威廉姆·布莱克(William Blake)的诗句中寻求安慰。

  我们全都喜欢布莱克的作品,欧文说,他向我们揭示了许多可耻的古怪的无可原宥的事情……
  如今完全证实的,昔日仅仅是一种猜测。
  啊,我喜欢这一句,柯尔斯顿说。我喜欢。
  如今完全证实的——
  ——昔日仅仅是一种猜测。
  对。欧文说,但我们现在还不能说这话。要等以后。等事情了结了。等他们俩都死了。
  如今完全证实的,昔日仅仅是一种猜测……
  她的声音,因感奋而颤抖着。(*AL*, 284 - 285)

实际上,柯尔斯顿也清楚地意识到他们目前对母亲的所有指控只是猜测,但执拗地深信母亲的罪过。布莱克的诗句恰恰给予她慰藉,使她相信暴力最终会证实现在的猜测。由此可见,欧文和柯尔斯顿的整个复仇都是基于猜测,没有肯定的证据。这也使其与正义这一目标大相径庭、相去甚远,究其原因,仍是柯尔斯顿性格的偏执与执拗所致。

  相比较妹妹的偏执,欧文的性格稍显优柔,缺乏看待事物的主见:最初被妹妹煽动开始为父报仇,随后又被梅诱导加入了恐怖组织。这一恐怖组织是美国众多学生恐怖组织中的一个,其成员却声称自己并非"恐怖分子",而是"为维护人之天赋权利"的"烈士"。(*AL*,518)他们接纳欧文这类富家子弟进入,多少是出于筹募"革命经费"的需要。欧文却对此一无所知,他接受了组织成员梅的洗脑,甘心与其结成"统一战线"。在变卖欧文从家中豪宅里偷来的奢侈品时,一位成员感叹一象牙雕塑的美,却招致所有人的愤怒,因为"美是这世界所支付不起的一种奢侈",是一种"布尔乔亚式的堕落。腐败。腐朽。腐臭"。(*AL*,511)美遭到"银鸽"成员们的排斥和鄙视,欧文也自觉地接受这种思想,以美为丑。然而,在柏拉图的秩序理论中,宇宙是神以善为最高原则、排除混乱无序而创造的。神发现可见世界处于混乱无序的运动中,而"有序无论如何要比无序好",于是将世界由无序变为有序。既然有序的世界由善的创造者观照永恒者创造而来,应当是美的,而且是"一切被造事物中最美的"。(Plato,2006:280-281)"银鸽"成员们对美的鄙夷可以推及对秩序的不屑,而恢复正义、重建秩序恰恰是欧文追寻的。性格上的轻信与缺乏主见使得欧文在寻求正义的道路上越走越偏,最终走向了正义的对立面——暴力与屠杀。

二、自由女性的悲哀

亚里士多德在《诗学》中从悲剧效果出发,指出在悲剧创作时必须要避免下述三种布局:第一,"善良的好人由顺境转入凄惨";第二,"坏人由逆境转入顺境";第三,"极恶的人由顺境转入凄惨"。因为这三种布局既不能引起观者的怜悯之情,又不能引起恐惧之情,因而达不到悲剧"净化"(catharsis)[①]的效果。(Aristotle,1999:10)对极恶

[①] 亚里士多德的悲剧"净化说"(也称 purgation 或 purification)指的是悲剧借激起观者的怜悯与恐惧,从而使这些情绪宣泄与净化。见 Richard Janko. *Aristotle: Poetics*. Indianna: Hackett Publishing Company, Inc, 1987, p.185.

的人从福跌落到祸的书写虽然能满足观者的道德感，表达惩恶扬善的伦理道德，却无法引起怜悯与恐惧，而这两点恰是悲剧的核心。因此，亚里士多德认为悲剧创作中应避免对恶人受难、伸张正义的书写。欧茨的悲剧创作却反其道而行，在《光明天使》中刻画了一个十足的"恶人"形象：伊莎贝尔。

叔本华曾将人称为"千百种欲求的凝聚体"（a compound of needs and necessities）。（Schopenhauer，2008：15）在欧茨笔下，伊莎贝尔正是这样一个极端的欲求凝聚体：她在婚前就背叛了自己的未婚夫，在肉体和精神上双重出轨，婚后更是拥有数位情夫；在她的生活中，最重要的就是聚会和男人。聚会能满足她膨胀的虚荣心，男人则满足她那日益增长的性欲。不仅如此，在丈夫莫里斯自杀后，伊莎贝尔仍纵情晚宴夜夜笙歌。虽然在她内心深处偶有忏悔，认为"我们要遭到惩罚的"，（AL，533）但欧茨还进一步强调，导致伊莎贝尔忏悔的决定因素绝非道德和良心，而是对后果的恐惧，因为她猜测"他会让我们进监狱的……他会亲手写写一份控告信"。（AL，535）可见，伊莎贝尔对背叛莫里斯行为的忏悔归根结底并非发自内心的醒悟，而是对后果的恐惧。

在道德主义者眼中，伊莎贝尔这一恶妇人人得而诛之。正义若要得以伸张和弘扬，恶行就该得到应有的惩罚。因而从道德的角度看，小说结尾处欧文对母亲的血腥屠戮就显得大快人心。面对儿子的屠刀，伊莎贝尔美丽而高贵的脸庞因惊恐而扭曲变形：

> 她扑向他。她开始惊叫。哀号。乞求。不不不不。不能这样，不可以这样……她抓他的脸，但淡玫瑰色的指甲却撕裂了，断落了。她尖叫着，但声音却逃不脱瓷砖墙的禁锢。在美丽的犹如沉在水底的浴缸边上，她愤慨地全身拼搏，但是，她没有一种东西堪与他匹敌——连她那狂暴的激怒，程度也不及他之烈。

(AL, 566)

一番奋力挣扎之后,这位华盛顿社交界最漂亮最具魅力的名媛惨死在亲生儿子的刀下,并最终在欧文事先安置的炸弹的爆炸声中灰飞烟灭。对比昔日的无限风光,伊莎贝尔的结局可谓悲惨至极。

然而,正如两兄妹的悲惨并不止于家庭变故带来的痛苦,伊莎贝尔的悲惨也不局限于肉体的毁灭。她最大的悲惨源自逃脱不了父权社会客体的地位,注定只是男性眼中"景观"一样的存在。从外表上看,伊莎贝尔十分迷人。幼年时的柯尔斯顿曾在抽屉里找出一张母亲年轻时的照片,便寄去参加第二届中大西洋新闻图片社举办的美女摄影竞赛。虽然按照今日的时尚观看来,穿着泳衣头戴草帽、画着浓重妆容的伊莎贝尔显得不太自然,但她的美貌是"无可置一词的,有目共睹的",因此理所当然地获得了中大西洋新闻图片社的大奖。(AL,43)伊莎贝尔清楚地知道自己的优势,她也因此时常伫立镜前自我陶醉。在她的卧室里有一面极大的落地镜,伊莎贝尔就时常躺在沙发上端详自己的美貌。在文学批评中,镜子不再是一种普通的日常生活用品,而是生成主体意识、确立身份的重要工具与媒介。法国精神分析学家雅克·拉康(Jacques Lacan)的镜像理论(the mirror stage)认为,镜子作为反射物提供了关于主体的映像。主体在凝视镜中映像过程中确立自我,实现自我感知与认同。然而,镜像并非主体形象的真实反射,而是掺杂了多种因素的混合映像。美国社会学家查尔斯·库里(Charles Cooley)在《人类本性与社会秩序》(*Human Nature and the Social Order*,1902)中提出"镜中之我"概念(the looking-glass self),他将社会比作一面大的镜子,认为个体从社会价值、价值规范以及他人的目光中生成对自我的感知。(Cooley,2009:184)从这一角度看来,镜子不再是单纯的反射物,而包含了某种社会规范与价值标准。在父权社会中,男性审美始终是女性自我观看的重要标准,因此女性在镜中看到的映像并非真实的自我,而是包含了男性审美的一种虚构镜像。英国小说家、文学批评家约翰·伯格(John Berger)在其著作《观看之道》(*Ways of Seeing*,1972)中曾论述:

> 男性重行动而女性侧重外表。男性观看女性,女性看着自己被男性观看。这样的行为模式不仅决定了大多数男女关系,还决定了女性与自我的内在关系。在女性内部有个检查自我的审视者,这个审视者是男性,女性因此成为被审视的女性。这样,她将自己转变成一个物品——而且是一种极特殊的视觉物品:一个景观。(Berger,1972:47)

在伯格看来,女性的身体是供男性欣赏的对象,"女性的形象设计只是为了取悦、迎合男性品位"。(Berger,1972:47)伊莎贝尔在对镜自我凝视的过程中,欣赏自己精致的妆容、紧致的皮肤以及姣好的身材,实际上是带着男性的目光对自我的审视。

尼采曾说:"男性为自己塑造了女性形象,而女性根据这一形象塑造了自己。"(转引自 Oliver,1998:210)伊莎贝尔正是依照男性审美将自己塑造成一个"完美"女性。根据美国女权主义者苏珊·格巴(Susan Gubar)和桑德拉·吉尔伯特(Sandra Gilbert)的观点,男性作家笔下的女性形象有两种表现形式:天使(angel)和妖妇(enchantress)。温柔、善良、美丽、顺从的天使是男性审美最理想的体现,而淫荡、风骚的妖妇表达了他们的厌女症心理。伊莎贝尔在行为举止上狠下功夫用"天使"的形象包装自己,使自己更富魅力。在与男性单独相处时,她会表现得很温和;在某些场合下,她会表现出随和甚至羞涩,这已成为她"处事策略的一个组成部分"。(*AL*,376)在伊莎贝尔的内心深处,潜藏着一种"被观看性"(to-be-lookedat-ness),她用自我包装好的"温和"、"美丽"、"随和"、"羞涩"满足了男性观者高高在上的心理优势,营造出一个父权社会里标准"好"女孩的假象。

除了在外貌与气质上对自己进行符合男性审美的包装,伊莎贝尔还养成了大量阅读的习惯。然而,伊莎贝尔阅读的目的并非增长学识、开阔眼界,实现自我价值的增长,而仅仅因为那些阅读能在与男性餐桌会晤时充当良好的谈资。伊莎贝尔将自己装扮成纯洁天使的企图获得了巨大的成功,整个华盛顿上流社会都在称赞伊莎贝尔引人入胜的"女性气质"。

表面上看来,美丽、高贵的伊莎贝尔获得了成功,摆脱了无法满足自己的婚姻的桎梏,赢得了诸多男性的青睐。然而,这种刻意讨好男性的努力也将伊莎贝尔推向了理想的对立面,她逐渐地丧失了自我。法国女权主义理论家露丝·伊莱格瑞(Luce Irigaray)在《非"一"之性》(*This Sex Which Is Not One*, 1977)中说:

> 女人的价值通过其母性角色以及她的"女性气质"而不断累加。但事实上,那种"女性气质"是男性价值系统强加于女人的一类角色、一个形象、一种价值。在这副"女性气质"的面具下,女人失去了自我,在发挥女性气质的过程中丧失了自我。(Irigaray, 1996: 84)

伊莎贝尔期冀通过肉体的包装获得男性的青睐,占据两性关系的主导。但不知不觉间,她已将男性话语内化,进行了符合男权社会欲望需求的外部包装。在这一过程中,伊莎贝尔丧失了自我,越来越深陷于父权社会的囚笼。

不仅如此,伊莎贝尔还企图用自己的肉体征服男性,在两性关系中占据主导地位。因此她频繁地更换情人,放纵自己的情欲。但实质上她仍摆脱不了尼克及其一众情夫掌中玩物的命运。如果说伊莎贝尔对尼克出于真情实意,那么尼克对伊莎贝尔却并未报以相等的情意,根植于尼克内心的父权意识使他不可能真心回报她的爱情。他对伊莎贝尔的爱明显带有占有性质,他的兴趣并非伊莎贝尔,而仅仅是身为主人的快感。因此,尼克接二连三再觅情妇彻底摧毁了伊莎贝尔内心对爱情的渴望,欲望如决堤的洪水般倾泻出来。她用一切方法和手段清除束缚障碍,结交了一个又一个的情夫,去满足个人的欲望。伊莎贝尔渴望激情与自我,但现实环境剥夺了她正确表现的机会,以至她的本能、意志力和创造精神都走上了歧途,于是她的身边出现了众多情夫。周旋于这些情夫间,伊莎贝尔的感情越来越淡薄,理性越来越少,而欲乐的程度越来越高,这让她日益沦为男性的玩物。

伊莎贝尔渴望自我,也付出了异于常人的努力,结果却偏离了自己追寻的方向。相比较伊莎贝尔,尼克的妻子琼则是一位真正的女权主义者。一次聚会时,琼给在座的贵妇们讲述了希腊神话故事特洛伊之战。结束后,琼质疑了男性对女性高高在上的审视立场,说道:

> 在美丽的肉体面前,什么智慧,什么王权,一切全都相形见绌。唯美丽的肉体至上……这才是完全彻底的无聊。而男人是法官。帕里斯是法官。他只是凡人,却有权对女神们做出裁决,因为他是个男人。因为女神们给了他这种权力。为什么要赋予他这种权力?故事里没说明……(AL, 386)

琼意识到父权社会中女性与男性在地位上的差距,女性处于被注视、被判决的处境,男性则拥有对女性的判决权,琼质疑了男性的这种权力。伊莎贝尔虽然也具备女性的主体意识,但她错误地迎合了父权社会中的男性审美,企图利用自己的肉体征服男性,最终只能成为父权社会被物化的对象。她代表了美国20世纪60年代太过野心勃勃的一类女性:她们激情澎湃地彰显着自己的欲望,成为令男性恐惧的欲望主体;但同时也渴望扮演男性欲望的客体,因而终究逃脱不了被客体化的命运。肉体的毁灭、追寻自我的失败以及摆脱不掉的男性客体化命运无疑使伊莎贝尔的结局悲惨至极。

伊莎贝尔的悲惨结局源于她那过度张扬的欲望以及缺乏理性约束的激扬性格。法国当代哲学家、小说家乔治·巴塔耶(Georges Bataille)认为,欲望是人性中的动物本能、人性以及神性三者间的角斗与博弈。(Bataille,1962:55)过分地沉溺于本能欲望的放纵,必然导致人向非理性的动物倒退,人沦为物欲的奴隶,从而导致精神的贫乏、心灵的空虚甚至道德的崩溃。过度的欲望与伦理的丧失,最终使人迷失自我。伊莎贝尔正是在这过度张扬的欲望中迷失了自我,在激情之火的猛烈燃烧下沦为自我欲望的奴隶。

论及性格中的张扬与激情,伏尔泰在《哲学通信》(*Philosophical Letters*,1733)中肯定了其积极的一面,认为"激情是造就一切的根本"。但他同时意识到激情消极与极端的一面,认为:

> 内心的澎湃激情可以造就英雄,也可以使人堕落犯罪。狂放不羁的激情可以引导人走上两条截然相反的道路:英伟的英雄和十恶不赦的罪人。有鉴于此,理性的用处就得以凸显。它可以控制这种激情,以使人做出正确有益之事。(Voltaire,2003:173)

伊莎贝尔的不幸归根结底就在于其性格上缺乏自制,不具有节制激情的"理性",任由本能欲望的恣意放纵超出了极限,以致最后成为"虚荣心的傀儡和性欲的奴隶",酿成了不幸的结局。(谢德辉,2005:2)

第二节 激情与悲剧的超越

性格缺陷为欧文与柯尔斯顿兄妹俩以及伊莎贝尔的悲惨结局负责。但欧茨并不满足于书写主人公结局的悲惨及其根源的揭露,她更关心的是在主人公身上炽烈燃烧的生命激情。无论是在复仇意志下扭曲的兄妹,抑或张扬、缺乏理性约束的"邪恶"母亲,他们在面对危险与冲突时都没有选择妥协,而是奋起反抗。在他们身上读者看到的不是软弱,而是一种振奋人心的激昂精神,这种"不是叫人逆来顺受无所作为,而是一种抓住不放斗争到底的精神",正是默里·克莱格所言的"悲剧精神"。(Krieger, 1973: 21)正是在这种精神的鼓舞下,欧茨笔下的主人公们面对困境从不妥协。欧茨曾说:"妥协能成为艺术吗?可以,但只能是种微小的艺术。"从这点上,她的悲剧性小说已超越了"微小的艺术",升华至崇高。

一、复仇中的天使

在塑造欧文与柯尔斯顿这两个人物形象时,欧茨并未满足于将古希腊英雄俄瑞斯忒拉与厄勒克特拉照搬上现代舞台,而是在他们身上注入了新的内涵,使其成为当代不屈奋进的美国青年的代表。埃斯库罗斯笔下的俄瑞斯忒拉只是个听从神谕为父报仇的王子,报仇后被复仇女神追逐,在众神的帮助下才被判无罪。埃斯库罗斯的悲剧是为了宣扬神的力量与人的服从,主人公只是一个命定复仇的符号。而欧茨塑造的欧文与柯尔斯顿却如莎翁笔下的哈姆雷特一样,放弃了本来拥有的光明前途,要"负起重整乾坤的责任"。虽然其间也有犹豫和彷徨,但他们从未有怯懦、退缩之意,始终坚持承担重负,与邪恶力量、丑陋、不公的社会做斗争,直至以生命换来使命的完成,力图恢复被颠覆的秩序。

在调查父亲的死因过程中,欧文接触了父亲生前的众多同事和朋友。然而他孤身一人的调查遇到了难以想象的困难。几乎所有与莫里斯·哈勒克有关的人在其死后都急于摆脱与他的关系,与这事件保持距离。整个政治体系犹如"一张网,其严密程度远远超出我的想象。它像只蜘蛛网似的敏感,一触即动……"(AL,324)在这张政治巨网面前,欧文是渺小而无助的。在剧中扮演欧文启蒙者的梅犹如歌德剧中的梅菲斯特,曾绝望地对欧文说道:"在现存的社会结构里,没有实现正义的可能性。遍地都是敌人,这敌人就是我们这个民族,特别是我们这座荒谬绝伦的城市。"(AL,343)然而正如古希腊英雄一样,欧文不曾因前景的阴郁而丧失信念停滞不前,仍然坚定地进行着自己的计划。

在哥哥欧文身上凸显的无畏激情同样也显露在柯尔斯顿身上。在面对惨烈的家庭变故时,如果是一名弱女子,柯尔斯顿或许会选择妥协或者逃避,对母亲的背叛视而不见。这样,她就依然能享受衣食无忧的生活和光明的前途。但在这样的关键时刻,柯尔斯顿凭借顽强的性格选择了主动抗击,而非消极躲避;她选择追寻崇高的理想,而非懦弱地苟活于世。正如美国文学批评家乔治·迈尔斯(George Myers)所说,"没有悲剧主人公会委曲求全地选择中庸之道;也没有任何主人公会因为想要苟且偷生而牺牲自己的目标或他所选择的'铁血道路'"。(Myers,1956:138)柯尔斯顿正是选择了这样一条异常曲折、艰难的"铁血道路",她的坚持与抗争使她成为哈姆雷特般的悲剧英雄。她收集尼克和伊莎贝尔的资料寄给哥哥欧文,将其拉入复仇的阵营,从此他俩走上艰辛的复仇之路,只是为了一个坚定不移的信念——恢复秩序、找寻正义。

在小说中,欧茨称赞欧文"温文有礼,富于感情,忠实可靠,聪明谨慎有进取心";而柯尔斯顿则聪明活泼,智商高达140,"天生好恶作剧,有一种古怪的幽默"。(AL,35)他们感情丰富,遭遇变故后感伤怀旧:对父亲的怀念显露出浓浓的子女情;他们坚定无畏:复仇之路即使再艰辛也阻止不了他们行动的步伐。他们是善良的,其复仇与私欲无关,复仇的动机也可以说是高尚的,而绝非出自本性的恶。兄妹俩的弱小、孤独与无所依傍辉映着内心的强大,更加凸显出其形象的伟岸与英雄式的气概。不仅如此,欧茨巧妙地将哈勒克家族设定为美国历史上著名的废奴运动领导人约翰·布朗(John Brown,1800—1859)①的后代,将文本延伸到历史层面,使得小说与19世纪50年代的废奴运动构成互文,从而更加丰富了小说的内涵。哈勒克家族的老祖宗布朗"用暴力和武器"积极投身于反对奴隶制的斗争中,杀死若干名奴隶主。在1859年的起义中布朗被俘,就义前留下遗嘱:"我,约翰·布朗,现在坚信这个罪恶的国土的罪恶,只有用鲜血才能涤净。"他因其英勇气概被当时人尊称为"奥萨瓦托米的硬汉子约翰"。超验主义作家亨利·梭罗(Henry Thoreau)更盛赞他是一位"光明天使"。(转引自 Oates,1981:14)祖先的牺牲激励了欧文兄妹俩,每当他们在复仇之路犹豫徘徊时,"光明天使"的勇气和气概总是能让他们重拾信心和希望。他们期望与其祖先一样追求正义、力图凭一己之力涤清世间罪恶,将光明引入黑暗腐败的华盛顿政界。从这一角度而言,欧茨以"光明天使"来命名该小说,不仅仅借路西法暗示了兄妹俩注定的堕落,更是对他们无畏斗争精神的高度赞扬:欧文和柯尔斯顿这两位弱小平凡的普通人,因有着崇高的理想和愿意为此拼搏牺牲的无畏激情从凡人一跃成了"天使",闪耀着悲剧精神的光彩。

欧文和柯尔斯顿主动放弃美好安逸的生活而甘心受难,张扬的

---

① 约翰·布朗是1859年约翰·布朗起义的发动者。他领导美国人民在哈伯斯费里举行武装起义,要求废除奴隶制。他的起义最后被镇压,他本人也被逮捕并残忍杀害。大部分历史学家对他持肯定态度,包括作家爱默生及梭罗均对他称赞有加。

悲剧精神使他们获得了存在的意义。美国当代文学批评家理查德·西尔华(Richard B. Sewall)认为在喜剧和讽刺作品中,人物模式是"我思索,所以我存在";在史诗中,那些建功立业的人是"我行动,或者征服,所以我存在";在抒情诗中,敏感的人因为"我感受,所以我存在";有信仰宗教的人是"我信仰,所以我存在"。而悲剧人物和上述几类人不同,他们的人性本质是通过受难才表现出来:"我受难,我甘愿受难,我在受难中学习,所以我存在。"(Sewall,1965:35)兄妹俩为追求正义和秩序奋斗,最终的死亡和失踪表现了英雄式的伟岸和人的尊严,促使人们超出日常生活的经验,去寻找人的生命存在的意义。在他们的毁灭中,读者可以"看到一种比苦难还要坚硬得多的灵魂,看到一种无论什么也难以摧毁的勇气,从而振作起了我们自己的精神"。(Listowel,1933:222)与整个黑暗混乱的社会相比,欧文和柯尔斯顿的个人力量显得十分渺小。但他们仍然高傲地忍受着痛苦,在生与死的抗争、人的自由意志与强大黑暗社会的抗争中显露出人的尊严和价值。朱光潜曾这样评价悲剧人物的失败,认为他们"虽然在一种意义上和外在方面看来失败了,却在另一种意义上高于他周围的世界,从某种方式看来……与其说被夺去了生命,不如说从死亡中得到了解脱"。(朱光潜,1996:132)对此,大卫·拉斐尔也表示赞同。在他看来,虽然"悲剧主人公被打倒了,但他仍然是伟大与崇高的,其伟大之处就在于他的陨落"。(Raphael,1960:27)欧茨在小说中也赞扬了这种悲壮而崇高的失败,她通过欧文之眼描绘了一位为争取自由被俘最终在狱中自杀的女子。照片上女子那坚强漂亮、毫无笑容的脸不仅赢得了欧文的敬佩,也让读者感到深深的震撼。在欧茨笔下,女子的自杀不再是罪愆,而是"一个必需的行动",是"一次辉煌的胜利"。(AL,339)从这一意义上来看,兄妹俩并未因为失败而低下,反而从其失败中超出了常人与其周围的世界,从死亡与失败中获得了解脱与超越。

二、"邪恶"中凸显的崇高

亚里士多德的古典悲剧理论将恶人排除在悲剧创作之外，而欧茨的现代悲剧忽略人物的道德品性，刻画了伊莎贝尔这样一位在追求自我满足的道路上无所不用其极的"邪恶母亲"。小说结尾处，伊莎贝尔被亲生儿子残忍杀害，正义得到伸张，秩序得以恢复。对于如此结局，道德主义者皆拍手称快，认为她是罪有应得、咎由自取。然而，大多数读者不由得对她产生莫名的同情，甚至悲悯的感情。正如格莱格·约翰逊所说，读完小说后他的"心中却莫名地怀念那个'邪恶'的母亲多过于怀念她那'好'儿子"。(Johnson, 1987: 175)

从悲剧艺术的审美上来说，对伊莎贝尔的怜悯从表层意义上是出于一种惋惜之情。朱光潜在《悲剧心理学》(*The Psychology of Tragedy*, 1933)中从读者反应视角深入分析了这种怜悯之情，认为："在一个极坏的人从福到祸的沦落当中，我们想到他具有如此超人的毅力和巨大的力量，却用来为破坏性的目的服务，便常常会产生这种白白浪费的感觉。"(朱光潜, 1996: 98)他进而举了《奥瑟罗》中的伊阿古(Iago)以及《布利唐尼克斯》中的罗马大将纳尔西斯(Narses)为例，认为书写这样邪恶的人物完全违反读者的道德感。在现实生活中，他们作为个人无论有多大不幸，都难以唤起我们的怜悯。但他进一步阐述说，在悲剧中这些坏人身上的生命激情让仇恨得以消解，"正义感也就消失在对可怖事物的关照之中"。在伊莎贝尔的例子中，美丽、优雅、拥有巨大生命活力的伊莎贝尔本该拥有美好的归宿，却面临惨烈的结局，这无疑会让读者感慨她张扬生命激情的浪费，产生一种"白白浪费"的惋惜与怜悯之情。

对伊莎贝尔的怜悯是出于惋惜，但归根结底还是源于这一人物形象的"崇高"。这种崇高当然不是道德上的高大，而是审美意义上"力度"(intensity)的体现。在美国当代学者亨利·迈尔斯(Henry

Alonzo Myers)看来,悲剧主人公的首要素质就是他"行动或为此死亡的意愿",他那"绝不妥协的精神使他愿意为其目标付出任何代价,即使是生命本身"。迈尔斯认为,这种精神正是

> 魁北克的沃尔夫①与马洛笔下的帖木儿相似的地方,"石墙"杰克逊②与赫尔曼·麦尔维尔笔下的亚哈船长共有的品质。这种精神本身没有任何道德意义,因为一个不屈不挠的英雄人物在读者看来可以是个圣人,也可以是个罪犯。但不屈的品质是英雄行为或戏剧行动流淌出来的源泉。(Myers,1956:137)

"不屈精神"成为迈尔斯辨别悲剧英雄的首要质素。不仅如此,他还将"最平庸"与"最高大"人物之间的区别视为"最高大人物将情感、智力、力量发挥至极致,以达到他那不可妥协的目标"。(Myers,1956:138)这种拼尽全力以达"极致"的生命活力正是悲剧"力度"的体现。

在欧茨笔下,伊莎贝尔并非简单的"恶人"这一扁平形象,而是内涵丰富的圆形人物。她在对自我和个性的追求过程中迸发出无限的激情,在与环境的对抗中进行自我诉求,展现出极大的抗争意识和斗争精神,凸显了非同寻常的生命力度。从悲剧审美的角度而言,正是这种精神而不是道德的好坏构成了悲剧的核心。正如朱光潜所言:"从审美意义上去理解……一个穷凶极恶的人如果在他的邪恶当中表现出超乎常人的坚毅和巨人般的力量,也可以成为悲剧人物。……已足以给我们留下带着崇高意味的印象。"(朱光潜,1996:96)伊莎贝尔

---

① "魁北克的沃尔夫"指的是英国作家克里斯托弗·希伯特(Christopher Hibbert)传记作品《魁北克的沃尔夫》(*Wolfe at Quebec*,1959)中的主人公英国将军詹姆斯·沃尔夫(James Wolfe)。

② "石墙"杰克逊(Stonewall Jackson)是美国内战期间著名南方将领托马斯·乔纳森(Thomas Jonathan)的绰号。

在行动中所展现出的蓬勃活力与生命强度使其超越了道德上的善恶,成为艺术上崇高的悲剧形象,给读者以无限的崇高感。

伊莎贝尔的生命强度具体体现在其对男性权威的不断超越中。雅思贝尔斯在《悲剧的超越》中阐明悲剧的核心在于"超越"(transcendence)。他认为"悲剧离不开超越",并且"即便毫无任何胜算地在与诸神与命运的对抗中反抗至死,也是种超越"。(Jaspers,1965:43)在雅思贝尔斯的理论中,超越是在抗击不幸、对抗人类生存困境的奋斗过程中获得精神提升。在悲剧的超越中,"整个人发生了转变,这便是解脱或者净化、解放"。(Jaspers,1965:35)在《光明天使》中,伊莎贝尔这一人物的成长大致历经三个阶段,剖析其内在规律的关键词就是雅思贝尔斯所说的"超越"。在这一系列的超越之旅中,伊莎贝尔奋力挣脱各种束缚,不断尝试对男性权威的超越。她执着地追求和建构女性自我生命价值,虽然最终注定以失败告终,但她的不断挑战仍体现出其生命力的顽强与精神的崇高。

伊莎贝尔首先努力挣脱的是家庭的束缚。作为传统父权产生权力的主要场所——家庭在《光明天使》中构成了主要叙事场景。美国文学评论家戴文·霍奇(Devon Hodge)认为,在传统西方家庭中占统治地位的是有权威的男性和成年人,因此家庭就成为"强迫我们把男性对女性的群体性压迫作为一种固有秩序来学习的训练场"。在家庭这个训练基地,大多数孩子在潜移默化中学会了"等级制度和权威统治的意义和做法",学会接受成年人对儿童的群体性压迫,并且学会男性优于女性的父权思想和对妇女的群体性压迫。(Hodge,1983:43)在伊莎贝尔的成长过程中,家庭不断地向她施加压力,迫使她接受父权社会中群体性压迫的思想。伊莎贝尔的父亲在家庭中是一位拥有绝对权威并强迫其接受父权秩序的统治者。他将伊莎贝尔当作摇钱树,开玩笑地说愿意在其身上"投资",让其参与竞选;他限制女儿与异性的交往,因为他要待价而沽,将伊莎贝尔嫁给有权势之人。面对父亲的专制与霸权,幼小的伊莎贝尔无可依傍。在如何摆脱父权制的问题上,许多女权主义者将女性解放的希望寄托于母女关系的维系与传承,希冀借助这种连绵的传承,女性能够获得摆脱父权影响的力量。美国女性主义理论家南希·乔德罗(Nancy Chodorow)指出,女孩"在成长过程中具有一种同母亲的连续性与相似性"。(Chodorow,1992:109-110)露丝·伊莱格瑞也指出,母女关系是"一个极其重要的领域,是可供建立女性之间关系的媒介,可以建立发生在女性内部、为女性存在的关系"。(Irigaray,1996:47)在伊莱格瑞看来,如果母亲能够率先摆脱父权意识形态的束缚,那么女儿就能够借助母女间的某种精神联结获得自由的成长范式。然而伊莎贝尔无法从母亲那里获得这种母系力量,她的父母分居,其母早就放弃了对女儿的监护。母亲在伊莎贝尔的童年处于缺席地位,这种缺席所指向的,正是伊莎贝尔借以依傍的母系力量的空缺。面对父亲这个强大的家族权威以及母系力量的缺失,伊莎贝尔却总是以挑衅者的姿态出现,不断挑战父亲的权威。她瞒着父亲参加一场有男生在场的睡衣聚会,并拥有了一位追求者。虽然父亲得知此事后不由分说将她"一顿好揍",伊莎贝尔依然无视父亲的训诫,我行我素,追求自我的满足。她不逆来顺受、不遵守传统约束的个性使其在家庭层面上不断超越父亲权威。

伊莎贝尔还试图挣脱来自学校的束缚。与家庭一样,学校也是父权制凸显的重要场所。让女性去学校接受教育,原本是启蒙时期自由主义女权主义者奋斗的目标之一,因为在她们看来,教育是影响社会变迁乃至变革社会最有效的工具。然而随着女权运动的深入发展,这些女权主义者开始意识到现代社会中的学校已然成为"占统治地位的意识形态与国家机器的工具"。(Assiter,1990:347)可以说,同大众文化一样,教育已堕落成为统治阶层护航的意识形态工具。在学校里,教师拥有绝对的权威强迫学生顺从,男性教师更是将父权话语强行灌输给女学生,迫使其遵从父权制思想。伊莎贝尔的美术老师罗兰德正是这样一位父权制权威的代表。他虽然身为美术老师,却对艺术感悟力极低,甚至对伊莎贝尔信手涂抹的、犹如"患了忧郁症"的水彩画大加赞赏,其自负而又不容他人辩驳的态度惹得伊莎贝尔既愤怒又无奈。对此,伊莎贝尔没有像其他同学一样驯服地按照罗兰德的要求继续作画,转而投向了雕塑。她能在雕塑时感觉到手指尖上那种奇异的兴奋感;她在这方面的天分也由此展现,她所塑造的那些头像生动逼真,"描摹得十分精确,令人感到简直是从活人脸上印下来的"。(AL, 393)雕塑已不仅仅是课程任务,也是对抗罗兰德权威的方式,更重要的是在雕塑中,伊莎贝尔被父亲与罗兰德长期压制的欲望得以释放。弗洛伊德美学思想的核心或基础是一种"泛性欲主义"。弗洛伊德认为审美活动、艺术活动的本质是无意识中的本能冲动、性欲的替代性满足与升华。因此可以说,艺术是对"力比多"(libido)即欲望的满足与升华。(转引自 Storr, 1989: 233)创作雕塑的过程因而可以视为伊莎贝尔自我欲望得以满足、自我得以舒展的过程。然而,伊莎贝尔的天赋撼动了罗兰德的权威,面对女学生的艺术天分,身为男性权威的他感到了危机。为此,他竟然不惜花上大量时间和精力"埋头于艺术史书籍的百科全书",终于如愿以偿地找出18世纪的一位艺术家,当众宣布伊莎贝尔的作品乃剽窃此雕塑家。在他看来,一个年纪轻轻的女学生根本不可能创作出这么优秀的作品。罗兰德借助老师的权威身份打压了伊莎贝尔的主体性,却并未摧毁伊莎贝尔那激昂的自我。盛怒之下她敲碎了自己所有的雕塑作品,从此"再不想到罗兰德先生,想到雕塑,想到艺术",(AL, 396)自我放逐般地逃离了艺术。这一主动而非被动的放逐显示出伊莎贝尔并不满足于文化体系赋予她的男性附属这一身份,在她任性、乖张、张扬的表象之下是她那强大的主体意志与抗争精神。

伊莎贝尔也奋力打破婚姻的枷锁。作为父权在两性关系中的延伸,男性在传统婚姻关系中也占据着主导地位。英国哲学家伯特兰·罗素(Bertrand Russell)在其著作《婚姻与道德》(Marriage and Morals,1929)中认为,在大多数文明社会,夫唱妇随式的两性和谐关系是不可能存在的。因为在他看来,夫妻之间的关系"一方面是主从等级关系,另一方面是一种责任的关系"。(Russell,1929:23)在伊莎贝尔与莫里斯的婚姻生活中,女性屈从于男性的等级关系遭到了伊莎贝尔的颠覆和超越。与文雅柔弱的莫里斯构成鲜明对比的,是伊莎贝尔的性格外向强悍,占据了婚姻关系的主导地位。小说中的莫里斯虽然在政治上身居高位,位居联邦司法委员会主席,但在婚姻中真正大权在握的是伊莎贝尔。她不仅掌管家中内部事务,还广泛参与涉外活动和各种应酬,常常在家中举办聚会,吸引了大批仰慕者。相比之下,沉默内向的丈夫成了陪衬,她的主导地位否定了传统婚姻中以男性为中心的价值观。伊莎贝尔和莫里斯的结合使读者很容易联想到希腊神话里的爱与美的女神阿弗洛蒂特(Aphrodite)和工匠神赫淮斯托斯(Hephaestus)的不幸婚姻。莫里斯善良,却长相丑陋、矮小粗鄙,和赫淮斯托斯一样虽然拥有着美貌的妻子却无法进入她的内心。伊莎贝尔则如阿弗洛蒂特一样不受传统父权社会中道德的束缚,追寻自我、满足自我那不可抑制的最原始情欲。伊莎贝尔自己承认,她所感兴趣的是"男人和女人之间的'性',而且是怀着极大的兴趣。持久不衰的兴趣。而这种着迷的兴趣,她不安地意识到,好像还在不断地增长"。(AL,365)这种欲望是作为"圣人"的丈夫不能满足她的,因为丈夫的自我克制使得他对这类动物般的原始欲望极度厌恶。莫里斯为了"体验全人类的痛苦",曾只吃素,连有肉的菜汤和蛋都不吃;他甚至否定食欲,一段时期内每周禁食一天,觉得人因为有食欲而"隔不了多久就要向动物退化一次……不知道这到底是羞耻还是有趣,他们吃起来全像猪一样"。(AL,92)在美国社会心理学家亚伯拉罕·马斯洛(Abraham Harold Maslow)的层次需求理论中,人的需求被分为五个层次,其中最基本的是维持人类生存的生理需求,包括呼吸、食物、睡眠以及性的需求。(Maslow,1998:162-168)献身宗教的莫里斯实践着基督教徒对各种欲望的克制,从其对食欲的压抑上我们可以很清楚地看出如此一位禁欲主义者难以满足妻子对性欲的渴求。最终,伊莎贝尔对莫里斯直言道:"你可以把性饥渴理解为我真正的生命,我肉体的生命,我作为一个女人的生命……莫里,你从没触摸到我真正的生命,我躯壳里面的生命,我肉体后面的神秘生命:你从来不是我真正的丈夫。"(AL,476-479)尼采曾肯定人的本能欲望,声称人的一切行动都"要听从肉体",因为相比陈旧的灵魂,肉体是"更为令人不可思议的思想"。(Nietzsche,1910:152)而这样一个没有爱情基础也没有性爱支撑的畸形婚姻如牢笼般窒息着伊莎贝尔蓬勃的生命力,她选择了抗争。通过结交数位情人,伊莎贝尔将对肉体的崇拜发挥到极致,也将婚姻关系中的夫权抛之脑后;作为父权意识形态重要体现方式的婚姻道德文化,在主体意识张扬的伊莎贝尔那里受到前所未有的挑战与颠覆。

在父权制社会,男性对女性的要求就是隐忍,而这意味着驯服、听话,是女性对父亲、丈夫以及所有男性权威的顺从并对这一男尊女卑的秩序自觉维护。传统女性不会挑战男性权威,更不会违反父权社会所规定的教条。而伊莎贝尔完全突破了父权社会道德所要求的底线,以一种不顾一切的激情对束缚女性自我的父权制度进行了不断超越,这种激情如阿勒代斯·尼柯尔所言,"显示出一种崇高的品质,一种几乎是英雄般的庄严气概"。而这也是"我们看一出悲痛的戏剧时所以得到一种快感——主要的悲剧调剂——其首要的原因,无疑也是最大的原因"。(Nicoll,1960:15)

伊莎贝尔与尼克的私情沉重地打击了丈夫莫里斯,一定程度上导致了他的自杀。从这一意义上,伊莎贝尔罪不可恕,她在道德上存在着巨大缺陷。然而从人性的角度上审视,她是为自我与个人自由不懈追求的战士,在她那不计后果的超越中显示出了超强的激情,展露出心灵的伟大。法国 17 世纪古典主义悲剧代表作家高乃依(Pierre Corneille)曾就"心灵的伟大"阐述道:"大部分诗,无论是古代的还是现代的,倘若删除其中表现凶恶卑下或具有某种违背道德的缺点的人物那些内容,就都会变得枯燥乏味。"他进而举了《罗多古娜》(Rodogune,1644)中的埃及女王克莉奥佩特拉(Cleopatra)为例,认为她在道德上是个极度残忍的人,有着强烈的权力欲望,她将王位看得高于一切,为了得到王位不惜犯下杀父之罪。然而"她所有的罪行又都伴随着一种心灵的伟大,其中包含着十分崇高的东西,因而我们在厌恨她的同时,对这些行动的根源又表示钦佩"。(转引自朱光潜,1996:97)从审美角度来看,心灵的伟大而不是道德的高尚构成了悲剧的核心。正如大卫·拉斐尔在《悲剧的悖论》中所说:

> 像麦克白般的恶棍也能吸引我们的欣赏是因为某种崇高(grandeur d'âme),在他极力反抗的努力中所流露出的伟大(greatness)……他的伟大就是悲剧性的崇高,赢得了我们的敬佩。悲剧所产生的满足感、升腾感也正在于此。(Raphael,1960:26)

和克莉奥佩特拉的统治欲望与麦克白的野心一样,伊莎贝尔对父亲、罗兰德先生、莫里斯所代表的男性权威的反抗、对情欲的渴望、自我欲望的极度张扬正属于这种"心灵的伟大",使读者心中升腾起一种充满超越精神的悲剧崇高感。

第三节　喧嚣年代与国民性格

欧茨在《光明天使》中书写了一出性格悲剧。不过，在欧茨看来，性格并非无根之水，它的形成受到社会与时代精神的强烈影响。欧文与柯尔斯顿两兄妹属于典型的富裕中产阶级的孩子，在复仇发生的 1980 年，欧文即将大学毕业，而柯尔斯顿在念中学，由此推出欧文与柯尔斯顿出生成长的时间正是 20 世纪 60 年代。母亲伊莎贝尔更是 60 年代的亲身体验者与参与者。欧茨通过《光明天使》这部性格悲剧不仅反思整个哈勒克家族所暴露出的性格缺陷，更以此为鉴折射出整个美国 20 世纪 60 年代的时代精神。

20 世纪 60 年代的美国是一个大变革的社会。在这个极其喧嚣、动荡的时期，民权运动、女权运动、反战示威、新左派（the New Left Movement）①与反主流文化运动等纷至沓来，强烈地冲击着美国人传统的价值观念。美国学者詹姆斯·吉尔伯特（James Gilbert）将这一时期看作一个"产生巨大能量和变革的时代，一个在改变美国历史方面不输于任何其他事件的民权运动的时代"。（转引自王逢振，2000：226）

这一大变革的时代燃烧着炽烈的反抗激情，酝酿着悲剧。在美国学者伊迪丝·汉密尔顿（Edith Hamilton）看来，伯里克利统治时期的雅典（Periclean Athens）与伊丽莎白时代的英国是西方文化中两大产生悲剧的时代，而这两个时代与美国的 20 世纪 60 年代极为相似。它们的相似之处在于三者都是"生命被颂扬、充满激动人心和

---

① 美国新左派运动泛指 20 世纪 60 年代以青年知识分子、大学生为主体的激进社会运动，它深受 20 世纪 50 年代"垮掉的一代"的反社会运动以及古巴革命、民权运动和欧洲左派思潮的影响。

无数可能性的时代"。而悲剧"就在这伟大的可能性中产生"。(转引自 Hayden, 1995: 190)成长、生活于这一悲剧时代的美国人一方面个性增强、具有更强烈的反叛精神,流露出浓郁的悲剧式激情。而另一方面,时代弊端的侵袭又必然造成他们个性上的不完善。小说中的母子三人以及他们所代表的一代美国人在 20 世纪 60 年代这一喧嚣动荡时代的影响下不可避免地沾染上时代弊病,呈现出某些性格缺陷。

一、浮躁时代的美国青年

20 世纪 60 年代的青年政治运动以及新左派思潮,呼吁以人为关注的中心,抗议现代工业社会对个人自由的干涉和把人降为物的人格解体现象。哥伦比亚大学英语系教授莫里斯·迪克斯坦(Morris Dickstein)在著作《伊甸园之门:60 年代的美国文化》(*Gate of Eden: American Culture in the Sixties*, 1977)中说道,60 年代的各种思潮、运动蕴含巨大的能量,它们"既推动了革命又推动了改革,并试图把追求社会正义和寻找个人真谛相结合。民权运动与'人的潜力运动'有一个共同观点,那就是认为人们有权在此时此地享受幸福"。(Dickstein, 1997: vii)在这股思潮的影响下,追求解放和自由成了人们的奋斗目标,打破一切传统、"不再一切因循守旧"成为 60 年代主导文化批评者们的口头禅。浸浴在这股思潮里长大的一代美国人,成为"富裕的教育的产物";他们的前辈"为了取胜而拼力比赛,可是他们却在向比赛的规则挑战,或干脆拒绝比赛"。(Dickstein, 1977: 70)也正是在这宽松自由、突破传统束缚的环境中,欧文和柯尔斯顿才能产生如此无畏、强大的抗争力,才能在重重压迫之下坚持理想并为之奋斗乃至牺牲。欧文和柯尔斯顿并非孤身作战,在他们身后,千万个同样充满激情和身负理想的美国青年在时代的激流中激流勇进。

60年代赋予青少年无限的激情与冲劲,但同时它的浮躁与混乱也造就了他们莽撞、短于思考的性格缺陷,为悲剧的产生埋下了罪恶的种子。家庭对于青少年的成长影响甚大,美国社会批评学家埃文·马林(Irving Malin)将家庭视为"稳定的社会单元",认为"如果家庭不能提供安全的话,那么其他任何东西都无法给予安全"。(Malin,1962:50)欧文和柯尔斯顿性格的偏激与短于思考与其家庭的分崩离析关系密切。60年代的嬉皮士们倡导性自由、吸毒和群居,个人主义和享乐主义开始盛行,加之反传统、反权威、反理性风潮抬头和女权运动兴起,这些都对美国人强调责任、利他和自我约束的传统价值观造成极大的破坏,也对美国人的家庭与婚姻模式产生了巨大冲击。作为母亲的伊莎贝尔深受这股自由之风影响,在生活中追求自由,整日周旋于情人之间寻求爱情,子女于她而言只是生活中的一小部分。在丈夫死后,面对女儿极度痛苦导致的行为失常,伊莎贝尔非但不进行安慰,反而讥笑柯尔斯顿是得了"狂躁症"的"青春期精神病患者"(AL,11);与欧文通电话时,也全然不顾儿子心里的痛苦,大谈特谈其度假的欢愉;而身居要职的父亲更是对子女的成长无暇顾及。虽然哈勒克家庭表面风光无限,但一对子女难以享受正常的父母关爱,传统的核心家庭的观念彻底被颠覆。哈勒克一家并非特例,而是代表了众多同样面临危机的美国家庭。无怪乎有评论家充满感慨地称,20世纪60年代的"家庭作为一个社会机构正在死亡……美国家庭机制正在分崩离析"。(Ann,1975:4-5)在这样的时代背景下,缺乏家庭关爱的美国青少年在成长的道路上面临着难以想象的困境,其中之一必然就是性格的不健全发展。

家庭作为青少年成长的内部环境对他们的性格塑造起到了关键作用,同时社会政治这一外在大环境也极大地影响了青少年的成长。美国人类学家阿尔弗莱德·克罗伯(Alfred Kroeber)指出社会环境对个人成长的巨大影响力,认为"人类心智广大的可塑性,几乎全部为他周围的一切所决定,其中最大的影响力也许来自个人所生存的社会"。(Kroeber,1963:65)60年代是充满欺骗与背叛的时代——这种背叛最深刻地体现在美国政府对越南发动战争和充满政治阴谋与谎言的"水门事件"之上,反映的是政府领导人对公众的欺骗和背叛。在小说中,欧茨对美国政治的黑暗进行了深刻的控诉。她通过小说中一小人物之口称当下的美国政府充满了腐败和欺骗,"腐败至极,罪行累累",是个"杀人的政府"。(AL,343-344)在这样一个政府里,在这样一个极端腐败的背景之下,"没有一个人是无罪的,他们全都犯有罪恶。将他们粘合成一团的,也就是罪恶",因此,美国政治中心华盛顿成为"地狱在人间的翻版"。(AL,345)政客们大肆收受贿赂,互相勾结的同时也引导整个民族走向腐败与堕落。正如欧茨所言,"如果领导人的道德和私生活败坏,那么整个国家也必将衰败:他们是具有示范和代表性的人物"。(转引自Johnson,1987:161)充满欺骗、背叛的政治环境激发了新左派文化运动,以法兰克福学派左翼代表赫伯特·马尔库塞(Herbert Marcuse)为首的新左派信奉激进主义,相信"暴力是净化行为"、"暴力就是自由",由此孕育出暴力横生的社会乱象。(Steigerwald,1995:200)时任底特律大学讲师的欧茨意识到时代的弊端,曾预言道,底特律这座"汽车之城"将会因变成"美国的谋杀之城"而闻名。(转引自Johnson,1998:98)在这样激进的环境中成长的美国青年一代,必然会丧失思考,倾向用暴力寻求出路,欧文和柯尔斯顿两兄妹的悲剧也是整整一代美国人的悲剧。

家庭与外部的政治环境对青少年性格塑成起了极其关键的作用,教育同样也是塑造青少年个性的重要途径。莎翁笔下为父报仇、力图重整乾坤的王子哈姆雷特之所以会失败,众多评论家将其归结于哈姆雷特性格的犹豫及行动的延宕。作为王子,为父报仇是他义不容辞的责任,但同时作为一个深受人文主义思想熏陶的人文主义者,哈姆雷特思考的不是单纯的杀死克劳迪斯,而是要消灭一切罪恶,按照人文主义的理想来改造现实。哈姆雷特的思想是深刻而强有力的,充满了忧国忧民的历史使命感,这种思考也使得他整个人物形象具有了人文主义思想家的特色。他在"重整乾坤"这一重任面前深感心有余而力不足,始终在探索中延宕,在延宕中探索,想要行动却不知如何行动。这正是哈姆雷特行动延宕的主要原因。诚如黑格尔所说的,他所犹豫的不是应该做什么,而是应该怎样去做。哈姆雷特长于思考,勇于探索,但短于行动,最终酿就了悲剧。然而,他的悲剧也恰恰反映了文艺复兴时期人文主义者的审慎与所受教育的深厚。

在文艺复兴之后的几百年里,人作为理性的动物本应进化得更加注重思考、拥有更加深邃的思想。然而,相比较人文主义思想者的审慎与思考,欧文两兄妹走上了另一极端。柯尔斯顿的偏执与固执己见与欧文的缺乏主见、易被诱导相结合,便构成了轻率与鲁莽、冲动与不计后果,这无疑反映了当代美国教育的失败。如前文所述,20世纪60年代盛行着极度个人主义和享乐主义,整个美国社会充斥着浮躁之气。这反映在学校教育上,就是重科技轻人文、重应用轻基础。美国大多数学校只重视传授知识而忽略了对学生人文素质的培养和个性的完善,老师则把主要精力置于发表论文、提高知名度上。欧茨在底特律大学任教时,学校为了提高竞争力,采取了一系列"激进而故意"的措施,积极鼓励老师们发表论文出版图书。(Johnson, 1998: 99)教育的浮躁可见一斑。在小说中,欧文在学校受到老师同学的欢迎,很大程度上并非因为他性格的可亲、思想的深邃,而只是因为他"论文已经写出","考试已通过"以及他"出色的答辩"。(*AL*, 33)成绩、论文成了衡量学生价值的主要标准,思考则因校园中这股浮躁之气被所有人忽略。同时,学校作为权力话语机构,需要的是学生的驯服与听从。智商极高、充满想象力的柯尔斯顿却"不肯听从任何训导,藐视权威"。在学校专制的环境下,个性受到压抑,更容易走向极端。小说中描写的自杀俱乐部正是充满叛逆精神的美国青少年在压抑环境下对抗压力、表达自我的极端方式。教育为国之根本,其终极目标本该是"育人",却走上了浮躁专制之路,不仅使教育肤浅化,也压抑了青少年蓬勃的个性,使其走向极端与偏执。

20世纪60年代的美国社会海纳百川,容纳了诸多主义和学派,允许青少年最自由广泛地吸收;但其腐败堕落的社会政治文化环境、濒临崩溃的家庭结构以及浮躁的教育氛围又无法为青年一代的性格完善提供好的环境与指导。欧文和柯尔斯顿的悲剧是性格的悲剧,却又反映出时代诸多弊端。欧茨用两兄妹的悲剧既为60年代的时代激情喝彩,又表达了她对所处时代美国社会问题的关注和担忧。

二、激进时代的美国女性

传统西方宗教向来把欲望视为罪恶之源,将欲望的宣泄视为一种危险的倾向,需要极力遏止。在圣经的《新约·雅各书》中明确记载着:"每个人被试探,乃是被一己私欲牵引诱惑的。私欲既怀了胎,罪恶便由此产生。"(Ladd, 1993: 637)因此,宗教教义对克制欲望展开大力宣扬,鼓励通过斋戒以及各种苦行方式主动戒除世俗的欢愉。禁欲实际上是对人的正当需求的贬低,对自我生命活力的压抑。这种禁欲的传统教条在20世纪60年代受到了反传统文化运动的极大冲击。

1964年,德国哲学家、法兰克福学派代表人赫伯特·马尔库塞(Herbert Marcuse)出版了《单向度的人》(*One-Dimensional Man*),阐述了对当代机械化社会与僵化的现代人的批判性观点,该书成为60年代青年言行的"标准教科书"。在它的指导下,美国许多青年、学生都走向了反叛传统、追求自由的道路。这些年轻人反叛的传统价值观里就包括禁欲的传统宗教主张。事实上,在60年代的美国社会,传统宗教克制、压抑欲望的主张被颠覆,禁欲思想"早已被人们彻底抛之脑后,仅仅作为一种毫无约束力的意识形态绵延至今"。(Bell,1978:279)不仅如此,60年代美国经济的迅猛发展、物质财富的积累将人们带进了一个欲望炽烈的消费时代,加剧了欲望的宣泄。在这个极度追逐金钱、渴望物质的时代,传统价值观中的禁欲主张被彻底颠覆。在伊莎贝尔身上,我们就不难看到"欲望——占有——更大的欲望——更大规模的占有"这样一种消费模式。面对这样一个个体膨胀、欲望横流的社会,欧茨认为"我们当今社会正在经历一种转折",她将这一转折称为"文艺复兴的死亡剧痛"。(Oates,1972:52-53)伊莎贝尔欲望的张扬正是这一时期的产物,她的悲剧也代表了一代美国人之悲。

伊莎贝尔的过激性格还深受美国女权主义运动的影响。60年代后期,第二次女性解放运动蓬勃开展。受新左派运动的影响,这一运动走向了激进,变成了激进女权主义运动(Radical Feminism)。这里的"激进"(radical)有两点含义:一方面是这一派女权主义者在思想与行为上都较为偏激,具有革命与颠覆性;另一方面,英语中的"激进"还有"根本"的意思,意指从根本上对女性受迫害的社会现象进行整治,改变女性千百年来受压迫的困境。基于这两点,美国文化批评家爱丽丝·艾克斯(Alice Echols)将"激进女权主义"定义为"一项致力于根除性别等级体系的政治运动"。(Echols,1989:6)激进女权主义者的"激进"表现之一便在于其所倡导的"性解放"(sexual liberation),在身体方面诉求女性的解放。在这些激进女权主义者们看来。"女性的身体长久以来被生育繁殖这一社会责任所拖累,也正是通过身体,父权社会的男性才得以创造性别等级下的女性。"因此,女性只有通过性解放才能够"从繁殖这一功能的暴政下解脱",从而最终解放自我。(Castro,1990:91)她们主张一个社会女性的权力与男性的权力越接近,"女性就享有越多的性自由"。因此,女性的性自由成为衡量女性权力的重要标准,女性主义性政治的一个基本目标就是扩大女性的性自由权利。(Shulman,1998：21-35)对于渴望欲望舒展的女性而言,激进女权主义使她们性欲的张扬更加合理化。伊莎贝尔也正是在这股激进的女权运动浪潮中,企图运用身体这一武器,通过欲望的宣泄找寻与男性平等的地位。

欲望的释放与张扬成为打破各种传统伦理禁锢的利器,解除了对人性的压抑。但欲望的过度放纵会导致道德瓦解、伦理颠覆的邪恶倾向。在欣赏女权主义运动积极的一面的同时,欧茨敏感地意识到激进女权主义的步伐走得未免太急促。情欲解放走到极端的后果便是人性在摆脱了宗教、传统伦理和道德的束缚后,迷失在极度张扬的自我中。这种迷失实际上是种信仰的危机:现代美国人在挣脱传统价值观束缚的同时,也摧毁了生存所依傍的精神支柱。激进女权主义倡导人性的解放与女性自由的欲求固然合理,但走向极端的自我宣泄反而导致人性的沉沦。并且,由于传统信仰的崩塌,这沉沦的人性必然要在无望的现实面前陷入惶惑与不安。因此,伊莎贝尔的悲剧在更深的层面上,折射出欧茨对待60年代激进女权主义运动的理性态度:她一方面通过伊莎贝尔绽放的生命活力来热情歌颂女权主义者追求解放的活力,另一方面又用伊莎贝尔的失败与悲惨结局对极度纵欲的价值理念提出质疑,为当代美国人敲响了警钟。

20世纪60年代的喧嚣、浮躁与激进塑造了美国人不完善的时代性格,这些性格缺陷酿就了许多无以挽回的悲剧。正如美国学者大卫·哈里斯(David Harris)在《梦想不息》(*Dreams Die Hard*,1982)中所言,"60年代是个生成悲剧的年代"。(Harris,1982：315)美国社会运动家汤姆·海登(Tom Hayden)在回忆60年代的经历时,将其视为"注定失败的梦想,持久的伤痛和未实现的渴望"。(Hayden,1988：254)于欧茨而言,她清楚地看到整个60年代在前行之路上走向极端,也意识到这种极端势必会引发灾难性的后果。

在采访中,她曾坦言:"许多人都已看出,60年代有些过头……一开始,它带着了不起的承诺,然后因走向过度而折损,最终分崩离析。"欧茨承认,由于时代造就的性格缺陷,人不可避免地会遭受挫折、失败乃至毁灭。

在对性格的剖析上,欧茨在小说中既探讨了人物性格上的小瑕疵,又充分挖掘了人性深处的"恶"。她对性格的探索与她的文学前辈纳撒尼尔·霍桑(Nathaniel Hawthorne)以及弗兰纳里·奥康纳在某种程度上达到了契合。霍桑曾说过,每个人的心灵深处都有"一座坟茔和土牢"。(转引自 Kazin,1997:28)这里的"坟茔和土牢"即人性之恶,他认为在现实世界中存在的问题、矛盾以及犯罪等现象无不打上人性恶的烙印。美国文学评论家乔安·文斯洛(Joan D. Winslow)将欧茨与霍桑进行比较后得出,"两位作家看待人性的观点极为相似……都承认人性中黑暗的一面:包括诸如性激情、暴力、残忍和痛恨之类的冲动"。(Winslow,1980:263)而奥康纳在其短篇小说中塑造了众多"畸人"形象,这些肉体和精神上畸形的人是现代西方社会人格扭曲的畸形儿。他们或肢体残缺,或精神变态,做出怪诞、耸人听闻的暴力行为。

与这两位文学前辈类似,欧茨也在其作品中揭露了人物性格缺陷甚至邪恶的一面,但她的人性观与霍桑和奥康纳有着本质的区别。奥康纳塑造出"畸人",是通过象征手法揭示人类在失去宗教信仰后的堕落与邪恶,借以指出通往宁静祥和的彼岸之路是皈依上帝;而欧茨的小说无此宗教说教成分,在一篇采访中当被问及是否受到奥康纳的影响时,欧茨这样说道:"她(指奥康纳)太宗教化了,她的作品也被视为宗教作品,其背景总是带有令人毛骨悚然的色彩;而在我的写作中仅仅是自然世界。"(Oates,1969:308)霍桑由于加尔文主义的"原罪论"和"命定论"的影响,对人性持悲观主义态度。他认为人生而有罪,是一切罪恶的根源;人只有在犯下了错,经过深切痛悟,才能得到心灵升华；人想要依靠自己的力量去认识自然界是不可能实现的。这种消极悲观的人性论与欧茨的观点截然相反。虽然欧茨在小说中浓墨重彩地书写了性格缺陷带来的灾难结局，但她并非在否定人性。相反，通过对主人公奋不顾身、不惜一切也要达到目标这一悲剧精神的书写，欧茨歌颂了 60 年代美国人本性之中伟大、崇高的一面。她的小说中，所有人物超越了自身的局限，在无畏抗争中显露出人的尊严和价值。通过对人性的讴歌，欧茨向读者"展示了如何度过并超越苦痛"，并"激励我们继续奋战并赋予生命以意义"。(Grant, 1978: 5)

与汤姆·海登一样，欧茨认为虽然 60 年代造成了无数悲剧，但其激扬的奋进精神仍然令人对它无比神往。因为"悲剧时代同时也是充满伟大与奇迹的时代，真正重要的时代，也是值得经历的时代。无论未来如何展现，像现今一般令人满足，我仍然怀念 60 年代，以后也将一直怀念下去"。(Hayden, 1988: 507)基于这样的人性观与时代观，欧茨对其笔下悲剧人物最终的结局并不悲观，相反充满希望。《光明天使》就突出体现了欧茨的这一人性观。埃斯库罗斯三部曲①中的最后一部是《复仇神》(*The Eumenides*)，讲述的是复仇女神对俄瑞斯忒亚的追杀，最终雅典娜的调解才给了俄瑞斯忒亚一丝生机。相比较，欧茨并未给幸存下来的柯尔斯顿设定一个被追杀的结局。相反，柯尔斯顿在最后关头放弃了对尼克致命的一击，打电话通知医院给尼克实施急救。她放弃复仇的举动闪耀出人性深处善的光芒。

---

① 埃斯库罗斯三部曲包括：《阿伽门农》(*Agamemnon*)、《奠酒人》(*Libation Bearers*)和《复仇神》(*The Eumenides*)。

第四章 《狐火》中的社会悲剧

"一直以来,我所关注的都是小说人物经历背后更广阔的社会、政治和道德环境。换句话来说,我无法浪费时间去创作一些他们的斗争、幻想、不平凡的经历以及希望不能代表我们时代与社会的人物。"

——乔伊斯·卡罗尔·欧茨①

1996年,一位名叫杰克·修伊斯曼(Jack Huisman)的加拿大人组织了名为"父母反对有伤风化教育"(PACT,Parents Against Corrupt Teaching)的团体,对当地密尔顿区中学的英语教育提出了强烈质疑,一时间成为公众关注的焦点。事件的导火索源自一部小说。当修伊斯曼翻阅正在上12年级的儿子从学校里带回的一本英语课阅读材料时,保守的他感到异常愤怒。这部小说中充斥着令他深感冒犯的骂人脏话和暴力画面,让他不禁对孩子在学校所受的教育感到万分焦虑。随后修伊斯曼与有着共同担忧的父母们向当地居民区派发了六万份长达16页的传单,他们在其中指责该小说为"从美国进口过来的廉价性交手册",其中除了"赞扬主角的同性恋行为"之外"一无是处"。他们充满讽刺地称"赞同这类文学作品的只有教

---

① Joyce Carol Oates. "Transformation of Self: An Interview of Joyce Carol Oates." *Ohio Review*, (15, Fall) 1973, pp. 50-61.

育界精英,傲慢的无神论者和同性恋社区"。修伊斯曼的指责得到了为数众多的家长的支持,甚至加拿大著名牧师肯·坎贝尔(Ken Campbell)也加入了声讨该小说的阵营。焦虑担心的父母们强烈要求将该小说从学生的阅读列表中删除。

而在另一方,一位名叫妮娜·V(Niyla V)的密尔顿区高中生组织了大约 150 名学生进行请愿,要求将这部小说保留在学校教学课程中。在一份网上报纸的访谈中,妮娜·V 说道:"我真的很喜欢这部小说。它探讨了政治问题和一些社会不公现象。"她还提到她班上的同学在课上对这部小说进行了非常热烈的讨论,大部分同学都很喜欢读这部小说。在《了不起的盖茨比》和这部小说中,百分之八十的学生都选择了阅读后者。最终,根据校方以及当地评论委员会于 1997 年的裁定,这部小说完全适合 12 年级学生,并被保留在该校高级英语阅读书目中。至此,这场持续一年之久、喧闹异常的争论才落下帷幕,作为此争端核心的小说也引起了舆论界的浓厚兴趣。

这部引起轩然大波的小说正是欧茨的第 22 部长篇作品《狐火:一个少女帮的自白》。其实早在 1996 年事件之前,评论界就已经对这部小说展开过激烈的讨论,褒贬双方各执一词。许多研究者认为相比欧茨之前的许多杰作,这部小说乏善可陈。甚至连欧茨最忠实的评价家格里格·约翰逊也承认"《狐火》是欧茨稍为逊色的小说之一,某些章节的描写过于尖利而难以令人信服"。(Johnson, 1998:395)有些评论家的评论则近乎苛责:《纽约时报》评论员美智子(Michiko Kakutani)认为这部小说"太刻意、太做作,读者既不会买这过于简单化的账,也不会关心她的小说创作"。(Kakutani, 1993:10)但另一方面,追捧赞扬这部作品的也大有人在。评论员卡罗琳·西(Carolyn See)在《华盛顿邮报》(*The Washington Post*)中撰文称《狐火》是部"精彩的小说";希拉·保洛斯(Sheila Paulos)在《费城询问报》(*The Philadelphia Inquirer*)上称赞说:"这部绝妙的小说构思精巧，即使在欧茨纷繁浩杂的诸多作品中也是立刻能脱颖而出。"（Paulos，1993：8）这一褒一贬的两极让作者欧茨深感无所适从，在致好友约翰·厄普代克的信中欧茨写道："我的新作遭到了前所未有的攻击——同时又受到了过分的赞扬，这真的是件奇怪的事情。"（Johnson，1998：395）两极化的评价使得该小说备受争议，但同时也扩大了小说的阐释空间，使之成为文学评论者们饶有兴趣的研究对象。

《狐火》以美国20世纪50年代为背景，围绕着五个滴血盟誓的女中学生展开，讲述了她们在父权社会所遭受的压迫与苦难以及对此进行的无畏抗争。这些少女均来自美国社会底层，她们的性别使她们不仅仅要忍受经济上的无权地位带来的苦难，还要遭受来自男性群体以及女性同胞的欺凌、骚扰和威胁。在20世纪50年代美国这一充满男性暴力与压迫的父权世界里，少女们联合起来，组建了一个无视男性权威、颠覆父权的"狐火"少女帮，试图借助建造一个姐妹之邦与男性霸权进行抗争，并从父权世界中谋求突围。在强大的父权社会霸权下，这团熊熊燃烧的狐火还是显得过于微弱，少女们最终被强大的社会势力吞没，但她们用她们的不屈意志与顽强抗争谱写了一曲悲壮之歌。

相对于命运悲剧与性格悲剧，社会悲剧的成因比较复杂，悲剧主人公的毁灭或沉沦既有客观方面的原因，也有主观原因。但社会悲剧作家总是从众多的因素中力图揭示社会环境是悲剧主人公苦难和毁灭的决定性因素。德国18世纪剧作家弗里德里希·席勒（Friedrich Schiller）在谈论悲剧创作时写道，"不要把灾难写成是造成不幸的邪恶意念，更不要写成由于缺乏理智，而应该写环境所迫，不得不然"。（Schiller，1993：193）简言之，造成社会悲剧主人公悲剧的根源不在于冷酷的命运之神，也不在于偏执、有缺陷的性格，而是他们生活于其中的那个社会环境。因此，介绍悲剧的历史背景对于揭示社会悲剧的成因是至关重要的。根据马克思的理论,人的本质并非单个人所固有的抽象物,而是一切社会关系的总和。社会制度作为社会关系的具体体现,又反过来制约和规定着生活在其中的人的本质。个体离不开社会,但个人在一定社会关系中的活动总是会受到一定环境因素的制约。因此,在社会悲剧里,人与社会环境的冲突是悲剧冲突的基础和主要形式。托马斯·哈代曾将悲剧定义为人的"某种天然愿望行将实现时却以惨变结束",这在社会悲剧中就表现为人物与环境的冲突。(转引自 Kumar,2010:7-8)人有追求幸福的自然愿望,却由于环境的限制,人的种种努力归于失败,幸福转为不幸,并最终导致主人公的毁灭。在社会悲剧中,主人公与环境的冲突具有必然的性质,主人公性格上没有缺陷,他们所代表的思想和奋斗的精神也是积极进取的,但他们和身处的环境格格不入,两者之间构成巨大的冲突。

在欧洲文学史上,社会悲剧包括 18 世纪启蒙主义和浪漫主义悲剧文学、19 世纪批判现实主义悲剧文学,并且以批判现实主义文学为主。资本主义秩序在欧洲确立后,启蒙主义者曾许下的"自由、平等、博爱"的诺言此时成了一张无法兑现的空头支票。资本主义社会制度和政治制度变成了一幅令人极度失望的讽刺画。出现在这一时期的浪漫主义文学在继续否定和批判封建制度和教会势力的同时,也充分利用文学对社会的调节作用,一方面直面现实,尖锐地揭露资本主义制度自身暴露出来的社会问题,另一方面放眼未来,积极探索解决社会矛盾的新途径。而到了 19 世纪,资本主义的急剧发展加强了经济和政治双方面的剥削压迫,人民的生活处境日益恶化。无产阶级与资产阶级的斗争与矛盾日益尖锐激烈。批判现实主义文学应运而生,在小说中典型地再现社会风貌,深入剖析和努力揭示种种社会矛盾和弊端,表现生活在这个时代的普通人的悲惨命运。黑暗的社会现实迫使批判现实主义的作家们不断追寻造成自己笔下悲剧人物受难和毁灭的主要原因,企图给他们指出解脱之路。因此,批判现实主义文学的杰出成果主要是社会悲剧文学。

欧洲文学史上,社会悲剧的集大成者是被誉为"现代戏剧之父"的挪威剧作家亨利克·易卜生。易卜生是继莎士比亚后欧洲最伟大的戏剧大师,他对欧洲传统戏剧进行了大胆改革,把戏剧用作表现社会生活、讨论社会问题的手段,对社会制度及伦理道德进行了揭露和批判。易卜生置身于生活和社会之中,用强有力的笔触真实地再现时代特征。他的剧作尖锐地针对妇女地位、道德、法律和市政等社会问题,表现了他对社会现状的不满与忧患意识。从1868到1891年,易卜生用散文写了九部以社会和家庭问题为内容的现实主义戏剧,这其中有《社会支柱》(*Pillars of Society*, 1877)、《玩偶之家》(*A Doll's House*, 1879)、《群鬼》(*Ghosts*, 1881)和《人民公敌》(*An Enemy of the People*, 1882)等作品。这几出戏被后人称为社会悲剧的代表作。在这些剧本中,易卜生大胆揭露资产阶级道德的堕落、婚姻的不合理、家庭生活的虚伪、思想的庸俗偏狭及资产阶级民主政治的破产。易卜生的戏剧针对当时社会存在的各种矛盾提出尖锐的社会问题,具有强烈的社会批判色彩。英国戏剧家乔治·萧伯纳(George Bernard Shaw)、现实主义小说家约翰·高尔斯华绥(John Galsworthy),美国现实主义戏剧家克利福德·奥德兹(Clifford Odets)都是易卜生社会悲剧的直接继承者。由于社会悲剧关注社会阴暗面、反映现实问题的着重点,萧伯纳曾将它称为"问题剧"(problem play),认为"戏剧不只是自然的真实再现,它是人的意志和他所处的环境间冲突的讽喻式的表现"。萧伯纳甚至称:"只有在问题剧中才含有真正的戏剧。"(Shaw, 2011: 19)

社会悲剧不像命运悲剧那般将主人公的悲剧根源归结于不可知的命运,使作品蒙上一层神秘主义色彩;也区别于性格悲剧将个体的性格缺陷视为悲剧诱因。它所暴露出的社会弊端与矛盾是同一时代的所有人都能切身感受和体会到的。其具有的真实性和普遍性能够引起人们的共鸣,并引发读者对社会、人生及自由境遇的深层思考。这种反映社会现实、揭露社会弊病的特点在《狐火》中得以较突出的体现。

第一节　父权社会中女性的悲惨与失语

欧茨将故事置于20世纪50年代,将"狐火"帮从成立到解散的时间设为1953年1月至1956年5月。20世纪50年代上半叶在美国历史上是一个极其反常的时期,集中表现在一方面战后的美国经济在这一时期获得了空前的繁荣,整个社会营造出一种歌舞升平的氛围;而另一方面因政府执行的保守主义策略、与苏联的冷战和麦卡锡主义的阴影笼罩在社会的各个领域,整个国家的精神状态处于十分压抑的氛围之中。在这一异常的环境下,美国女性解放的运动遭遇到了停滞甚至倒退。

较之20世纪初至第二次世界大战期间女性在美国各领域的活跃,50年代上半叶是一个充斥男性暴力以及男性话语占据绝对统治地位、女性被剥夺话语权并处于集体沉默失语状态的时代。第二次世界大战期间,随着大批青壮男性奔赴战场,整个美国社会对劳动力的需求急剧增加。在政府的号召与养家糊口的自我需求下,女性不得不走出家门参与社会生产,成为美国社会经济生活不可或缺的一部分。然而战争结束后,随着大批军人重返祖国,美国社会面临巨大的就业压力。美国政府一反战时的宣传论调,在舆论上大肆宣扬传统女性价值观,号召工作女性回归家庭,将丈夫、孩子、家务活重新作为个人重心。美国学者西尔维娅·安·休利特(Sylvia Ann Hewlett)在《小生活:美国女性解放的神话》(*A Lesser Life: The Myths of*

Women's Liberation in America，1986)中曾对这一时期的美国社会这样描写：

> 尽管妇女解放与争取自由的运动在本世纪上半叶取得了相当大的进步,但是到了40年代末期,事业过时了,妇女们普遍被认为应该重返家庭,将自己最美好的年华和最大的精力奉献给家庭。(Hewlett,1986:232)

不仅如此,冷战和麦卡锡主义的白色恐怖让整个美国社会沉浸在人人自危的恐怖气氛中,异常保守的社会氛围让女性重新披上19世纪贤妻良母的老派外套,心甘情愿地重返家庭成为丈夫背后沉默的女人,也不得不忍受随时可能出现的男性暴力。在《狐火》这部小说中,欧茨再现了这段令人窒息的女性血泪史。小说中的女性无一例外地遭受着男性对女性肉体上的摧残与精神的荼毒。

一、男性暴力下受虐的女性

传统的西方主流文化是一种以男性中心主义(androcentrism)为本质特征的父权制文化(patriarchal culture)。这种"性别化的文化"(gendering culture)强调的是男尊女卑与父权统治,实行男性对女性的统治和控制。它渗透在社会所有观念、制度和言语行为中,成为构建西方文明大厦的基石。美国女权主义者凯特·米莉特(Kate Millett)在其著作《性政治》(*Sexual Politics*,1969)中称,在整个西方历史进程中,男性与女性之间的关系是"一种支配与从属"的关系。两性间的支配与被支配,成为"西方文化中最普及的意识形态……西方社会像历史上的任何文明一样,是父权制社会"。(Millett,2000:158)

在男尊女卑意识形态的控制下,女性的经验和地位受到贬低,而男性行为与价值被视为人类行为模式的标准与价值典范。女性被贴上"脆弱"、"非理性"以及"低等"等标签，理所应当地等待"理性"、"高等"的男性的管束与教导。在《查拉图斯特拉如是说》(Also sprach Zarathustra, 1883—1885)的"老妇与少女"篇中，尼采认为女人对男性必须无条件地"顺从"，以便为自己的"肤浅"寻找"深刻"。男性对女性的管制在父权制文化中得到默认与许可，并且大多数情况下这一管制是以暴力的形式被呈现出来。在《查拉图斯特拉如是说》中，尼采接着说，"你要到女人身边去吗？别忘了带上皮鞭！"(尼采，2000:68-69)尼采的这一经典论述是对千百年来父权社会中男性对女性暴力行径最形象的概括。

在男性对女性的规训与管制得以默许与纵容这一背景下，男性对女性施行暴力的现象就极为普遍。《狐火》中，欧茨详细描写了男性对女性的诸多暴力行为，展现了20世纪50年代美国女性在整个社会中的生存困境。一个来自哈蒙德市的学护理的女学生被强奸并被残忍勒死，她的尸体被丢进城外的下水道里；一位住在桑德拉斯的年轻孕妇，在她家中被一个入侵者刺死，她腹中的胎儿也因此惨死腹中；一个被称作"黑围巾杀手"的家伙在15个月里一连杀了八名少女和妇女，其中甚至包括一名80多岁的老太太；一位六岁小女孩被一个疯子残忍地用剃须刀杀死。显然，对女性身体的恣意摧残与戕害已然成为20世纪50年代美国社会的毒瘤，体现了父权社会下女性的悲惨处境。

家庭，作为构成社会的最基本单位，是凸显父权意志的最佳场所，家庭内发生的男性对女性的暴力也因此更具普遍性与代表性。家庭暴力[①]这一现象在历史上久已有之。它是一种"恐吓或对家庭

[①] 家庭暴力在英文中为 domestic violence、domestic abuse、battering、domestic assault，包括配偶间的虐待(spouse abuse、partner abuse、marital strife、marital dispute 或 marital abuse)、父母对子女的虐待(child abuse)、兄弟姐妹之间的虐待(sibling abuse)等。

成员进行的肉体虐待行为",是"在情感上、肉体上、心理上或者性方面对个人进行的侵犯和虐待。施暴者可以是配偶、兄弟姐妹或子女。虐待包括威胁、伤害、骚扰、控制、恐怖主义或对人身及财产的摧残"。(McCue,2008：2-3)在家庭中,女性由于天生的生理构造,在身体力量方面明显劣于男性,往往沦为男性暴力的受害者。因此家庭暴力有时也被称为"女性虐待"(woman abuse)。克林顿行政部门健康与人类服务秘书多娜·沙拉拉(Donna Shalala)将家庭中男性对女性施加的暴力称为"家庭内部的恐怖主义"。(转引自 McCue,2008：3)

《狐火》中的女性无一例外地遭受了家庭暴力的摧残,忍受着来自男性的身体暴力(physical violence)、性暴力(sexual violence)以及言语虐待(verbal abuse)与精神虐待(spiritual abuse)。

在家庭暴力中,男性对女性施行的身体暴力是男性借助身体优势或工具对女性成员进行推搡、踢打、谋杀等,从而"对女性造成肉体上的伤害"的行为。(Djopkang,2013：6)《狐火》中几乎每位女性都曾经历过家中男性的身体暴力,在肉体上伤痕累累。小说核心人物萨多夫斯基(Sadowsky)外号"长腿"(Legs),是"狐火"少女帮的领导者,也是家庭暴力下的受害者。她母亲早亡,仅和酗酒的父亲相依为命。"长腿"的父亲名叫阿布·萨多夫斯基(Ab Sadovsky),他身体粗壮、脾气暴躁、满脸怒容,爱打架、酗酒,经常纠缠于与女人的问题和与雇主的矛盾。生活的艰辛以及酒精的刺激使得阿布对女儿常常拳打脚踢、非打即骂。"长腿"下巴上有一个镰刀形的伤疤,那是她十岁的时候,暴躁的父亲将她一脚踢飞出房间,碰到了一张桌子的尖角而弄伤的。阿布的女朋友缪里尔(Muriel)也整天生活在他男性的狂躁暴力下。她深爱着阿布,但阿布"像对待狗屎一样"回报她的爱。一旦喝醉,阿布便粗暴地扇她的耳光,将她打得遍体鳞伤。同样遭丈夫毒打的还有"狐火"成员阿格尼斯·戴尔(Agnes Dell)的姐姐,她那"狗杂种样"的酒鬼丈夫常常没有任何理由地疯狂暴打妻子,迫使她逃离那个恐怖的家。《狐火》中,男性向女性施加的身体暴力已成为所有女性的梦魇,威胁着她们的生存。

与身体暴力一样,性暴力在家庭暴力中也极为普遍。性暴力指的是男性对女性通过逼迫、威胁等手段发生违背女性意愿的性行为,包括偷窥、抚摸、强奸等。性暴力是男性意志和霸权的突出体现,它粗暴而极端地将女性意志彻底贬低。美国生态女权主义者苏珊·格里芬(Susan Griffin)在《强奸:全美国的罪行》(*Rape:The All-American Crime*,1971)将性暴力视为一种"社会控制的心理技术",是一种心理压迫的工具,旨在塑造温顺、驯服的女性。(转引自Harrington,2010:105)同样,美国女权主义者路易莎·阿姆斯特朗(Louise Armstrong)也认为性暴力"使女性接受自己从属的地位,从男性力量造成的恐惧感中感到内疚、羞愧并且容忍"。(Armstrong,1978:133)

《狐火》中,家庭性暴力最突出地体现在女侏儒耶塔(Yetta)身上。在一次偶然中,"长腿"遇见了个子矮小、身形有点畸形的耶塔:

> 她就像个侏儒那么矮,约摸 4.5 或 4.6 英尺的高度①,像个孩子,但又不是孩子的比例,长着一个长长的未发育好的畸形的背;她的脸,不能完全说长得丑陋,但是长得很怪,就像她的脊背一样,也是扭曲的。(*Foxfire*, 198)

让"长腿"吃惊的是,女侏儒的脖子上被拴着一根狗项圈,项圈被系在一个不太重的链子上,链子又系在横在院子里的一根晾衣绳上。因此,她的一切活动就被限定在链子允许的范围内。"长腿"注意到她的脖子擦伤了,领口处被项圈勒得通红。更惨无人道的是,因为项圈

---

① 4.5 或 4.6 英尺大约为 1.37 或 1.4 米。

的束缚,女侏儒只能在院子里活动,暴露在盛夏的炎炎烈日之下。当"长腿"询问女侏儒在太阳下是不是特别热,家里还有没有别人,是谁将项圈系在她的脖子上时,她只是傻笑,不出声地盯着"长腿"看。为了一探究竟,"长腿"和"狐火"成员戈尔迪(Goldie)在晚上悄悄隐藏在女侏儒家的外面,惊讶地发现女侏儒在哥哥的迫使下被迫充当性奴,接受数位男性的凌辱。她们看见"女侏儒四肢分开,赤身裸体地躺在床上。她的手腕和脚踝都被系在床的四条腿上……一个接一个的男人走进这个房间,然后关上了门"。(Foxfire, 200)被束缚在床上的耶塔丧失了自由,被动地接受男性性暴力的侮辱。性暴力是对女性身体的极端暴力行为,它剥夺了耶塔的女性自我,使其丧失主动性,成为男性力量与权威下被动的受害者。

除了身体暴力与性暴力,欧茨还不遗余力地在《狐火》中呈现了男性对女性施行的其他形式的家庭暴力:言语虐待(verbal abuse)以及精神虐待(spiritual abuse)。言语虐待指的是男性使用语言、口头或书面上,对女性造成伤害。这种暴力包括持续不断的批评、诅咒、谩骂、侮辱、威胁等。"狐火"帮少女丽塔(Rita)在家中就常常遭受男性言语虐待的侵害。丽塔是家中第九个孩子,常常遭受家中兄弟们无情的侮辱。他们带着兴奋用言语咒骂嘲笑她,给她起许多诸如"蜗牛"、"笨蛋"、"肥猪"等充满侮辱性的外号,看着丽塔泪如雨下、惊声尖叫而毫无怜悯地哈哈大笑。在逻各斯中心主义意识形态的影响下,自然在与人的二元对立中成为沉默、边缘的他者,女性在与男性的二元对立中也同样处于边缘的他者地位。对于男性主体,自然与女性都具有相同的边缘属性,都是失语的他者,因此男性在贬低女性与自然时常常将两者联系在一起。正如美国生态女权主义领军人物卡伦·沃伦(Karen Warren)在《生态女权主义:女性、文化和自然》(Ecofeminism: Women, Culture, Nature, 1997)中指出,女性总是被冠以比人类低等的动物的绰号,比如奶牛、狐狸、母鸡、毒蛇等。

(Warren,1997:3-20)美国女作家乔安·多娜耶(Joan Dunayer)也认为"一个非人类的动物总是和负面形象联系在一起",而当这一形象被强加在女性身上时,"两者就共有这一负面形象"。(Dunayer,1999:12)丽塔就这样在兄弟们的恶毒话语中与非人类的动物联系在一起,沦为低于男性的生物,不得不忍受他们的言语虐待。

除了言语虐待外,丽塔的兄弟们还不断向她施加精神虐待。精神虐待包括"对女性持续不断的威胁或强迫女性目睹对其孩子、亲属、朋友、宠物或其他珍视物品的暴力行为"。(DeKeseredy,1997:18)这些男孩子有时会扯掉丽塔的衬裤,将一条半死的蛇围在她的脖子上,甚至当着她的面将她心爱的花猫扔进阴沟里淹死。本应最亲近的家人却成为丽塔最可怕的敌人,与她构成一组"性二元对立"(gender binary opposition),不断在精神上向她施加无形的暴力。

家庭暴力只是父权社会的一个缩影,女性遭受虐待以及迫害的现象并不局限于家庭,还发生在美国社会的各个角落。可悲的是,女性遭受暴力对待的事实并不为人熟知,掌控话语权的新闻媒体只是轻描淡写地对这些暴行一笔带过,男性暴力被权威机构的话语权遮盖。而拥有女性主义意识的"长腿"深谙这种性别暴力,她愤慨地指出美国社会中男性对女性的仇视与暴力:

> 他们恨我们,你知道吗?——婊子养的王八蛋!这就证明他们恨我们,他们,他们中的大多数人也许并不清楚这一点,但他们是恨我们的。倘若可能,他们就会杀了我们,然后他们未被惩罚,逃之夭夭……是他们所有人:男人。这是一个不宣而战的国度,他们恨我们,男人们恨我们,不管我们年龄多大,或我们到底是谁。(*Foxfire*,101)

在50年代的美国这样一个男性极度仇视女性的社会,女性承受着难以言说的暴力之痛,不得不忍受肉体与心理上的双重折磨。

二、被剥夺话语权的女性

对女性的暴力殴打与残暴虐待既是父权思想的重要体现,也是男性借助暴力行为对女性实施统治与控制的重要手段。女性在身体与精神上都承受了来自男性的各种暴力,这些暴力让女性失去精神活力,在精神和心理上变得脆弱。不仅如此,身处父权社会的女性还被剥夺了话语权,在言语上表现为沉默与失语。这种失语主要体现在两个层面上:一是女性在男性暴力前完全丧失语言能力,变得沉默失言;二是女性意图借助男性话语改变其失语状态,却最终被证明不过是苍白模仿与鹦鹉学舌。

语言,长久以来一直被视为透明的交流媒介。然而,20世纪的语言学家、哲学家以及社会学家们颠覆了传统的语言观,开始着手于语言与存在、权力、意识形态等共生关系的研究。美国语言学家爱德华·萨丕尔(Edward Sapir)在《语言论》(*Language*: *An Introduction to the Study of Speech*, 1921)中将语言视为"一种思想模式",颠覆了将语言视为交际工具的传统语言观。(Sapir, 1949: 10)在瑞士语言学家、结构主义创始人费尔迪南·德·索绪尔(Ferdinand de Saussure)的语言学理论中,语言(langue)是一种社会现象,言语(parole)则是这一社会现象在个体身上的表现,是以声音的形式对语言的表达。在哲学领域,语言还被赋予了存在论上的意义。德国存在主义哲学家马丁·海德格尔(Martin Heidegger)在1946年的演讲《诗人何为?》("What Are Poets For?")中将语言视为"存在的家",认为语言对于人的存在具有先在性和生成性。(Heidegger, 1971: 90)德国哲学家恩斯特·卡西尔(Ernst Cassirer)则认为语言绝非简单的认知工具,是一种"实体性的存在和权力"。(Cassirer, 1946: 48)语言成为人类存在的方式,向他人宣告自己的存在。

　　法国哲学家米歇尔·福柯(Michel Foucault)则从语言的个体言语行为入手,将特定社会语境中人与人沟通交流中的具体言语行为称为话语(discourse)。在福柯看来,权力与话语的关系错综复杂、密不可分:权力是影响和控制话语运动的最根本因素,权力通过话语得以实现;话语是权力的一种形式,话语内部由于外部因素——权力的介入,使话语本身处于不稳定的流动、对抗状态中。例如,权力可以赋予某些话语强制性的主体地位;与之相反,无权状态则产生被控制和压抑的边缘话语。英国语言学家诺曼·菲尔克劳(Norman Fairclough)也认为社会生活中的意识形态总是参与维持着不平等的权力关系,这种权力关系往往在语言中得以表述。他因此在《话语与社会变化》(*Discourse and Social Change*, 1992)中指出,相比较人类社会其他行为和现象,语言更能反映、揭露社会中贯彻始终的不平等事实。(Fairclough, 1989:2-3)

　　在现代哲学家的理论中,语言与权力紧密结合在一起,是权力的表现。而语言的反面——失语(aphasia)则代表着某种权力的缺失。后殖民理论家佳亚特里·斯皮瓦克(Gayatri C. Spivak)曾说,能发出自己的声音,是"拥有自己的世界和自我的历史意识"的象征。反之失语则表明"世界和意识对其的外在化"。无言状态或失语状态说明"言说者的缺席或被另一种力量强行置之于'盲点'之中"。(转引自王岳川,1999:59)对于殖民地人民而言,他们的无权地位使其面临失语境地,而失语意味着缺席和隐身。对于女性而言,在充满霸权、压制的父权社会她们面临着同样的失语处境。长久以来,以菲勒斯(phallocentrism)①为指导的美国社会将逻各斯中心主义

---

　　① 菲勒斯中心也就是男权中心主义,体现为将男性视为权威,用男性价值、标准评判女性并将女性客体化。

(logocentrism)发展到语言层面,体现为男性话语成为社会中心话语和权威,而女性作为男性的对立面,拥有的是弱势话语,甚至面临失语的境地。

《狐火》中的女侏儒就是这样一个在男性霸权面前丧失话语权的失语者。她无法用言语为自我言说,当"长腿"询问她何以被戴上狗项圈困在院内时,她只是沉默不语。女侏儒的沉默,象征着父权社会中女性在面对男性暴力时普遍的失语状态。即使被迫沦为性奴,女侏儒也始终没有用语言表达自己的抗议,只是用身体的扭曲与挣扎表达内心的痛苦。可以想像,在哥哥的暴力胁迫下,女侏儒不敢大声呼救,只能被动接受,陷入了沉默失语的境地。

在男性暴力下,女性丧失话语权,无法表达自我感受,男性的代为转述进一步剥夺了她的主体性。小说中,"长腿"被耶塔的悲惨遭遇震惊,她气愤地上前斥责女侏儒的哥哥,谴责他违法而变态的行为,女侏儒的哥哥却恬不知耻地宣称妹妹在"自己家里很开心"。女侏儒的莫大痛苦无从表述,甚至被扭曲成"快乐"。在失语这一背景下,女侏儒的矮小与畸形就突出体现了20世纪50年代男性话语霸权以及男性暴力给女性带来的灾难性后果。

女性的沉默失语还体现在丽塔身上。面对兄弟们的言语羞辱与精神虐待,孤立无援的她只能独自落泪、沉默失语。不仅如此,当丽塔在学校面临数学老师巴亭金尔(Buttinger)先生的性骚扰时,她却"不知道发生了什么事,就是知道了,她也不知如何去责备他"。(*Foxfire*, 29)丽塔面对骚扰时的失语并非出于她的愚钝或者某种生理缺陷,实际上小说叙述者马迪(Maddy)认为她"跟班上的绝大多数同学一样聪明,甚至更聪明"。(*Foxfire*, 25)她的失语也不能完全归于性格的懦弱与腼腆,而恰恰印证了福柯的话,人"并非想说什么就能说什么,我们不能畅所欲言、随时随地地说我们想说的话,谁也不能想说什么就说什么"。(Foucault, 1973:216)任何人的表述都不可能是随心所欲的,而必然是通过具有约束力的话语规则筛选、剔除后的产物,丽塔的失语亦是如此。其中,影响话语规则最根本的因素是权力。占据支配地位、掌控话语权的一方对被动方会施加一种无形的压力,迫使被动的一方要么代表"权力话语"发言,要么保持沉默无语的状态。(傅俊,2006:95)巴亭金尔作为一名男性老师,较之作为女学生的丽塔无疑拥有更多的权力,在话语结构中明显处于主导者。在他的叙述中,课后为丽塔补课是他对学生负责的体现,是对丽塔的"关注"。即使丽塔打破沉默,向校方举报巴亭金尔的不轨之举,她的话语也会在巴亭金尔的强势话语前变得没有信服力。

在以男性为中心的父权制社会,丽塔的兄弟们和巴亭金尔先生与丽塔构成了力量悬殊的两级:一面是强壮有力的男性统治者,一面是柔弱需要被保护的女性"他者"。在这组二元对立中,男性统治者的权力自上而下地向丽塔渗透,不知不觉中影响了其语言输出,迫使她在男性暴力前将自己内心最真实的想法掩藏,成了失语者。丽塔的沉默失语有代表性地体现了20世纪50年代女性尤其是青少年女性遭受父权社会强势话语的压制时,她们无助失语的悲惨处境。

女性在男性暴力前的失语不仅表现为彻底的沉默,还体现在言语的无力,具体来说,就是女性借助男性话语意图发声,但结果显得苍白无力。在父权社会中,男性在各个社会领域都占主导和统治的地位,这个统治领域当然也包括语言。语言既然为男性控制,就必然也充满了父权意识。女性使用语言的过程绝不仅仅是交流的过程,更是一种意识形态渗透的过程。美国女权主义者朱迪思·弗特利(Judith Fetterley)在剖析女性失语的生存困境时,认为这种困境是源于女性被教导"像男性一样思考,认同男性观点,将男性的价值体系当作正常、合法的来接受,而这些价值的中心原则之一却是厌女症"。(Fetterley,1978:xx)女性没有一种自己的语言,只能借用男性话语,却在无形中成为模仿男性行为方式的鹦鹉学舌者。

"狐火"帮少女正是陷入了这一困境。为了摆脱男性暴力以及在男性话语霸权前失语的尴尬处境,五位少女梦想着建立起一个姐妹联盟,渴望在自己组建的小集体内畅所欲言,抒发在与男性交流时不能言语的情感。"狐火"姐妹帮应运而生。在结盟仪式上,女孩们滴血为盟,在自己的臂膀上刻下象征复仇的火焰图像。此外,她们模仿男性话语大声宣誓,宣告女性在精神上的结合。

> 请郑重发誓:我献身"狐火"姐妹。
> 是,我发誓。我献身"狐火"计划。
> 是,我发誓。我发誓永远牢记我的姐妹,就如同她们牢记我。
> 是,我发誓。革命即将发生,世界末日即将来临,无论是去死亡之谷,还是遭受精神的或身体的痛苦。
> 我发誓,我绝不背叛"狐火"姐妹。无论是言语还是行动,今生来世,决不泄漏"狐火"秘密,决不否认"狐火"。将所有的忠诚、所有勇气、所有的未来幸福,全心全意,献给"狐火"。
> 是,我发誓。我以死刑的名义发誓:上帝助我,世世代代,直至时间终止。(*Foxfire*, 40)

这段宣誓与下文的文身仪式不禁让读者联想起桃园三结义般的男性结盟,根据布兰达·达利的说法,此种"宗教的、公民的以及法律的仪式在传统意义上向男性授予了力量"。(Daly, 1996:210)少女们没有自己的语言,如美国著名诗人学者艾丽西亚·奥斯崔克(Alicia Suskin Ostriker)所言,她们因此"在努力偷盗语言"。(Ostriker, 1985:315)她们借用这一男性话语与男性仪式,实现了"一个语言的狂欢",并希望借助这一狂欢赋予自己力量。然而可悲的是,整个宣誓仪式都是对男性结盟的生硬模仿与盗用,语言并未真正地实现她们所期冀的愿望。

　　露丝·伊莱格瑞在《非"一"之性》中提倡女性利用现存的语言体系，颠覆男性话语所树立起的权威与普遍真理。主张用变形的、打破逻辑、不偏爱规范以及消灭绝对真理的话语代替"单线条"、"单一模式"的男性话语。这种与男性持有的理性化语言(male-discourse)相对立的女性话语方式就是"女性言说"(parler-femme)。(Irigaray, 1985: 214)然而，少女们的宣誓与伊莱格瑞这种理想化的"女性言说"背道而驰。誓言中充斥着男性化的忠诚、勇气与面临残酷环境下体现出的雄性力量，而缺乏女性所独有的思维方式或者生存、感受方式。最后的"上帝助我"更是展现了誓词的模仿与无力：不相信上帝存在的叛逆少女们却希望借助其力量维系团队，这本身就是个讽刺。少女们无形中对男性进行言语行为的模仿，患上了弗洛伊德所谓的"男性气质情结"(masculinity complex)①。

　　在语言这个象征秩序中，每一个言语行为都能体现自我和社会文化的双重影响，"狐火"帮少女偷盗男性的结盟话语来作为自己的帮派宣言无疑体现了自我语言的缺失和对男性话语的倚仗。不仅如此，男性话语中对某些词语或行为的缺失更是导致女性言语行为的梗塞，陷入无权处境。当"长腿"看见女侏儒遭受羞辱迫害时顿时义愤填膺地与女侏儒的哥哥发生了激烈争执。"长腿"说：

> 　　她要通知警察，她认识福利办公室的人，她要通知他们。
> 　　回你那该死的家去，他妈的，人们在自己的家里干什么，这不干她的事；如果他的妹妹耶塔在跟他说话，这也不干她的事。
> ……

---

　　① "男性气质情结"指的是女性对男性的羡慕与嫉妒之情，她渴望抛弃自己的女性身份、幻想成为男性，因而在言行举止等各方面对男性进行模仿。可参见 Imad Fawzi Shueib. *How a Female Thinks*. Bloomington: Trafford Publishing, 2008.

畜生！你们这帮下流的畜生！（*Foxfire*，200-201）

表面上看来，"长腿"以其凌厉的语言及强悍的气势与男人在辩论中不分上下，但仔细分析可以发现，"长腿"的话语对于男人而言毫无攻击力，只能算得上是愤慨咒骂。"长腿"所依恃的是"警察"和"福利办公室的人"这两类国家权力机构人员，但这两类人并未赋予她以权力，她能做的仅仅是"通知"他们。实际上，对于这两类人，"长腿"根本未曾给予希望，她此前与警察的接触让她清楚地意识到这类权力机构对女性的歧视与权力的剥夺，他们根本不会相信她这个女中学生的话，因而"长腿"十分清楚地知道自己的这一威胁只不过是个"骗局"罢了。相比较"长腿"言语的无权与无力，男人的反驳则力度十足，他一再强调这是他自己"家里"的事情，与任何人无关，"家庭内部的事"成了他维护自己权利强有力的武器。事实上，虽然家庭暴力在美国普遍出现，但在第一次女权主义运动兴起之前，家庭暴力这一词汇本身在美国社会并不存在。

家庭生活向来被视为私人领域，被排除在公共干预之外。那时候的人们普遍认为丈夫有权自主处理自己的财产（包括妻子），因此妻子在家庭内部遭受殴打、受到虐待的现象一直不为人们所重视。在较长时间内，家庭暴力这一被遮盖在家庭面纱背后的现象一直被大众忽视，成为"最普遍也是最私人化的暴力"。（Cook，1994：165）19世纪中期，随着女性要求与男性平起平坐、享有合法权利的呼声越来越高，家庭才开始成为女权主义者们关注的重要领域，家庭暴力这一普遍存在的社会现象才得以被重视与揭露。女权主义者们为这一暴力命名，并开始关注女性在家庭中遭受虐待的悲惨处境。而这一命名的长期空白，实质上反映了男性话语对男性殴打、虐待女性行为的默许，并将之合法化。根据法国女权主义者特蕾莎·罗瑞提斯（Teresa de Lauretis）的说法，"男性占主导地位的话语对某些事物的沉默——即将某些行为和事件命名为暴力,但另外一些却不曾有名字——是暴力产生的一种方式"。(Lauretis,1989:240)为了阐释自己的观点,罗瑞提斯在《修辞的暴力》("The Violence of Rhetoric")一文中引用了女权社会学家薇妮·布兰妮斯(Wini Breines)和琳达·戈登(Linda Gordon)的说法,称:

> 由于英语词汇中没有一个词来表示'家庭暴力',医学专家们往往忽视了病人的伤痛,将妻子和孩童送回到虐待他们的人之手,从而一定程度上加深了家庭暴力。(Lauretis,1989:241)

关注女性生存的美国女作家安·琼斯(Ann Jones)在《下次,她会死去:家庭暴力以及如何阻止》(*Next Time She'll Be Dead: Battering and How to Stop It*,1994)中称男性对女性所施行的家庭暴力在美国极为严重,而"我们却被困于一个对这一话题极为淡薄的词汇表"。(Jones,2000:86)女权运动对家庭暴力现象的第一次关注并未持续太久。到了20世纪50年代,随着女权运动在美国社会保守、压制的氛围下偃旗息鼓、销声匿迹,家庭暴力又退出了大众的视野。长期的命名空白以及对家庭暴力的漠视默许了男性对女性在家庭内部的迫害,也赋予男人以权力将"长腿"驱逐出自己的领地。因此,欧茨借"长腿"之口一针见血地指出20世纪50年代上半叶美国社会女性的压抑处境,称"这是一个充满对少女和妇女实施暴力的时代",而女性却"没有足够的语言能力来谈论这暴力"。(*Foxfire*,100)在这一背景下,"长腿"企图凭借所盗用的男性话语对抗男性,却因这一话语中某些词语的缺失而在咄咄逼人的男性话语前显得苍白无力。当她面对男性权威并与之进行话语的竞技交锋时,词语的匮乏使她处于无权的劣势,她的言词抗议最终以无效告终。

欧茨曾说:"语言的对立面是沉默,于人而言,沉默就意味着死亡。"(转引自 Grant,1978:4)"狐火"帮少女们在男性暴力下要么完全沉默,要么挪用男性话语试图发声,失语使她们面临濒死的境地。她们的失语并不在于其没有能力驾驭语言,使得语言赋予她们权力。相反,她们的无权地位使其难以发出自己的声音。在执掌权力的男性眼中,这些年轻的女孩们不过是块"空白的屏幕"(blank screen),是男性欲望的投射,或者如伊莱格瑞所言,是"男性亦或人类幻想的化身"。(Irigaray,1993:146)她们空有肉体,却没有声音。在肉体和声音这一组对立体中,"无实质形象的施暴者(往往只不过是一个声音),而受害者(常常沉默失语)则是肉体"。(Morris,1993:251)少女们在男性暴力与男性话语霸权下沦为声音——男性的对立面,被迫成为失语或者鹦鹉学舌的空洞肉体。

第二节 女性的突围

男性用暴力迫使女性陷入悲惨的生存困境并剥夺其话语权,使其沦为沉默失语者,进而培养温顺、听话的女性奴仆。在女权主义者看来,男性暴力使得女性进入一种"经过训练学到的无助的状态"。(Cook,1994:143-144)在这种状态中,女性丧失自尊、控制力和安全感,并产生一种强烈的无助感。不仅如此,男性权威会对在暴力下自觉遵守社会性别规约的女性赞誉有加,而对于那些女性主体意识强烈、不断冲破父权规约限制的女性严加惩罚,正如福柯在《疯癫与文明》(Madness and Civilization,1961)中所阐述的那样,将她们当作疯子惨无人道地禁闭起来。

小说中,"长腿"就因与男性帮派的纠纷被关在犹如杰里米·边沁(Jeremy Bentham)所设计的圆形监狱①中,时刻处于"规训凝视"(disciplinary gaze)的威胁中。监禁是一种维护秩序的行为,也是男性权威对女性身体的惩戒与规训。对"长腿"的监禁企图迫使她进行自我内审,自觉将父权规训内化,以符合男性要求的行为准则要求自己,从而最终将其改造成符合父权意识规范的乖顺女性。

人作为"拥有主动性和创造潜能"的自由个体,在面对有限社会环境时必然会产生一种悲剧性的冲突与对立。在《狐火》中,"狐火"少女们的自我觉醒与父权社会就构成了这样一种冲突。然而,正如欧茨其他悲剧作品中的英雄人物一样,"长腿"与在她启蒙指引下的少女们绝不可能在冲突中逆来顺受,她们的叛逆与不屈使其难以遭受男性压迫之痛,她们在胳膊上文上"狐火"的文身,也在心中燃起了对整个父权社会的怒火。

"狐火"②也被称为"精灵之火"(fairy fire),在生物学上指的是一种生物发光现象,是由一些寄生在腐烂木头上的真菌生成。如同生物界的保护色,狐火是真菌对动物的警告。狐火通常十分微弱,但有时也非常强烈,人们甚至能借助狐火之光读书看报。在欧茨笔下,狐火象征着在父权社会压迫下拥有自我意识的女性对父权世界及父权制度的熊熊怒火。"狐火"少女们在"长腿"的领导下,组织了一次次针对男性暴力与霸权的复仇活动:她们使专门性骚扰女学生的数学老师当众出丑;她们痛打对自己侄女心怀鬼胎的商人;她们以自己的肉体为诱饵引诱道貌岸然的中年男人,揭开他们伪善的面具。"狐火"少女凭借姐妹情谊、女性书写以及暴力向女性缺席的父权世界发

---

① 圆形监狱(Panopticon),也称环形监狱,是一种环形建筑。监狱的中心是一座瞭望塔,内部被隔成许多单人小囚室。塔内的一切包括窗户、窗帘的设计都让瞭望塔内的监视者可以随时掌握室内犯人的一举一动。这种监狱独特的透明化结构可以保证对犯人时时刻刻进行全景监视,并在无须使用暴力的情况下,使犯人自觉地接受道德改造。

② "狐火"(foxfire)中的 fox 源于古法语 fols,代表"错误的,假的",与狐狸并无关联。

出了自己的声音,企图在父权世界的生存困境中得以突围。

一、姐妹情谊

面对男性对女性的暴力压制和由此导致的女性悲惨的生存困境,"什么是她们的报仇工具呢?"对于这一问题,"长腿"的回答是建立一个"帮"。(*Foxfire*,35)帮派的建立从本质上是少女们用姐妹情谊(sisterhood)为纽带建立起对抗男性权威的统一战线。

基于女性力量四分五裂、无力与强大父权社会对抗的残酷现实,女权主义者们呼吁女性团结一致、依靠姐妹情谊获得女性集体的力量。在女权主义者眼中,姐妹情谊是女性之间亲密的友谊,是"女人之间保持强烈感情和爱恋的关系"。(Zimmerman,1989:206)1968年1月,在反对越南战争呼声高涨之时,美国一些女性联合起来,以"珍妮特·兰金"[①]队(Jeannette Rankin)自称支持为女性权利奔走一生的前国会议员珍妮特·兰金。在这次集会上,美国激进女权主义者凯西·萨拉查尔德(Kathie Amatniek Sarachild)提出"姐妹情谊就是力量"(Sisterhood is Powerful)的著名口号,主张忽视女性间阶级、种族和宗教的差异,在共同的性别这一纽带的维系下团结起来,为推翻男性统治而共同努力。美国作家玛丽·埃尔曼(Mary Ellmann)在《思考女性》(*Thinking About Women*,1968)中也将女性间的团结视为对抗男性统治和男性特征的重要手段。

《狐火》中,五位少女在滴血盟誓后缔结了这种深厚的姐妹情谊,团结一致对抗父权社会的男性暴力与霸权。在结盟仪式上,五位少女近乎疯狂地相互拥抱,寻求依偎:

[①] 珍妮特·兰金(Jeannette Rankin)是美国国会第一位女议员,毕生致力于妇女与和平事业,曾以86岁高龄参加反对越南战争的华盛顿大游行。

> 戈尔迪用力拥抱长腿,力气之大犹如母熊……兰娜咯咯地笑,试着拥抱她们两个,由于她比别人都喝的多,所以她有点醉酒发疯,肆无忌惮,不顾一切,咯咯地傻笑,打闹不停。于是戈尔迪将她一把拖过去,狂吻她,两个人挤作一团。(*Foxfire*, 42)

这段结盟仪式上的狂欢一度使得欧茨饱受争议,"父母反对有伤风化教育"组织甚至将此视为欧茨在公开"鼓励同性恋"。然而,狂欢描写的表象之下是少女们从同性身体上的亲密接触获得自我归属感的愿望,是女性在贬斥、压抑甚至残暴蹂躏女性的父权制社会中超越异性之间的等级关系而获得平等地位的渴求,更是在相互欣赏中从同性处获得温暖与自我身份的一种激进方式。几位少女都在生活中饱受创伤和耻辱,相同的苦难境遇和思维方式构成了少女们情感维系的现实基础。在"家庭"这一神话破灭之后,少女们的姐妹情谊为她们的艰难成长提供了庇佑与保护;承载了肉体创伤与心灵重荷的少女们用姐妹情谊充实了她们丰富而饥渴的情感世界,使她们的情感得以满足。身体作为联结少女们的重要媒介,宣告了她们在"狐火"这一姐妹之邦中平等、自由的地位,在其姐妹情谊中承担着至关重要的作用。

在西方父权制体系中,身体作为灵魂的对立面,正如女性作为男性的对立面一样长久以来受到贬低与否定。在基督教教义中,身体是非理性的,是激情和欲望的发源地。为使与身体相对立的灵魂得到救赎,肉体必须受到抑制。在西方哲学中,身体在与心灵与理性的二元对立中始终处于被否定、被压抑的状态。柏拉图在对话录的《斐多篇》("Phaedo")中用一个形象的比喻来阐述灵魂与身体的关系:象征理性与灵魂的人用缰绳驾驭着黑白两色骏马,白马象征人顺从的精神,而黑马野性难驯,必须在人不断的鞭打下才驯服。黑马是人欲望与肉体的象征,皮鞭则象征着理智的人对肉体的规训和惩罚。在柏拉图看来，人必须"尽可能地避免灵魂与肉体的接触，这样才能不断地接近知识"。(Plato，1977：47)柏拉图将肉体与灵魂两者对立，肯定灵魂而否定了肉体。到了近代，身体在勒奈·笛卡尔(Rene Descartes)的二元对立理论中被进一步贬低。在《第一沉思录》(*Meditations of First Philosophy*，1641)中，笛卡尔称身体是"虚伪的"，具有"欺骗性"，因此必须为人的理性所怀疑。(Descartes，2006：72)在西方长期贬低身体的文化中，人们羞于观看、认识自己的身体。德国哲学家麦克斯·霍克海默尔(Max Horkheimer)将这种对肉体的否定称为一种"内化的压抑"。(Horkheimer，2002：193)

在对身体的极尽压抑中，费尔巴哈率先打破身体与灵魂的二元对立，将身体视为属于人的本质存在，是"人的自我"的体现。尼采在《查拉图斯特拉如是说》中称"我就是肉体"，并且除了身体之外别无所有。(尼采，2000：70)英国文学理论家特里·伊格尔顿也肯定了身体，认为"肉体中存在反抗权力的东西"。(Eagleton，1990：28)在肉体与反抗相结合的背景下，女权主义者敏感地意识到身体与女性被否定与被贬低的相似处境，进而身体提升为女权主义理论的核心。美国女性主义哲学家伊丽莎白·斯拜尔曼(Elizabeth Spelman)在《作为身体的女性》("Woman As Body：Ancient and Contemporary Views")一文中认为，"男性压迫女性的基本形式就是对女性肉体的征服，全世界的男性以惊人一致的方式对女性的肉体进行侵犯，因此女性要想获得解放就必须在肉体上先得以解放"。(Spelman，1982：110)她将女性身体与身份联系在一起，认为女性对身体的认知是界定身份、获得自我的重要途径。美国学者雪莉·卡斯特诺弗(Shirley Castelnuovo)在《女权主义与女性身体》(*Feminism and the Female Body*，1998)中也认为女性要想赋予自己权力，必须先从关注自己的身体开始。(Castelnuovo，1998：10)结盟仪式上少女们紧紧相拥、对彼此女性的身体表现出喜悦及欣赏是她们女性意识觉醒的体现,身体成为维系她们姐妹情谊的重要媒介。

在姐妹情谊的支撑下,"狐火"帮少女相互鼓励,彼此扶持,建立起平等、团结、自由、亲密的感情关系。"长腿"甚至出资在距离市区三英里的地方租了一座旧农场作为"狐火家园"。在这个只有女性存在的家园,男性及男性暴力完全缺席。少女们因此从各自家庭中饱受父权摧残的"客体"变成了一个新型结构中的"主体"。在这个新型的结构中,女性们的关系异常和谐融洽——"狐火"成员极度崇拜"长腿",无条件地服从她的意志;她们互相关爱,彼此依恋。这样温暖的环境使得最胆小、沉默的丽塔在这个女性大家庭中也变得活泼,恢复了少女的朝气与生机。这种新型结构正是伊莱格瑞提出的"女性谱系"(genealogy of women)。在这种女性谱系中,男性失去中心地位,取而代之的是恢复主体地位的女性。尽管房子年久失修、破旧不堪,但在少女们眼中有如珍宝。对所有少女而言,这座房子就像个避难所,将父权世界的暴力、混乱以及具有压制性的男性话语统统隔断在外。她们在彼此的陪伴下以自己喜欢的言说方式去生活,在没有男性压迫的氛围中尽情地呼吸和交流。在姐妹情谊的关怀下,少女们逐渐意识到自我存在的价值和意义,展开对男性暴力与霸权挑战的第一步。

二、女性书写

帮派的建立唤醒了少女们的女性意识,确立了女性的主体性地位,使"狐火"少女迈出了反抗父权的第一步。这些富于反抗精神的少女接着开始女性书写,实现对文字的掌控,试图在男性霸权话语的统治下发出女性自己的声音

在父权社会的文字叙述中,女性成为社会历史文化的缺席者,她们的女性话语(femine discourse)成为一种他者话语,被排除在历史

文化中。男性文字将历史称为"他的故事"(his story),将人类称作"男人的族类"(man kind),将领导者叫作"坐交椅的男人"(chair man)。男主人被尊为主人(master)而女主人沦为情妇(mistress)。父权社会的文字作为一种语言符号,已带上了男性霸权的意识形态,无形地在贬低、排斥着女性。因此,改变女性失语受压迫的关键就是从男性手中获得文字的掌控权。法国女权主义理论家艾连娜·西苏(Helene Cixous)在《美杜莎的笑声》(*The Laugh of the Medusa*,1975)中提出了女性书写自己的重要性,她认为:"女性必须书写自己,也必须引导女性书写。女性已经被粗暴地赶出了书写,就像被驱赶远离了身体一样……女性一定要通过自己的活动把女性写进文本,写进世界与历史。"(Cixous, 1976:875)西苏对女性书写重要性的论述与欧茨不谋而合。《狐火》中,欧茨借叙述者马迪之口阐明了女性掌握文字进而创造历史的重要性,她说:

> 记忆是什么,是一团注定要忘记的东西,因此,你必须拥有历史。你必须不辞劳苦去创造历史,忠实地记载发生在你周围的具有重大意义的东西:时间、日期、事件、名字和景象。不仅仅是依靠记忆,记忆是会像人造偏光板印刷品一样褪色的,你看见它就在你的眼前消失,如同时光一去不复返。(*Foxfire*, 44)

在欧茨看来,再深刻的记忆也会随着时间消退,但历史不会,因此女性必须不遗余力地为自己创造历史。历史的记载有赖于对文字的掌控。在整个人类文明史,铺天盖地的男性叙事湮没了女性的声音。在《圣经》中,男性给世间万物命名,当然也包括女性。女性因此成了男性的附庸,在此后的男性作家笔下,无论是天使还是妖妇,女性都不可避免地成为男性厌恶或者借以满足自身欲望的对象和客体。正

如美国学者苏珊·苏莱曼(Susan Suleiman)所言,历史上

> 讲故事的角色基本是男性的,听故事或读故事的角色是女性的,而故事则是他们交合的媒介。由于在这种作品中传教的(叙述者是男人),听教的(被叙述者)是女人,故充分表现的是男性意识,女性意识和经验或被淹没或被歪曲或被抹杀。(Suleiman,1990:33)

缺乏对文字的掌控导致女性难以对男性的话语霸权进行反攻,最终成为沉默的他者。《狐火》以帮女孩马迪的回忆展开叙述,借助女性自己的文字颠覆男性叙述立场与言说方式,进而实现对男性中心话语的解构。

"狐火"帮少女们对打字机的争夺象征性地实现了这一文学的掌控。打字机是对文字的输出,更是少女们记录历史的媒介。拥有打字机象征着少女们对文字即语言的掌控,也就拥有了发声的权力。难怪马迪在温陂(Wimpy)叔叔的服装店看见打字机时就兴奋地欢呼,"如今我们的历史就要开始了!"(*Foxfire*,66)只有掌控了文字,"狐火"帮的事迹才能被记录,"狐火"帮少女们才能够发出自己的声音,被男性扭曲的真相和事实才能得以恢复。这是"狐火"少女对抗男性话语霸权的重要手段。

然而,少女们借助打印机夺取文字掌控权的渴望遭到男性权威的阻碍。当马迪恳求温陂叔叔把打字机送给自己时,心怀鬼胎的温陂叔叔却要收取一笔不小的费用。当马迪费尽千辛凑齐费用想换取打字机时,温陂叔叔又突然加价,并暧昧地暗示假如马迪能乖乖听话,那么一切费用都可以免去。在这一背景下,"狐火"帮开始了一场话语争夺战:少女们冲进服装店,将温陂叔叔痛打一顿后抢走了打字机。温陂叔叔的服装店是父权世界的象征:这里到处堆积着男性的

衬衫、礼服，甚至空气中都弥漫着象征男性气息的雪茄烟味、汗味和头油味。"狐火"帮姐妹们冲进这一"男人的世界"，抢走打字机的行为从根本上并非仅仅是物品的争夺，而是在男性领地进行的一种语言冲突和权力争夺，可以被视为少女们对掌控话语权的男性的反击，是被剥夺话语的人对掌握话语的人的愤怒的宣泄。

借助打字机，马迪用文字讲述了"狐火"帮的故事，将记忆转换成历史。美国女性主义叙事学创始人苏珊·兰瑟（Susan Lanser）认为，写小说这一行为本身"就意味着对话语权威的追求：这是一种为了获得听众，赢得尊敬和赞同，建立影响的乞求"。(Lanser, 1992: 6)因此，与其将《狐火》看作一部简单的回忆录，不如将其看作马迪作为一名女性在父权社会中对话语权的抗争以及对无所不在的男性话语霸权的对抗，也是作者欧茨作为一名女性作家对女性话语权的追求。

此后的几年时间内，"狐火"姐妹们借助文字向男性发出了自己的抗议之声。在巴亭金尔老师借补习之机对丽塔性骚扰后，姐妹们在"长腿"的领导组织了第一场复仇。她们在巴亭金尔老师的汽车表面用鲜红的油漆喷写"黑鬼"、"肮脏的老东西"、"玩弄少女"等充满愤怒与憎恨的文字。(*Foxfire*, 48)极具煽动性的文字将巴亭金尔的丑行暴露无遗，巴亭金尔因此声名狼藉，最终被校方开除。文字向"狐火"姐妹展示了发声的途径，使女性在男性暴力与男性话语占据主导的父权社会里发出自己的声音，反抗父权从而成为可能。

三、反抗男权的暴力

女性意识的觉醒是少女们反抗的首要前提，文字赋予她们反抗的方式，但在她们抗争的过程中，暴力才是她们反抗男性暴力、夺取话语权的保证。在"狐火"多次的复仇行动中，少女们用暴力向戕害女性的男性施暴者投以反击："长腿"用匕首击退了"子爵帮"男孩们的挑衅;放火烧毁女侏儒哥哥的房屋;少女们向道貌岸然、色欲熏心的中年男性施以殴打。不仅如此,少女们成功地用行动和暴力切断了话语和权力的关联使得男性话语失去了权力,迫使男性成为女性暴力下的失语者。

在美国语言学家诺姆·乔姆斯基(Noam Chomsky)看来,一个人的语言表现(performance)并不等同于他对语言的掌握能力(competence)。语言能力指的是"说话者对其语言的知识以及对语法规则的掌握",而语言表现是"在实际情境中语句的生成"。(转引自 Jindal,2007:30)语言在向外输出时受到诸多因素的制约,影响最终的语言表现。《狐火》中,少女们用暴力中断了大富翁惠特尼·凯洛格(Whitney Kellogg)语言能力的输出,迫使这位原本掌握话语霸权的男性成为女性暴力下的失语者。

为了应付不断扩大的"狐火家园"的日常开销,"长腿"想出了绑架男性获取赎金的计策,并将这一目标锁定在凯洛格身上。凯洛格是个大资本家,身家过亿,是男性霸权话语在个体身上的最佳体现。事业上的成功使得凯洛格的自我极度膨胀,热情坦率的表象之下是他伪善好色的真实自我。他在家中牢牢地掌控着话语权,经常在高谈阔论中用话语给妻子和女儿进行意识形态的渗透。当"长腿"和另一名帮少女瓦奥莱特(Violet)应邀到凯洛格家做客时,凯洛格先生在就餐时发表的一段演讲充分体现了他对他人霸道的思想洗脑。作为资本家的凯洛格先生对共产主义极度厌恶和恐惧,他义愤填膺地将共产主义、左派分子视为"干尸"和"癌症",认为他们的言论是对美国社会的"诋毁"。他更是将无产阶级视为"无能者"和"懒惰者",将那些为无产者声讨合法权利的运动比喻成"像蛇在夜间爬行",把无产阶级视为"贪婪的巨蟒"。对于工人阶级争取带薪休假的抗议,他毫无同情心地称:"填满他们的肚子!让他们休病假!带薪休病假!生病了还要付给他们工资!你能相信吗?"(*Foxfire*, 284)凯洛格是仇视共产主义的麦卡锡主义的忠实信众,他对共产主义及其主张极度仇视的言论是凯洛格站在资本主义的立场对共产主义的攻讦,反映了凯洛格作为一名资本主义者疯狂剥削劳动者、攫取利润的丑陋嘴脸。然而,身为一家之长,凯洛格的强权身份赋予了他话语霸权,以至于他的言论获得了某种程度上的真理品质,他的妻子和女儿作为家中的弱势群体和被剥夺了话语权的他者只有将此顶礼膜拜、奉为真理。她们"专心致志地聆听着凯洛格这一充满激情的小小演讲,不住地庄重地点点头"。(*Foxfire*,283)在凯洛格话语霸权之下,"长腿"和瓦奥莱特只能保持沉默。

然而,这样一位拥有话语霸权的男性权威在下文和"狐火"少女的对峙中败下阵来,最终沉默失语、不发一言。在这一过程中,切断凯洛格话语和权力之间联系的正是少女们的暴力和行动。在绑架行动中,少女们头戴面具,持枪直指凯洛格。在随时可能遭遇的暴力面前,凯洛格习惯性居高临下的话语气势陡然变弱,先是唯唯诺诺词不达意——"哦,哦,哦……别……我的妻子……我的家庭",逐渐变成哀婉地恳求——"求求你不要向我开枪,拿走我的车和所有东西",随后则因恐惧而彻底失语。(*Foxfire*,296)在整个绑架过程中,凯洛格一直处于被动的地位,他的语言彻底丧失了权力,再也不能像以前那样口若悬河、高谈阔论。事实上,词语的权力只不过是发言人获得了授权的权力而已,权力话语要想发挥其权力,它"必须有法律许可这样的人说出……它必须在合法的环境中说出……它必须按照合法的形式(句法、语音,等等)说出"。(王卫新,2008:76—80)但少女们的绑架将凯洛格先生从这个"合法的环境"中抽离出来,语言上处于劣势的少女们依靠行动和暴力破坏了凯洛格话语权力的场域。相反,少女们在暴力这一"非法的环境"下获得了权力,由始至终她们都是发号施令的人并且她们的话语被凯洛格理解并执行。原本气势十足拥有绝对话语权和语言能力的凯洛格在暴力面前丧失了自己的权力,其语言表现也大打折扣。他无法进行清晰的言说,最终沉默失语,丧失了话语权。而暴力使少女们的话语产生了不应有的权力,在这场两性之间社会话语权力的争夺中占据上风。

凯洛格自以为是的滔滔不绝与口若悬河以及对妻子女儿和所有女性聆听者话语权的剥夺实质上是整个美国社会男性话语霸权的体现,是20世纪50年代美国父权社会的真实写照。然而在希冀发声与男性话语霸权压制这一冲突面前,女孩们选择了奋起反抗而不是委曲求全。萌发的主体意识使她们不甘接受被压制与被噤声的命运,因而通过对文字的掌控以及暴力与行动的实施企图实现对话语权的掌控。面对自由的渴望与社会环境压制这一不可调和的巨大冲突,少女们的行为体现出一种悲剧性的逆进型精神,犹如朽木上的真菌,在黑暗里绽放出微弱却坚定的"狐火"。

第三节 "过渡时代"与女性悲哀

20世纪50年代丰裕社会及保守的时代特点直接导致了女性的种种悲惨处境,但在沉默的表层之下涌动的是越来越多女性对于现状的不满。她们的不满终将通过60年代的革命性激进运动宣泄出来,女性的悲惨以及女性声音也终将被大众所看到、听到。50年代的"长腿"与"狐火"帮女孩们所代表的正是这样一批较早觉醒、深刻洞察自身悲剧性处境的女性形象。然而,正如雅斯贝尔斯在《悲剧性的基本特征》("Basic Characteristics of the Tragic")一文中所言,"当新事物逐渐显露,旧事物还仍然存活着。面对尚未衰亡的旧的生命方式的持久力和内聚力,新事物的巨大突进一开始注定要失败。过渡时代(transition)是一个产生悲剧的地带"。(Jaspers, 1991:97)在"狐火"帮存在的1953年1月至1956年5月这段时期,第一次女权主义运动早已销声匿迹,第二次女权主义运动尚未兴起,此时正是雅斯贝尔斯所说的"过渡时代"。在这一"过渡时代",少女们代表的女性争取解放的诉求是历史的必然。然而,这一必然却因现实的种种阻力而注定被扼杀。在这"历史的必然(historical inevitability)与这一必然实际上不可能实现的事实"之间构成了一组激烈的悲剧冲突,最终导致悲剧英雄的失败与灭亡。

在充满悲剧色彩的"过渡时代",少女们的任何努力与反抗注定只能以悲剧式失败告终,她们失败的原因在小说中也得以揭示。正如《狐火》的中文译者闻礼华在中译本序言里说的:"妇女应当怎样生活,怎样才能避免导致她们疯狂的焦虑和绝望,对这一问题欧茨没有提供简单的答案,然而对于妇女的毫无权力和绝望的原因,她的小说提供了有价值的透视。"(闻礼华,2006:4)对于50年代女性的悲惨处境,欧茨在《狐火》中不仅将其归结于父权制社会,更具体地指出,父权制社会造成女性经济基础的缺乏以及内化男性价值观的女性是导致少女们失败的直接原因。

一、经济基础的缺乏

对"狐火"少女这些女权主义运动的先行者们来说,她们在这一"过渡时代"的美国社会中面临太多敌人,男性首当其冲地成为少女们反抗道路上最大的敌人。如前文所述,悠久历史积淀的父权意识将男性与女性视为对立的两极,男性借助暴力与男性话语霸权使得女性陷入痛苦与失语的悲惨境地。在弥漫于整个社会的男性暴力面前,柔弱的少女们显得太势单力薄、微不足道,这种单薄而无助的境况源自她们经济上的不独立。

经济基础决定上层建筑。恩格斯在《家庭、私有制和国家的起源》(*The Origin of the Family, Private Property and the State*, 1884)中将经济因素视为性别不平等中的决定性因素。(Engels,

2004:17)只有经济上实现了独立,女性才能获得教育和其他社会权利从而有条件摆脱男性暴力并获得话语权。狭隘的生存途径迫使女性在经济上对丈夫的依赖,也导致了男性对女性的物化,经济对性别起到了决定性的作用。正如有学者指出,性别实际上属于"一个经济范畴",男女之间的等级关系取决于"他们在一定社会经济结构中的地位"。(肖巍,2005:176)后殖民女性主义批评者加亚特里·斯皮瓦克(Gayatri Chakravorty Spivak)在其著名檄文《下属能否说话?》("Can the Subaltern Speak?")中指出,只有将经济问题引入对女性问题的心理分析,才能去关注她们失语以及如何失语的问题。(Spivak, 1995:24 – 28)

50年代美国政府对家庭生活大肆推崇,渲染女性母亲的角色,反对女性走出家门工作。战后美国政治上的保守统治使得第一次女权主义运动走向了倒退,保守派在对待妇女时主张回归传统的生活方式,让男女回归各自原有的领域,担当起与自己性别相适合的角色,即男人承担养家糊口的责任,女人则留在家中操持家务。对保守派而言,妇女从政、职业女性都是不可思议的话题,女性存在的意义就是通过她们的妻子角色和母亲角色实现的,其他性质的角色都与女性的自然本性相违背。事实上,对女性生育和繁殖功能的一再强调是父权对女性身份的剥夺。在澳大利亚女权主义者伊丽莎白·格罗兹(Elizabeth Grosz)看来,对母性的过度强调实际上是通过将女性特质等同于生殖和哺育,从而"消除了女性的某种身份和社会地位的特殊性"。(Grosz, 1989:119)

这种保守的思想当然与现代女性主义价值观背道而驰,但在战后的美国人看来,这种回归家庭的观点大大迎合了他们渴望安稳、平和、幸福生活的愿望。因此以家庭为中心、女性回归家庭成为20世纪50年代社会的主旋律和大多数人的主导思想。美国当代女权主义者贝蒂·弗里丹(Betty Friedan)在著作《女性的奥秘》(The

Feminine Mystique，1963)中称战后50年代的美国女性普遍拥有一个"女性的奥秘"，这个奥秘就是拥有一座豪宅，做一个贤妻良母，哺育孩子。(Friedan, 2013: 321)然而，被排除在社会生产劳动之外的女性失去了经济来源，整天囿于家庭的束缚中，在经济上失去了第二次世界大战中独立自主的地位，被动地成为男性的附属。

"狐火"帮少女大多数未成年，仍然就读高中，毫无经济来源。不仅如此，帮派后来接纳的成年女性也大多没有工作，经济上的不独立导致她们不得不依附于压迫她们的男性。作为"狐火家园"的负责人，"长腿"义无反顾地充当起家长的角色，打工为姐妹们赚取生活费。然而，她干的活和男性一样多、工作的时间和他们一样长，她得到的薪水始终不及男性，难以维持日益庞大的"狐火家园"的日常开销。资金问题成为不断困扰"长腿"的难题，她的脑袋里仿佛有一只巨大的钟不断地滴答作响"资金、资金、资金"。为了钱，倔强骄傲的"长腿"不得不去一个叫拉克博士家中应聘，忍受着他隐约的非礼与轻薄。经济上的附属地位决定了女性他者化的边缘地位。她们被虐待、被折磨的事实被掩盖，她们的声音在男性话语下变得微弱最终沦为失语。整个社会中充斥着男性暴力以及男性权力话语，将女性牢牢地控制住，束缚在社会的最底层。

二、内化男性价值观的女性

经济基础的缺乏使得少女们不得不承受男性暴力与话语霸权，忍受来自男性的种种暴力行径。但与此同时，同性内部的暴力也让少女们猝不及防。在红岸州少女管教所内，"长腿"就遭受了来自女性同胞对她的非人折磨。当"长腿"被关押进管教所时，女警员强行脱光她的衣服，进行一种"缉毒探员式的搜索"：她们戴着有油污的橡皮手套将手指粗暴地戳进她的身体里，盘问她身上的文身，用手电筒查看她的头发、耳朵、鼻孔和嘴巴。她们像对待动物那样给"长腿"全身喷上消毒剂以杀死她身上的虱子。在这些女警员眼中,像"长腿"这样的问题少女只是一具空洞的肉体、一个苍白的代号,完全丧失了作为人的主体性。更让"长腿"猝不及防的是管教所内的女犯人也恶毒地对她施以暴力。一个喜欢欺凌弱小的荷兰女孩常常对"长腿"大声训斥,甚至有时仅仅为了取乐会抓住她的肩膀、猛扇她的耳光。如果她胆敢反击,就会受到惩罚,被送进监禁室隔离。这些残忍的行为让"长腿"深刻认识到,"男人当然是我们的头号大敌",但令人震惊的是"一些女孩和女人也是我们的敌人,尽管她们特别想成为我们的姐妹,但是,倘若她们要吮吸我们的血的话,她们就会比塞里奥特神父所说的还要邪恶"。(Foxfire, 180)

几千年来沉重的历史积淀使得男尊女卑的父权思想早已渗透到整个社会、家庭生活的方方面面,并由一种观念变成几乎所有人的普遍自觉。相当一部分女性在被动接受了男性价值的强迫灌输后,竟将这充满压迫的父权观念渗透在自我的潜意识中,使这种观念变成了一种自觉的意识。朱迪思·弗特利在《反抗的读者:美国小说的女性主义方法》(The Resisting Reader: A Feminist Approach to American Fiction, 1978)中将这行为称作"男性价值观的内化"(immasculation)。(Fetterley, 1978: xx)内化了男性价值的女性们迷失了自我,努力在男性身上寻找生存的价值与意义,默认甚至极力迎合父权价值规范,成为男性价值的认同者。因此,法国女权运动发起人西蒙娜·德·波伏瓦(Simone de Beauvoir)在被誉为西方女性圣经的《第二性》(The Second Sex, 1949)中从女性与生俱来的生理性别(sex)和社会文化的产物社会性别(gender)出发,提出"女人不是天生的,而是逐渐变成的"这一经典论断。(Beauvoir, 1973: 301)这些在父权文化中趋于认同父权思想的女性是被男性中心意识同化的产物,是后天形成的。

《狐火》中丽塔的母亲正是这种"后天构建的"女性的典型。当丽塔遭受兄弟们的凌辱披头散发、哭哭啼啼跑回家时,身为母亲的她非但没有安慰女儿,反而不由分说给了她一耳光,生怕女儿这样丢脸的形象被别人看见。同样身为女性的母亲不去斥责施暴的男性,却对受害的女儿大加责难,因为她希望丽塔扮演的是温顺、乖巧的淑女角色,而不是哭哭啼啼容易引起男性反感的形象。母亲的行为反映出父权思想对她的控制,她已在男性权威的压制下自觉主动地为"权力话语"发言、站在男性立场用男性的标尺对女儿进行言行规训。本应和丽塔站在同一阵线上的至亲,此时却作为父权意识的认同者站在了少女们的对立面,向她们施加压迫。

"狐火"帮不屈的少女成为美国 60 年代女权运动的先驱,代表了时代发展的方向,但势单力薄的她们在强大的父权社会所面临的只能是失败。正如雅斯贝尔斯所言,"过渡时代"里的新事物注定会被扼杀,因为:

> 还没有一个业已建成的社会秩序和文化来保护它。因此在当前,它的功用暂时还发挥不出来。在垂死挣扎的最后狂暴中,旧事物重新集结起全部力量。英雄,那代表新生命的第一个伟大人物正是在此时被摧毁。(Jaspers, 1971: 35 - 36)

在 50 年代充满男性霸权的社会大环境下,经济基础的匮乏与来自女性同胞的压迫使得女性获得解放、拥有与男性同样的话语权的梦想只能是个奢望。"狐火"帮柔弱的少女们注定承载不了如此重荷,她们的反抗因而不可避免地走向失败。在绑架案后,"狐火"帮彻底解散,欧茨用简单的语言陈述着少女们的失败——"6 月 3 日,星期天,'狐火'帮的终结"。(Foxfire, 307)平静的陈述之下隐含着的是叙述者马迪以及作者欧茨深深的无奈。

50 年代这一"过渡时代"造成了女性经济基础的缺乏以及女性

将男性价值观的内化，酿就了"狐火"少女们的悲剧，使得《狐火》成为一首揭露 50 年代女性生存困境的悲歌。对于女性以及女性生存困境的关注并非欧茨一贯的创作重心，《狐火》的创作体现出作家女性主义意识的增强。1949 年，波伏瓦《第二性》的出版在整个西方文学界引起了极大震动，对文学理论极其敏感的欧茨难免不受此影响。此后，欧茨与伊莱恩·肖瓦尔特(Elaine Showalter)、桑德拉·吉尔伯特(Sandra Gilbert)、艾丽西亚·奥斯崔克等女权主义者交往日益增多，社会阅历日渐丰富，在思想上也展现出向女权主义靠拢的趋势。与此同时，她也深切感受到了女性在社会上受到暴力虐待、话语权缺失、他者化的悲惨境地。在底特律和温莎，欧茨明显感觉到自己身为一名女性作家相对地被身边男性"隔离"。同时来自男性评论家对其暴力写作的指责也让欧茨深刻体会社会中女性所受的歧视与不公。她将这种指责称为"性别主义的"，因为在男性传统观念中女性写作的范围仅局限于"家庭内部"，正如简·奥斯汀和弗吉尼亚·伍尔夫的小说创作。(转引自 Bellamy, 1972：26)切身的不公体验以及女权主义的熏陶使得欧茨女性主义意识日渐成熟，在其小说中开始深入探讨女性的生存困境并揭露女性深受社会歧视的现实。

欧茨的《狐火》这部社会悲剧不仅是 50 年代美国社会的真实写照，也反映了美国 80 年代的时代特征。在一次采访中，欧茨就文学作品与反映社会现实展开论述，称："一部诚实的文学作品，必须为我们刻画出当前时代的复杂性，向我们展示我们彼此之间如何紧密地联系在一起，我们如何行动，甚至在我们秘密的梦境中，向我们展示这个世界共同的危机。"因此，在欧茨的小说中，她"一直试图勾勒出当前美国人的一些困扰"。(转引自 Avant, 1972：11 - 12)《狐火》这部发生在 50 年代的女性被摧残、奋起反抗的故事同样具有 80 年代的时代特征。

《狐火》出版于 1993 年，正是美国刚刚结束保守派共和党人里根和布什长达 12 年的执政之后。经历了 60 年代激进女权主义者对美国社会政治文化各个方面狂风暴雨般的洗礼后,80 年代的美国在保守派的统治下日趋保守。这股新的保守势力对 60 年代各项激进运动所产生的影响深表担忧,他们担心美国大众业已发生改变的社会观念、家庭观、性观念以及文化价值观会使美国的精神支柱彻底腐蚀。因此,"为了重建对美国社会所依存的价值观念和制度的思想信心与道德信心",60 年代蓬勃展开的各项运动在此时都遭到了新保守势力的肃清。(何念,2009:262)在家庭领域,保守派再次力图恢复和重构美国传统家庭模式,恢复神圣的家庭秩序,强调"丈夫作为一家之长的角色"。(Klatch,1987:252)美国当代学者欧文·沃克斯勒(Irwin Veksler)回忆 60 年代时曾说:"动荡的 60 年代是我一生中最觉解放的日子。重读这部分文学让我痛苦地想到,80 年代是多么需要 60 年代的乌托邦、希望和想象呀。"(转引自王逢振,2000:226)作为敏感的文学女性,欧茨显然感觉到保守的 80 年代与 50 年代的相似之处,因此,《狐火》不仅是美国 50 年代的真实再现,更是欧茨对 80 年代保守社会的影射。在她看来,80 年代的美国保守而压抑,因此迫切需要以"长腿"和"狐火"帮少女们为代表的具有反抗精神的美国人打破这一沉闷压抑的社会环境。

欧茨在《狐火》中塑造了一批"独立、坚强"的女性。(Daly,1993:227)其中,"长腿"这位小说核心人物是位英雄式的女性形象,拥有与年龄不符的成熟与主体意识:她自信勇敢,从不因自己的女性身份而自卑怯懦;她敢于公开挑战男性老师的权威地位,保护巴亭金尔先生性骚扰的受害者丽塔;她敢于挑战男性权威,在被视为男性运动的攀登比赛中战胜诸多男性参与者,夺得大奖。这一形象洋溢着因主体意识成熟而绽放的光芒,按照美国评论家约翰·克劳利(John Crowley)的说法,"长腿"是个"光芒四射的形象","完全充满英雄气概,完全具有信服力,相比那些我们钟爱且急需的悲剧男性反叛者们,她拥有更加细致的敏感和深思的胆魄,最终她获得了悲剧性的圆满结局"。(Crowley,1993:6)欧茨也曾称"长腿"为"从神话里出来的形象之一",亲切地称之为自己的"哈克贝里·费恩"。(转引自 Karpen,1992:6)

在"长腿"身上,欧茨热情歌颂了美国人身上一种极为高贵的品质,这是一种时刻行动与不屈抗争的精神:

> 那天真烂漫的热情的品质,那过去不会给未来投上阴影的感觉,比我们拥有更悠久历史的欧洲人羡慕我们的一种品质,也是我在自己身上发现的一种品质,这种品质如今在我身上似乎并不比我在马迪的年龄时弱,在许多方面与她并无多大不同。做一个"美国人"就要感到你的生活可以通过自己的行动来改变——你只需行动。(转引自王理行,2006:21)

不管结局如何,即使明明知道最终会被摧毁也毅然行动不止的女孩们,代表了美国人的国民精神,这是一种逆进型的悲剧精神。借这群充满反叛精神的"狐火"少女,欧茨在悲剧中表达了自己的渴望,渴望在保守的80年代美国社会重新燃起熊熊"狐火"。

第五章 《大瀑布》中的伦理悲剧

> "我大多数的写作确实是出于某种萦绕于心头的东西，这可能是一个地点，一个意象，也可能是一个人或一起事件……我正在创作一部小说，最近这萦绕在我心头的是一些伦理的考虑。"
>
> ——乔伊斯·卡罗尔·欧茨①

欧茨第32部长篇小说《大瀑布》于2004年9月一经出版便引来如潮的好评，被视为欧茨"迄今为止最好的作品"。艾蔻出版社（Ecco Press）认为它"足以使欧茨位列美国最重要小说家的行列"（Mental, 2001: 46）；《出版商周刊》（*Publishers Weekly*）称欧茨在这部"令人惊叹"的小说中达到了她"写作的最顶峰"（Publishers Weekly, 2004: 12）；《华盛顿邮报》（*The Washington Post*）则称欧茨通过《大瀑布》向世人证明她拥有"一直以来与当代大锅炉般的美国文化保持着创造性的对话"的能力，赞赏了欧茨小说反映时代精神的创作特点。（Ciabattari, 2004: 15）此外，众多评论者对该小说也不吝赞誉，认为小说"有力、充满激情，同时还不失带点惆怅的幽默"，再次"证明了欧茨无尽的才智"。当然，盛赞必然会引起争议，欧茨这位

---

① Joyce Carol Oates. "An American Tragedy." *New York Book Review*. (4)2005, pp. 12-13.

"话题女王"在其半个多世纪的创作生涯中向来不乏争议。英国《卫报》(*The Guardian*)评论员玛雅·加琪(Maya Jaggi)就认为这部小说"由一系列扣人心弦却联系脆弱的悬念推动",并且由于作者"对于人物日常生活中的琐屑过分关注",使得这部小说"不妨一读,却难成巨作"。(Jaggi,2004:6)不过,相比评论家们对欧茨以往作品的口诛笔伐,这样的评价已经明显委婉很多。因此,总体而言,《大瀑布》得到的褒大于贬,这也使得这部小说荣获 2005 年法国费米纳奖实属实至名归。

欧茨将小说的背景置于距自己童年成长的农场不远的尼亚加拉大瀑布,聚焦 20 世纪 50 年代至 60 年代初的美国社会。小说中,大瀑布化身为某种可怕神秘的力量,连续夺走了主人公阿莉亚(Ariah)两任丈夫的性命,残酷地粉碎了阿莉亚内心对幸福的憧憬和美好价值,学界也因此多从命运、生态伦理、人与自然的关系等视角对《大瀑布》这部小说进行阐述。的确,在这部小说中,欧茨综合运用了多种悲剧表现手法,神秘莫测的命运、黑暗的美国社会现实均为造成主人公们苦难的内在因素:欧茨借用大瀑布这一意象向读者展现了命运的神秘与强大力量,在这一力量面前,人类渺小而毫无反击之力。《大瀑布》的中文译者郭英剑在小说序言中指出,作者欧茨对自然持有"一种敬畏甚至是恐惧的态度",因为在自然背后,"还存在着更令人神往同时也更为神秘的东西——这,对人类来说,有时就是厄运"。(郭英剑,2006:3)大瀑布,或者说是其象征的无常命运是造成主人公悲剧的显在原因。除此之外,小说中腐朽黑暗的权势阶层结合成一股强大的邪恶势力,一步步地把主人公逼上了绝路。

命运使得主人公们的人生不受控制地向着苦难驶去,黑暗腐朽的社会现实粉碎了他们所珍视的价值体甚至夺去了他们宝贵的生命。然而,欧茨并非浮于表面在书写命运悲剧或社会悲剧,她所关注的是人们在两种对立的伦理价值观的冲突下如何做出回应、如何选择。当《身份理论》(Identity Theory)杂志的编辑罗伯特·比恩鲍姆(Robert Birnbaum)询问欧茨是否出于某种关注或目的来创作《大瀑布》时,欧茨回答说:"我大多数的写作确实是出于某种萦绕于心头的东西,这可能是一个地点,一个意象,也可能是一个人或一起事件……我正在创作一部小说,最近这萦绕在我心头的是一些伦理的考虑。"(Oates,2005:12)在《大瀑布》表面的人与自然、人与社会的冲突之下,是主人公们的伦理冲突。这种冲突或发生在主人公内心深处,或存在于自我与他人、社会之间,折射出20世纪50年代美国人普遍承受的伦理斗争与冲突,表达了欧茨对50年代美国人生存精神状态的关怀。

在众多悲剧冲突中,伦理之间的冲突因其没有明确的过失方显得尤为特别。古希腊悲剧中主宰人类命运的是不可知的宇宙之神,悲剧人物遭受的苦难、不幸的命运并不是他们本身的过失,而是因为神的诅咒,即"天命"。悲剧主人公对命运的反抗注定要失败,但他在知其不可为而为之的悲壮斗争中显示出人的价值和尊严,这是命运的悲剧。近代戏剧从与社会环境的互为作用考察人物悲剧,揭露了社会对于个人悲惨结局的根源作用并展开对个人反抗社会的悲剧精神的书写,这是"社会悲剧"或"环境悲剧"。这两类悲剧的一个共同之处就在于,悲剧的产生源于某种外在因素的过失:命运悲剧出于命运无常、偶然的特点,是命运的过失酿成了悲剧;在社会悲剧中,社会这一大环境要为主人公的悲剧负责。在悲剧创作中,命运和社会构成了悲剧的主要原因,而悲剧的崇高感正是在对抗这两者的胜利中、在"善战胜恶的胜利"中得以凸显。(Myers,1956:6)然而,社会生活中的矛盾冲突并非都存在于"善"、"恶"之间,体现为个人与某种实体的对立,有时更深入地存在于精神层面,表现为两种伦理间的冲突。

"伦理"(ethics)一词源自古希腊语 ethos,指的是"传统、习俗或习惯用法"。(Larimer, 2004: 17)在黑格尔《法哲学原理》(*Philosophy of Right*, 1821)的"伦理篇"中,伦理被解释为"成为现存世界和自我意识的本性的那种自由的概念"。(Hegel, 1967: 165)在黑格尔看来,伦理是"一种本质上普遍的东西",是"自由的理念",是"活的善"。(Hegel, 1967: 164)斯坦福哲学教授亚伦·伍德(Allen Wood)在《黑格尔的伦理思想》(*Hegel's Ethical Thought*, 1990)中对黑格尔的伦理进行深入阐述,认为伦理有"客观的方面"与"主观的方面"。伦理的客观方面指的是某种社会秩序或"现存世界"的形式,而其主观的方面指的是某种主观情绪或个人的"自我意识"。(Wood, 1990: 140-145)也就是说,伦理既可以表现为某种社会理念或者秩序规范,也可以具体到个人身上,体现为个人的自我道德与自我行为规范。美国当代学者路易·拉里莫(Louie Larimer)将伦理定义为"普遍被接受的原则、判断是非、善恶观以及道德观",并进而将伦理分为五个层次,即"个人伦理"(personal ethics)、"文化伦理"(cultural ethics)、"社会伦理"(societal ethics)、"职业伦理"(professional ethics)以及"组织伦理"(organizational ethics)。拉里莫认为:"个人内在的是非观与社会的、文化的、职业的或组织的伦理观念或信仰相冲突"就会导致伦理困境(ethical dilemma)。并且,伦理冲突"也存在于个人对错观相互间的冲突"。(Larimer, 2004: 17-22)

在黑格尔看来,两种对立的理想或"伦理力量"的冲突与和解构成了伦理悲剧。这种悲剧与命运悲剧和社会悲剧所不同的是,它体现出心灵或精神的差异。具体而言,就是作为个体的悲剧主人公们都持各自的伦理规范,代表着一种个别的"伦理力量",这种个别性就决定了他们在行动时所必然具有的片面性,因此在与他人所代表的伦理力量相接触时必然会产生冲突与矛盾。这种不同个体所代表的矛盾、对立的伦理力量的不同就是黑格尔所说的"精神或心灵的差异"。(转引自 Bradley, 1904: 105)精神的差异使得冲突的双方都站在各自的立场上力图维护自己的伦理理想、消减对方的伦理力量,伦理悲剧正是在对某一伦理力量的偏执中产生。然而,区别于命运悲剧与社会悲剧的是,在这种悲剧中要做出谁是谁非的评判是不可能的,因为冲突的双方都是在各自"片面"的伦理理想的指引下做出否定对方这一"合理"的行为,在黑格尔看来,这就是伦理悲剧中"片面的合理性",是"善"的体现。黑格尔伦理悲剧的核心也因此被视为"善善"之间的冲突对立。美国剧作家莱昂内尔·阿贝尔(Lionel Abel)在《是否真有人生悲剧感?》("Is There a Tragic View of Life?")一文中引用黑格尔的理论说道,"悲剧的原因是什么呢? 黑格尔早已肯定,那是两种互相冲突的善与善之间的斗争……只有两种合理力量发生冲突,才能毁灭悲剧主角"。(Abel, 1981: 58)雷蒙·威廉斯在《现代悲剧》中也强调了冲突的普遍性以及行为个体的片面性,肯定了伦理悲剧中合理而善的一面,他指出:"道德上普普通通的人物……为各自不同的处境所驱使,眼睁睁地故意尽力伤害对方,其中没有一方是全错。"(Williams, 2006: 53)

在伦理悲剧的理解上,叔本华也有着与黑格尔类似的观点。叔本华区分了三种悲剧类型。其中第一种是由邪恶者造成的悲剧。如莎士比亚悲剧中的理查三世、《奥赛罗》中的奥古以及《威尼斯商人》中的夏洛克等都是悲剧的原因。第二种是由盲目的命运,即偶然和失误所造成的悲剧,如索福克勒斯《俄狄浦斯王》等古希腊悲剧中命运是人物悲剧的根源。第三种悲剧原因则在于剧中人物彼此立场不同所造成的对立关系。叔本华虽然不赞同黑格尔所谓"片面的合理性",但他也认为悲剧常常发生在那些各自都无辜似乎都有罪的人之间。他们并非大奸大恶之人,也不是受命运的摆布,他们之间的对立出于各自不同的伦理理想。他们为这种不同的处境所迫,眼睁睁看到互为对方制造灾祸,但不能简单地将过错归咎于其中一方。叔本华认为莎士比亚的《哈姆雷特》中哈姆雷特与奥菲利亚一家的冲突以及歌德《浮士德》中玛格丽特和她兄弟之间的冲突都是这类悲剧。在三种悲剧类型中,叔本华也最推崇第三类悲剧,因为这类悲剧并非"把灾难与不幸当作一个例外摆放在观众面前,它的悲惨不是由于罕有的情况或异常狠毒的人物,而是由于一种人的行为和性格中轻易而自发的、人的本质上所产生的东西"。(Schopenhauer, 2008:186)叔本华对伦理悲剧的推崇赞扬了这一悲剧对"人的本质"的挖掘以及因此所拥有的更为广泛的普世性。

在伦理悲剧中,悲剧冲突的双方往往并无明显过错:双方都遵循着各自的伦理规范,进行各种合乎情理的活动。但正是这种站在双方立场上都合乎情理的行为在对立时产生不可避免的冲突,并引起悲剧人物最终毁灭的悲惨结局。欧茨在《大瀑布》中生动呈现了20世纪50年代美国人面临的种种伦理冲突,是伦理悲剧的最好体现。小说中一个个在伦理冲突下惨遭压迫、备受煎熬却又英勇不屈、奋起反抗的悲剧英雄,合奏了一曲悲壮而振奋人心的悲剧之歌。

第一节 "善"与"对"的伦理冲突

黑格尔将"善善"冲突视为伦理悲剧的核心,美国实用主义哲学家西德尼·胡克(Sidney Hook)则将该理论往前推进了一步。在《实用主义和悲剧人生观》(*Pragmatism and the Tragic Sense of Life*, 1974)中,胡克将黑格尔因心灵分裂而产生的伦理悲剧冲突细分为三类:善与善的冲突;善与对的冲突;对与对的冲突。这三类冲突中,"善"(goodness)指的是与个体利益相关联,而"对"(righteousness)则与有约束性的集体要求和规则相关。(Hook, 1965:63)作为反映个体与集体诉求的两种伦理,"善"与"对"具有同等珍贵的价值,它们在互相对立与冲突下的毁灭则更添悲剧效果。

马克思·舍勒在《论悲剧性》一文中认为：

> 某种价值必定遭到破坏，这样才能属于悲剧性的范畴……而悲剧性更为显而易见则是一种具有纯粹价值的对象产生一种力量去破坏更高贵的纯粹价值体。再则就是具有同等高贵价值的对象互相摧残和毁灭时，悲剧性就会表现得更为纯粹和鲜明。(Scheler, 1965: 6)

在舍勒看来，同等珍贵的价值与价值之间的冲突和毁灭最有悲剧效果和悲剧性，更容易引起人们内心的崇高感。

《大瀑布》中的伦理冲突正是胡克理论中"善"与"对"冲突的最佳体现。这两种具有"同等高贵价值"的冲突力量分别体现为吉尔伯特·厄尔斯金（Gilbert Erskine）的同性恋情结与其宗教信仰、信仰与科学以及德克·波纳比（Dirk Burnaby）的道德良知与弥漫整个美国社会的个人主义伦理。

一、同性恋情结与宗教信仰的对立

《大瀑布》以一起轰动整个美国的自杀事件为开端。1950年6月12日清晨，新婚第一天的阿莉亚从梦中惊醒，发现自己的丈夫吉尔伯特不在身边。四处遍寻丈夫不得时，阿莉亚却意外地从旅店工作人员处听到丈夫跳入尼亚加拉大瀑布自杀身亡的噩耗，此时距离他们结婚还不到21个小时。新婚所象征的幸福与自杀所象征的悲惨在欧茨笔下被联系在了一起，构成了"大喜"与"大悲"的对立，产生了强烈的戏剧冲击。

毋庸置疑，生命是宝贵的，吉尔伯特生命的丧失因而象征着人最高价值体的丧失。在人类发展的初始阶段，原始人类就已然形成朴素的生命崇拜观。受制于低下的生产力水平，原始人类常常要与疾病、饥饿、野兽做斗争,生命往往得不到保障。在这种时刻担心死亡的背景之下,生命自然被视为极为稀少的珍贵之物。宗教产生后,宗教神学的生命神圣观也应运而生,人的生命作为"上帝的创造"而被视为神圣不可侵犯。14世纪,推翻神权、聚焦于人的文艺复兴运动将人视为万物之灵,对封建制度摧残人生命的制度与行为提出了强烈批判。可以说,对生命的珍惜与尊重贯穿于整个人类发展史。马克思曾高度赞扬人的生命,认为"人类历史的首要前提是有生命的人的存在"。(Marx,2004:156)在此背景下,吉尔伯特之死不禁让人心生愧叹,感慨价值被无情地摧毁。不仅如此,欧茨在叙述吉尔伯特跳下大瀑布的那一瞬间,更是极尽所能地展开细致书写,凸显出死亡的惨烈。在她笔下,吉尔伯特越过大瀑布的栏杆,跳入滚滚洪流之中:

> 瞬间即被奔涌的大浪横扫向前,威力之大如同机动车一般,一眨眼的功夫,他的头颅便被撞得粉碎……也就在瞬间的十秒钟内,他的心脏停止了跳动,就像一只机械零件被撞碎了的钟表。他的脊骨咔嚓一声折断了,折断了,像风干了的火鸡被欢笑雀跃的孩子们折断了胸叉骨一样,他的身体好似破玩具般被死沉沉地甩到马蹄瀑布脚下,撞到岩石上被抛向空中,又被滚滚漩涡和闪烁着的微型彩虹吸到水下,起起伏伏。(TF,38-39)

死亡的惨烈,更加增添了其给人带来的恐惧与怜悯,让人在无比惋惜年轻而宝贵生命终结的同时也会心生疑问,究竟是什么促使这位新婚的丈夫抛弃自己的妻子、选择自杀呢?事实上,吉尔伯特的悲惨死亡是他同性恋情结与宗教信仰这对不可调和的伦理矛盾相冲突的必然结局。

吉尔伯特是位年轻有为的牧师,然而同性恋情结使得这位有着远大前程的牧师焦虑不已。在奥尔巴尼神学院学习时吉尔伯特就被众人称为"天才",是班上的尖子生,毕业时更是取得了第一名的成绩。为此,神学院还送了一辆新车给他以资奖励。毕业后,年仅27岁的吉尔伯特在纽约州帕尔米拉城中拥有了属于自己的教堂,成为众人敬仰、前途无限的长老会牧师。身为牧师的吉尔伯特曾虔诚地信仰上帝,相信自己成为牧师正是上帝的旨意,因此决定倾其一生致力于传播主的福音这项事业。然而,在这位志向远大、年轻有为的牧师内心深处,却有着令他极为不齿、羞愧难当的秘密,强烈地冲击着他虔诚的宗教信仰。这个秘密就是吉尔伯特是位同性恋者,与同为神学院学生的道格拉斯相互爱恋。

在同性恋情结的影响下,吉尔伯特多年来一直排斥女性,认为她们是"扭捏假笑、卖弄风情的愚蠢女人"。在吉尔伯特眼中,这些女人想方设法要结婚,成群结队急不可耐地向男人乞求订婚;不顾廉耻地贪求一只戒指戴在手上,然后就可以自豪地向众人炫耀。(TF, 22)对于吉尔伯特而言,没有女性能与他彼此了解、心意相通,真正与他心心相印的只有道格拉斯。他和道格拉斯分享着共同的志趣爱好,在神学院学习时常常激动地促膝长谈到深夜;他们一起下象棋,一起徒步旅行,在页岩丰富的峡谷和河床寻找化石;只有道格拉斯才会亲昵地称呼吉尔伯特为"吉尔",也只有道格拉斯理解吉尔伯特最真实的自我。

然而,可悲的是,吉尔伯特的同性恋行为与他的基督教信仰发生了激烈的冲突。基督教的伦理规范严厉禁止同性恋,视之为异端;吉尔伯特的同性恋情结又阻止他接受基督教教义规定的异性恋模式。两者的对立构成了激烈的伦理冲突,使得吉尔伯特面临精神崩溃的境地。在伦理学看来,宗教绝不仅仅是一种神圣的信仰,更包含了一套道德伦理的规范体系。如同社会生活中的政治伦理、经济伦理等,宗教是一种独立的道德伦理形式。宗教信条、教义以及各种活动仪式等传达给信徒们的正是这种伦理道德准则,这些准则规定了对与错、善与恶,进而引导并约束着信徒们的行为举止。日本宗教思想家池田大作(Ikeda Daisaku)在与牛津大学宗教社会学教授布莱恩·威尔森(Brian Wilson)的对话录《变化世界中的人类价值》(*Human Values in A Changing World*, 2008)中认为宗教在现实社会中表现出强大的影响力,其根源"就在于它的道德规范"。不仅如此,"伦理道德规范还是宗教的坚实基础"。(Daisaku, 2008: 214)

在吉尔伯特生活的 20 世纪 50 年代,基督教伦理体系将同性恋行为视为极大的罪恶,同性恋者因而是社会异端。根据基督教教义,人死后将有机会得到上帝的拯救从而升入天堂,但同性恋者因违反上帝的旨意得不到上帝的宽恕和拯救,所有同性恋者在死后都注定要下地狱。在《创世纪》(*Genesis*)第 19 章的记载中,上帝派两名使者到索多玛城(Sodom),这两名神圣的使者却被当地的同性恋者调戏羞辱,盛怒下的上帝因而毁掉了这座罪恶之城。因此,在此后一千多年的基督教伦理体系中,同性恋行为一直被视为对上帝的冒犯和亵渎。当然,对于基督教伦理排斥同性恋的原因还有其他解释。其一是:上帝在伊甸园创造了人类的始祖亚当,然后用他的一根肋骨创造了夏娃。亚当和夏娃便作为上帝为人类所规定的婚姻规范,成为后世人要遵循的家庭模式。其二,由于人类的始祖偷吃禁果犯下原罪,上帝将他们逐出伊甸园,并让夏娃繁衍后代,增加她怀孕时的痛苦作为惩罚。因此,女性的怀孕生育不仅出于自然的繁衍后代的职责,更是为先祖所犯罪过的赎罪。同性恋无法孕育后代,也无法接受上帝的惩罚,故而是对上帝的大不敬。其三:基于古代的生殖崇拜,基督教伦理认为同性恋的无法生育是"对既存价值观念的威胁,会损害婚姻和家庭的繁衍功能"。(Gill, 1998: 23)基于以上种种原因,基督教坚信同性恋是社会异端,有违上帝旨意,因而在其伦理规范中严格禁止同性恋行为。在摩西五经的《利未记》(*Leviticus*)中明确记载着禁止同性恋的训示:"不可和男人同寝,像和女人同寝一样;那是可恶的。"而对于犯了同性恋罪过的人,按照训示都"必须被处死,流他们血的罪恶归到他们自己身上",视同性恋行为是"可恶的行为"。在基督教经典《哥林多书》(*Corinthians*)中,同性恋者与私通者(fornicators)、盲目崇拜者(idolators)、通奸者(adulterers)以及窃贼(thieves)永世不得进入天堂。(Talbert,2002:12)中世纪伟大的神学家圣托马斯·阿奎那(St. Thomas Aquinas)在著作《神学大全》(*Catholic Encyclopedia*)中认为同性恋完全受欲望的驱使,不符合人的本性,它"违反了性行为造福人类的自然规律,实为不规之恶"。(Aquinas,1973:112)可以说,从公元2世纪到20世纪60年代初,基督教对同性恋行为始终持否定的态度,并且对该行为进行严厉的制裁。

在基督教否定同性恋的伦理规范下,同性恋在社会中无疑成为异性恋强势统治下的悲剧人物。早在中世纪时,同性恋被视为一种"原罪"(sin)。在16至18世纪,同性恋是一种"罪行"(crime),犯有同性性行为的人都要被判罪并施以重刑。到了19世纪,随着近代科学的发展,医学将同性恋归为一种精神疾病,精神医师甚至尝试用电击、注射激素等手段企图对同性恋者进行治疗以使他们改变性向。直到1973年,美国精神医学会(American Psychiatric Association)才将同性恋从精神病列表中除去。(Diamant,1987:1-15)虽然20世纪60年代轰轰烈烈的"同性恋解放运动"(Gay Liberation Movement)取得了不凡的成就,为同性恋者争取了大量合法权利,但直至今日,美国社会的主流舆论对于同性恋仍然持鄙视和排斥的态度,同性恋者依然是从属于美国社会的边缘化群体。(Tyson,1999:320)在吉尔伯特生活的20世纪50年代,同性恋遭受歧视的现象尤为严重,欧茨曾在采访中说道:"同性恋解放的概念和同性恋情在那时尚未得到认可,并且被认为是一种精神疾病。"(Oates,2005:13)

不仅如此,同性恋被视为危及他人安全的社会异类,遭到政府权力机构的全面打压与迫害。1953年,艾森豪威尔总统下令禁止同性恋者在政府和军队中任职,并且将这项禁令扩大到社会企业中,禁止一些企业雇用同性恋者为职员。在麦卡锡白色恐怖盛行的时期,同性恋者被等同于共产主义分子,同性恋是斯大林输出共产主义计划的一部分。在这一背景下,同性恋者被大批解雇,这些被解雇者的数量远远超出麦卡锡严厉打击的"赤色分子"。(Johnson,2006:132)这种猛烈打压同性恋者的整治行动造成了美国历史上著名的"紫色恐慌"(Lavender Scare)①。在这种恐慌中,有同性恋倾向的人大多被人们认为变态或病态、怪异而被边缘化。许多同性恋者为了保全性命,不得不遵从社会规范,掩饰自己的同性恋倾向。一位女同性恋者在回顾那段恐怖时期时说:"在美国,女同性恋者总是会遇到各种麻烦,但20世纪50年代的确是同性恋者最艰难的时光。"(Harvey,1993:175)

身为上帝旨意传播者的牧师,吉尔伯特对于强烈否定同性恋的基督教伦理规定自然了然于心,他对自己的行为感到羞愧无比,多年的信仰熏陶使他不得不承认自己的罪恶,将自己视为上帝的罪人。为了掩饰自己的罪恶,吉尔伯特在父母的安排下娶了阿莉亚为妻。他不断地在内心说服自己会爱上妻子,企图用与阿莉亚的婚姻回归到人们所认为的"正常生活"中,试图用婚姻来扭转自己的性取向。然而同性恋的情结妨碍了他正常的性生活,在新婚之夜,面对自己的新娘,吉尔伯特感到的并非幸福,而是深深的厌恶。在他眼中,妻子像"鹳鸟一样笨拙难看",她那"病态青肿的身体"以

---

① 美国政治家埃弗雷特·德克森(Everett Dirksen)曾多次用"紫色青年"(lavender lads)一词指代同性恋者,紫色因此被与同性恋联系在一起。20世纪50年代美国对同性恋施加迫害并因此在全国造成对同性恋的严重恐慌,这种恐惧被称为"紫色恐慌",与麦卡锡主义严厉打击共产主义者所造成的"红色恐慌"(red scare)相对应。

及布满星星点点斑点的苍白皮肤都不由自主地令吉尔伯特感到反感与厌恶,他甚至不止一次地萌生出将这个睡在自己身旁的女人扼死的念头:

> 他看到,她仰面躺着好像从很高处落下的姿势,了无知觉,全无意识。她面带惊愕的表情,双臂向上,嘴像鱼的嘴一样张着,呼吸在口腔后部被阻碍住后发出了湿漉漉的摩擦声,看上去像傻瓜一样。这副姿势激怒了他,他真想用双手卡着她的喉咙用力挤压。(TF, 27)

同性恋情结让吉尔伯特无法忍受与阿莉亚同床共枕,他意识到通过婚姻让自己接受异性这一出发点是多么荒谬。事实证明,他无法爱上任何女人,他在内心不停地祈祷:"上帝帮帮我,我已经尽力了,我只能爱你。"(TF, 26)同性恋情结成为吉尔伯特接受上帝所安排的异性婚恋模式的障碍,与吉尔伯特的宗教信仰构成强烈冲突。在基督教信仰与同性恋情结这两个冲突的伦理力量不断的斗争中,吉尔伯特不断挣扎、忍受巨大的痛苦,陷入了悲剧性生存困境。

二、宗教信仰与科学的矛盾

同性恋情结与宗教信仰之间的冲突横亘在吉尔伯特的心头,不断折磨着这位年轻的牧师。然而,更让吉尔伯特焦虑不安、苦闷疑虑的是心中对上帝的信仰与科学事实之间的矛盾对立。

自中世纪末期开始,宗教与科学之间便一直是水火不容的对立关系。基督教教义中规定:信徒必须笃信上帝,将《圣经》以及既定经典奉为至高权威与绝对真理,其真实性不容置疑。对于世间万事万物的解释,宗教转向《圣经》等神学经典寻求答案。近代科学则主张抛弃绝对真理,鼓励人们追求客观真理。因此,近代科学的发展过程是不断对既有知识修正、完善、去伪存真的过程。一个宣扬绝对真理,一个主张绝对真理的消解,宗教与科学面临着真理观上的根本对立。正是基于这种对立,宗教与科学之间的冲突不断产生。1543年,尼古拉·哥白尼(Nicolaus Copernicus)提出的"日心说"否定了希腊学者托勒密(Claudius Ptolemy)的"地心说",认为地球只是宇宙间一颗普通行星,围绕着太阳进行公转与自转。这一学说颠覆了基督教神学中关于地球是上帝创造出来的,是宇宙的中心这一向来被奉为绝对真理的荒谬结论。"日心说"因此被视为"异端邪说"遭到教会的严厉打击,哥白尼及其追随者伽利略(Galileo Galilei)、布鲁诺(Giordano Bruno)等人无不惨遭教会的迫害。在解剖学与生理学领域,比利时医生维萨里斯(Andreas Vesalius)于1543年通过解剖发现,男女身上的肋骨数量是一样的,都是12对,这一发现无疑对基督教神学中上帝用亚当身上的一根肋骨造出夏娃的论述产生了极大冲击。1859年,英国生物学家达尔文(Charles Darwin)在《物种起源》(*The Origin of Species*)中提出的"进化论"更是直接推翻了《圣经》中上帝造人的经典论述,强烈动摇了宗教神学的理论基础。宗教与科学之间的对立与冲突在美国科学家与哲学家约翰·德雷珀(John William Draper)的《宗教与科学的冲突史》(*History of the Conflict Between Religion and Science*, 1874)以及美国学者安德鲁·怀特(Andrew Dickson White)的《基督教国家的科学与神学战争史》(*A History of the Warfare of Science with Theology in Christendom*, 1896)得到了较全面的论述。

作为一名虔诚的基督徒与身处20世纪50年代的现代人,吉尔伯特同时被宗教与科学这两种对立的伦理力量牵扯。吉尔伯特从小就喜欢在页岩丰富的峡谷和河床中寻找化石,在神学院学习时,更是经常与道格拉斯一起走上寻找化石的漫漫征程。对吉尔伯特而言,这些被树叶覆盖的精美遗迹记载着一个失落和难以想象的人类史前的时代。如其他艺术品一样，这些化石让人们对数百万年前的生物有一个骨骼的印象，从这些化石中，吉尔伯特了解到史前6500万年前的生物演变。然而，神学院的基督教教义又告诉他《创世纪》的历史仅有6000年。既然上帝在6000年前仅用了七天时间来创造世界，那么又如何解释有着6500万年历史的化石呢？与吉尔伯特同样身为牧师的父亲从基督教教义的绝对真理来解释宗教与科学之间的矛盾，认为这些化石是魔鬼用以"引诱、误导着人类，使人怀疑上帝以及创世纪的真实性"。(TF, 30)于他而言，上帝的权威与《创世纪》的真实性不容置疑，任何与之相对立的现象都被冠以魔鬼的"蛊惑"、异端邪说的罪名。在谈及宗教与科学之间的冲突时，他曾坚定地告诫吉尔伯特说，"科学是个错误，把宗教肤浅化了"。在他看来，"只有深刻持久的信仰才是最终至关重要的事情"。(TF, 30)然而，思想开放不随意盲从的吉尔伯特对此产生了质疑。在搜集化石的过程中，吉尔伯特认识了许多业已灭绝的物种，这些化石引起吉尔伯特的深思，开始质疑上帝创造世间万物的动机与目的。他常常在内心自我诘问：

> 是不是世界上百分之九十九的曾经存活的物种，包括植物群和动物群，都已经开始灭绝并且还在不断地走向毁灭？每天都如此？这是不是真的？为什么上帝创造这么多的生物，难道就是让它们为了生存而疯狂的自相残杀，最终全部都灰飞烟灭吗？人类有一天也会消失得无影无踪吗？这也是上帝的计划吗？(TF, 30)

20世纪50年代，达尔文的"进化论"历经一个世纪的发展早已深入人心，"物竞天择，适者生存"的理念成为物种灭绝的最合理解释。然而，这种残忍的"丛林法则"所呈现的是自然界生物自相残杀的残酷,这无疑质疑了《创世纪》中仁慈善良的上帝创造万物的动机。身为牧师和化石爱好者,吉尔伯特在内心深处难以调和其宗教信仰与科学事实这两种伦理之间的矛盾。在情感上,吉尔伯特倾向于相信上帝的存在,认为自己成为一名牧师正是上帝的旨意。而从理性上,他又倾向于达尔文的进化论,认为世间的万物都是自然进化而成,带有极强的偶然性和盲目性,并非由上帝有计划地创造。吉尔伯特积极与神学院的老师们探讨 6000 年与 6500 万年的矛盾,却得不到任何有说服力的解释。对于科学与信仰之间的冲突,道格拉斯选择忽视这一矛盾,坚信"信仰是一种日复一日、很实际的事情"。在他看来,他"不会怀疑上帝和耶稣的存在,就像我不会怀疑我的家人或是你的存在一样"。(TF, 30)而有主见、不盲目的吉尔伯特无法忽视这一冲突,如同渴望变得有知的人类始祖一样,他迫切渴望解决这一冲突,在他看来:"信仰如果是建立在无知的基础之上,那么拥有它又有何意义呢? 我不要无知,我想有知。"(TF, 30)吉尔伯特内心信仰与科学的分裂使他对于信仰既怀疑又抱有希望,对于科学既相信又拒绝靠近。如加缪所言,"人处于不满的状态,既是斗士,又不知所措;既怀有绝对的希望,又持彻底怀疑的态度,因而生活在悲剧的氛围中"。(Camus,1955:26-30)吉尔伯特正是在信仰与科学的冲突与对立中沉浸在悲剧的氛围里。吉尔伯特相信上帝赋予他的特殊使命就是解决科学事实与《创世纪》关于上帝创世之间的矛盾冲突,但可悲的是,即使在生命的尽头,吉尔伯特也未能解决这一冲突。

三、道德与狭隘个人主义的冲突

阿莉亚的第二任丈夫德克是位事业有成的律师,在其事业发展的最巅峰却被卷入一起涉及公众利益以及政府、企业黑幕的"爱的运河"(Love Canal)①诉讼案中。出于未泯灭的良心,德克英勇地挺身而出,为伸张正义、揭露政府与企业官商勾结置普通民众的安危于不顾的真相而奔走取证。最终,在与邪恶势力抗争的过程中因势单力薄而失败。当德克驱车行驶在尼亚加拉大瀑布的高速公路上时,一辆卡车与一辆警车合伙将他的车挤下了大瀑布。德克为伸张正义付出了生命的代价。在生命的尽头,德克惊恐不已:

> 他们要杀我。他们根本不认识我!……不是现在。我还有很多工作要做。我还年轻。我爱我的妻子。我爱我的家庭。如果你了解我的话!警车挤进了德克的车道。德克按响喇叭,喊叫着,咒骂着。他感到膀胱在收缩。他的体内充满了肾上腺激素,就像氪酸一样。(TF, 270)

如果说吉尔伯特的死因其惨烈而让人震惊、恐惧,那么德克的死则让人充满惋惜与悲愤。一位事业有成、前途无量的律师,有着心爱的妻子与幸福的家庭,却在外在暴力的迫使下失去宝贵的生命,留下未竟的事业,这无疑极为悲惨、令人唏嘘。而德克临死前心有不甘的挣扎与恐惧更增添了这份悲惨。

表面看来,德克的悲剧是出社会悲剧,美国黑暗的司法制度与官商勾结的社会现状是造成德克悲惨结局的主要原因。然而从更深层

---

① 爱的运河也译作"乐甫运河",位于纽约州北部,原先是一处化学物质填埋场,1953年政府隐瞒了这一事实将其改建为居民区。此后当地居民发现该地区常发出莫名其妙的恶臭并挖掘出很多不明物质,更可怕的是,当地居民的癌症发病率、孕妇流产率以及新生儿出生缺陷率都比其他地方高出很多。多年来,当地居民多次向美国当局反映情况,结果却往往石沉大海。1978年,一位名为罗伊斯·玛丽·吉卜斯的妇女组织了大规模请愿抗议行动,引起了整个美国社会的关注。在这一压力下,美国政府被迫承认爱的运河地区污染超标,并将该地区居民妥善安置。吉布斯之后出版《爱的运河:我的故事》(1982)和《爱的运河:后续故事》(1998)记录这一事件,而欧茨在《大瀑布》的前言中说明写作时参考了这两本书。

次来看，美国社会核心价值观个人主义才是酿成德克惨剧的根本原因。作为一名有良知的律师，德克在道德与自我善良意志的指引下向深深植根于美国社会的个人主义发起挑战。由于个人主义的太过强大，德克的抗争最终失败，但他那"明知不可为而为之"的逆进型精神在失败中绽放出了人性的光辉，展现出悲剧气概。

自美国独立以来，个人主义一直都是美国社会主导价值观，是美国文化的核心。它所宣扬的个人自由、平等、个人价值以及对个人利益的重视深深植根于一代代美国人的思想理念中，成为他们最珍视的价值观。1994年版的《韦氏百科未删节英语词典》对"个人主义"词条的注解为：

> 一种宣扬自由、权利或个人独立行为的社会理论；一种独立思索、自主行为的原则或习惯；追求自我利益，而非集体或共同利益；同自我主义；一种信条，认为只有个人的事情才是真实的，认为一切行动都取决于个人利益，而非人类大众利益的信条。
> (Random House, 1994：1176)

小说中，阿莉亚是这种独立、自主、追求自我价值的个人主义的化身。在第一任丈夫吉尔伯特自杀后，阿莉亚不听任何人的劝阻，在瀑布边坚守了七天七夜，每天六点钟就赶赴瀑布现场加入搜寻的行列中，直到打捞员将抛弃她的丈夫的尸体找到为止。这种坚定的意志让所有人钦佩不已，也因此获得了德克的尊敬与爱。因为在他的一生之中，还未遇到过那样坚强的意志，那种意志"使她坚守在那里，而且很清楚原因。噩梦在她身外，在这世界上。她必须征服它，否则无路可走"。(*TF*, 74)

阿莉亚这种个人主义精神还体现在其第二次婚姻中。德克是位事业有成、家境富裕的律师，她完全可以在家做一名贤妻良母，享受安逸的生活，但她拒绝这样做，甚至不顾丈夫的反对和旁人的流言蜚语，坚持做一名家庭钢琴教师。微薄的收入招来了朋友的讥笑，但她用这样的行为保持了自己在经济上与精神上的独立性。当被问起为何要坚持工作时，阿莉亚这样回答："我是为日后做准备啊，万一德克把我抛弃了或是他出了什么意外，那时我必须要养活自己和孩子们啊。"(TF, 211)个人主义的自我奋斗、自由独立的特点在阿莉亚身上得到了最好体现。

在美国建国初期，个人主义所宣扬的自由、平等、个人奋斗以及对个人权利的注重无疑对美国历史的发展起到了促进作用，是美国社会的发展动力。然而到了20世纪，随着现代人对物质财富的盲目追逐，个人主义日渐暴露出其消极、颓废的一面，更加注重自我利益的获得，而失去了之前对自立、自我价值的强调。有学者认为，"如果让每个人自由行动的话，那么归根到底会是为他自己的真正利益而行动"。(Dicey, 1962: 125)这种狭隘、自我的价值观对人际关系产生了极大影响：人与人之间丧失了同情和怜悯，日渐变得生疏和冷漠，成为"一群可以自由行动的机器之间的关系"。(Fromm, 1956: 38)事实上，早在19世纪，最早提出"个人主义"一词的法国政论思想家托克维尔(Alexis de Tocqueville)就意识到个人主义狭隘、自私的一面，在著作《论美国的民主》(*Democracy in America*, 1969)中谴责了只注重个人自我、局限于家庭和朋友圈这样的行为。(Tocqueville, 1969: 506)

20世纪50年代至60年代初，自私狭隘的个人主义在美国迅速蔓延。历经战争劫难、经济危机的美国在经济上再度腾飞，取得了物质上的极大繁荣。然而，激烈的市场竞争与金钱角逐使得美国人逐渐抛弃了友爱、互助的传统道德观，后来的麦卡锡主义白色恐怖更使得美国民众人人自危，无暇顾及自我以外的他人，狭隘、自我的个人主义得以迅速蔓延。在这种个人主义价值观的影响下，美国人将生活重心转向家庭以及朋友圈,对这个小圈子之外的世界漠不关心、对他人的疾苦视而不见。

个人主义狭隘、自私的一面同样也反映在阿莉亚身上。阿莉亚的生活圈极其狭小,她所有的活动都发生在她与德克的小家庭之内。在小说中,她没有朋友,和父母也没有任何联系,于她而言,德克和三个孩子是她生活的全部。由于第一任丈夫吉尔伯特的自杀,阿莉亚比任何人都更加渴望安定的家庭和稳定的婚姻,在面对德克时,阿莉亚常会害怕他会突然死掉,比如心脏病突发、车祸,害怕他会像第一个丈夫那样"消失"、"蒸发"。她无比珍惜现有的幸福,坚信"家庭是这世上的一切"。(*TF*, 193)因此,当德克因为"爱的运河"诉讼案日夜奔波、四处取证而忽略了家庭时,阿莉亚感到深深的愤怒,认为是丈夫移情别恋,成为家庭的叛徒。当德克声称自己没有移情别恋,他最爱的仍然是阿莉亚和孩子们时,阿莉亚却反驳:"但是你现在正危及我们。你正在危及我们的婚姻。我们的家庭。"(*TF*, 242)当德克让她同情那些因为"爱的运河"污染而身染疾病、年轻早亡的可怜人时,阿莉亚认为那些人的悲惨发生在远离他们所生活的地方,已经超乎她的生活圈,因此她根本无须在乎。从自己的利益出发,她不无冷血地说:

> 我没有见过他们。我也不打算见他们。我和他们没有任何关系,他们也不关我什么事。在中国、印度,还有非洲到处都是挨饿的人。我必须要照顾我自己的孩子,我必须保护我自己的孩子。他们是第一位的——其他的我什么也不想管!(*TF*, 243)

阿莉亚的个人主义与德克的职业道德以及社会责任感产生强烈的冲突,造成了本来美满的婚姻的破裂。在劝说德克放弃诉讼无果后,阿莉亚深信德克与"爱的运河"诉讼者妮娜（Nina Olshaker）通奸的传闻，将德克赶出了家门。站在家庭的立场上，阿莉亚对德克的指责无可厚非。在个人主义价值观指导下的美国人大多是从自身切身利益出发去考察身边的一切：在面对"爱的运河"环境污染案时，阿莉亚觉得既然自己的家人没有受到影响，就与自己无关。德克的母亲克劳丁·波纳比（Claudine Burnaby）则坚持认为像妮娜这种人并不存在，即使真的存在，"和我们又有什么关系呢？"（*TF*, 203）即使是最先发起诉讼的妮娜，也是在深受污染影响后，从自身利益出发，为了家人和自己的健康才向相关部门提起控诉。然而，德克从自我良心、伦理道德的立场对"爱的运河"诉讼案的坚持与阿莉亚这种狭隘个人主义产生了不可调和的矛盾，这一矛盾让他在奔走取证的过程中还要分心处理与阿莉亚的关系，德克身心俱疲。

事实上，德克所面临的不仅是与阿莉亚所代表的狭隘个人主义的伦理冲突，在他的内心深处，也在承受着自我伦理分裂的折磨。在"爱的运河"诉讼案之前，德克与阿莉亚一样坚定地以自我、家庭为中心，从利己角度出发避免做出任何危害自己的事情。在受理"爱的运河"案件之前，德克多年的工作经验以及中产阶级固有的价值观就不止一次地告诫自己千万不要卷入这起案件之中。经验丰富的德克深知在爱的运河案件背后运作的不仅有排污企业，更联合了政府部门以及各种有权有势的机构，而妮娜要状告的正是这些权力部门和重要人物。在这些人中，很多都曾和德克有过交情，互相合作与利用。接手这起案件就意味着要与昔日的朋友为敌，面临着孤军作战的处境。不仅如此，这种诉讼注定是一场旷日持久的战争，到污染地调查、取证，证明污染与疾病之间的关联绝非轻而易举之事，而这其中所耗费的巨大精力以及巨额开销都是德克承担不起的。从任何角度而言，卷入"爱的运河"诉讼案都对自己百害而无一利。因此，德克作为一名律师的直觉与经验告诉自己"不能卷进去，不能为同情或是怜悯所动"。(TF, 188)为了坚定自己的决心,德克故作轻松地调侃自己,称"该死的我不会的,如果我做了,我就是一个傻瓜"。(TF, 191)在这种自我保护的个人主义价值观引导下,德克对妮娜总是刻意回避,拒绝接见,任由她在办公室外面无望地徘徊。在德克看来,接近妮娜就代表着危险,他甚至恐惧地将妮娜视为"兀鹫"一样,是充满威胁的存在。

然而,德克并非无情无义的冷血之徒,他善良的本质、正义感和社会责任感又不禁让他在情感上靠近妮娜。在朋友圈中,德克就是个众所周知的"基督徒":他出手阔绰,即使明知借给朋友的钱有借无还,他还是会伸出援手;面对一些无力支付诉讼费的下层社会客户,德克绝不会歧视他们,而是义无反顾地接受他们的诉讼申请;面对有些胜算不大的诉讼时,德克也并未因为会有损自己的声誉而拒绝受理,仍然会尽心尽力地为客户争取最大的权益。在阿莉亚因为第一任丈夫吉尔伯特的自杀而不眠不休地守候在大瀑布时,与她素不相识的德克给予了无私的帮助,为搜寻吉尔伯特的尸体出一份力。在一个雨夜,德克在街头偶遇妮娜母女,本着同情之心,德克开车载妮娜母女回家。当他来到妮娜家中,闻到空气中腐败的气息以及浓烈的消毒水的味道,看到墙壁上渗出的浓黑状不明液体,听到妮娜一家因为环境污染而接二连三发生的病变惨剧时,作为一名律师的正义感与道德感使德克对草菅人命、黑暗腐朽的政府机制产生难以名状的愤怒,并对自己一直所持有的利己个人主义价值观产生了强烈质疑。

在个人主义价值观与社会责任感与道德良心的冲突与分裂下,德克开始寝食难安、忍受着心灵上的强烈煎熬。妮娜那兀鹫一样的身影开始出现在德克的梦境中,而德克像受到惊吓的孩子般从梦中惊醒、大声地呜呜哭泣。他的身体战栗着,心脏像个钟摆似的沉重地敲击着,身体由于噩梦渗出阵阵冷汗。在俄国哲学家别林斯基看来,悲剧冲突的实质就在于"人心的自然欲望与道德责任或仅仅与不可克服的障碍之间的冲突、斗争"。(转引自 Bowen, 1958:105) 德克渴望安宁、继续过着自己悠闲舒适的中产阶级生活的自然欲望与他伸张正义的道德责任之间无疑构成了这一悲剧冲突,在利己的个人主义与利他的道德良心这两种伦理力量的分裂与冲突下,德克在精神上濒临彻底崩溃的境地,与吉尔伯特一样陷入悲剧性的生存困境中无法逃脱。

四、道德与极端利己主义的交锋

德克在内心道德与狭隘个人主义这两种对立的伦理力量的冲突下陷于两难的境地。然而,在"爱的运河"诉讼案中,德克面临的远不止与阿莉亚的冲突和自我内心的挣扎斗争,他更大的敌人是持极端自利的个人主义价值观的美国权力机构以及各种企业部门。

20世纪50年代至60年代初是美国历史上稳定而繁荣的时期,也是极端自利的个人主义价值观迅猛发展的时期。在经历了经济危机、大萧条等诸多磨难后的美国人开始在个人主义价值观的指引下热情洋溢地投入到实现自我价值的过程中。在政府自由放任政策的引导下,此时的社会成为美国人竞相追逐自我利益的"竞技场"。为了追求利益的最大化,美国人开始抛弃个人主义价值观中互助、友爱的方面,转而尊奉损人利己、唯利是图的信条。个人主义发展到极端,演变成自私自利、损人利己的"粗糙个人主义"(rugged individualism)、"猖狂个人主义"(rampant individualism)或"失控的个人主义"(uncontrolled individualism)。(Greenbie, 2011:2) 在这种极端利己主义价值观的指导下,人们为了获得自我利益不择手段,甚至不惜以牺牲他人利益为代价。这种价值观只关心个人财富的聚敛,对周围的社会与他人漠不关心,不顾他人的死活。托克维尔早已预见这一情景,并在《论美国的民主》中做出精辟的论述。他说:"在民主的队伍中,存在着这样一群人……他们从没期待能从其他人那里得到任何帮助,因此他们很明显地表现出极端利己的一面:只关心自己,不管他人死活。"(Tocqueville,1969:152)在黑格尔看来,这种不管他人死活的个人主义已经脱离了道德,成了恶。在《科学逻辑》(*The Science of Logic*,1812)一书中他说道:"每个人都在追求着各自的目标……当他对这目标极度追求时,他的偏执狭隘的自我便脱离了普遍,他便陷入恶了。"(Hegel,2010:102)为了谋取私利、获取高额经济回报,这些极端利己主义者无所不用其极。在美国历史学家亨利·康马杰(Henry Commager)看来,个人主义的"自由放任和自私自利"无疑让20世纪50年代整个美国社会仿佛置身于"一场由恐惧和嫉妒、造谣和中伤、羡慕和野心、贪婪和色情交织成的噩梦"中。(Commager,1950:230)

在这种自私自利、损人利己的个人主义价值观的指导下,尼亚加拉市的政府官员以及企业家们开始利用疯狂的开发建设,丝毫不在乎因此导致的环境污染对普通百姓所造成的罪恶后果。1936年至1952年间,市政府和斯万化学公司将垃圾、化学肥料以及有害物质倾倒入"爱的运河"。斯万公司在这里倾倒了成吨的垃圾,然后将处理废物的权利转手卖给了尼亚加拉市。40年代,尼亚加拉市又将这权利卖给了美国军队,他们在这里倾倒了数不清的有辐射的战争化学肥料。1953年,斯万公司停止向"爱的运河"倾倒垃圾,并用土将这些危险的肥料填埋了起来。接着将这条污染严重的运河以一美元的价格卖给了尼亚加拉教育委员会,而转卖的附加条件是斯万公司将永久性地免除承担任何因废料而造成的损失的责任。尼亚加拉教育委员会在获得这片地的所有权后不久就把地卖给了当地的房地产开发商,并在其上建立起了"科文庄园"以及一所小学。为了最大化地获取经济利益,排污企业采用了最节约成本的倾倒与填埋的方式来处理垃圾。同样,为了获得高额经济回报,尼亚加拉教育委员会对作为垃圾填埋地的"爱的运河"在没有做任何处理的情况下便将其高价卖给开发商。不仅如此,了解"爱的运河"内幕的人为了自身利益都不约而同地掩盖真相,对那些居住在剧毒废料垃圾之上的人因污染而患病、致死的惨剧视而不见。对金钱的追逐与自身利益的维护成为尼亚加拉政府和企业家们关注的中心,那些下层人只是有权有势阶层向上攀爬的垫脚石,他们的苦难自然无人问津、无人在乎。极端利己主义使得权势阶层道德沦丧、为了一己私利不惜践踏传统伦理道德,已然成为美国社会发展中的"毒瘤"。

权势阶层在极端利己主义价值观的引导下展开对经济利益的疯狂角逐,而社会底层的贫苦大众则成为这种价值观的牺牲品与受害者。妮娜与家人六年前搬到爱的运河旁的科文庄园,此后一桩桩怪事如噩梦般出现。妮娜的父亲死于肺气肿,死时年仅54岁。经检验,他的肺里散布很多铁屑,因此咳嗽的时候经常咳出血。接着便是妮娜的流产以及小女儿死于白血病,而年仅六岁的二女儿也食欲下降,体重下降,白细胞减少——与死去的小女儿症状相似,是白血病的前兆。这一件接一件的怪事让妮娜不得不考虑科文庄园的恶劣环境与这些怪事之间的联系。妮娜感觉到整个地区的空气中散发出灼人的气味;在很多居民的后院,都有一种恶心而古怪的黑泥渗出来,像油一般,却比油更浓稠;提供给居民的自来水里也有不对劲的味道;在学校里,那种黑色似油状的物体会从操场的裂缝中冒出来,孩子们在操场上玩耍时把眼睛和皮肤都灼伤了。

种种迹象都表明恶劣的生态环境是造成妮娜一家惨剧的罪魁祸首,但当地的健康部门矢口否定妮娜的推测。这些机构泯灭良心地声称空气中没有有毒物质,饮用水经化验也不存在任何有毒成分。他们将"科文庄园"居住者的疾病归因于"吸烟太多"、"饮酒过多",推卸责任。当妮娜向学校抱怨孩子们被有毒物质灼伤的手时,校长却轻描淡写地回答说:"让孩子们洗洗手就没事了。"(TF, 204)对于妮娜的调查取证,很多人将她拒之门外,还斥责妮娜"到处惹麻烦","搞反动宣传",甚至给妮娜扣上"赤色分子"的帽子。在"爱的运河"诉讼案中,为了各自的利益,美国权力机构与有钱有势的企业家勾结起来,形成了一张错综复杂的关系网,这张关系网牵涉到科学家、医生、护士、管理层人员,甚至还有教师和律师。这些人在形如"大屠杀"的案件中扮演了各种各样的角色。极端利己主义思想使得这张关系网中的人泯灭了良心,丧失了道德底线,成为追逐个人利益的冷血机器。

个人主义的自私性与唯利是图不仅表现为自我只专注个人利益,不顾他人的死活的冷血无情,还体现在人对自然环境的过度开发、环境保护意识的缺失。自欧洲人登上北美这块未经开发的处女地起,早期移民们就开始为了自我的生存不断地将土地当成征服和索取的对象。不同于印第安人对大自然的热爱和崇敬,早期移民将自然看作维持生存、牟取利益的工具,以统治者的姿态凌驾于自然之上。他们在这片蛮荒之地上修建铁路、建立工厂,并开始大规模的垦荒。在这些早期移民们看来,广袤的美洲大陆有着取之不尽、用之不竭的资源,因而开始不计后果、疯狂而又浪费的开垦。他们在土地上大量种植欧洲农作物,却疏于施肥和管理。一旦土地的肥力耗尽,他们就无情地将其抛弃,转而寻求新的土地。为了建造房屋和修建铁路,他们疯狂地砍伐树木,造成严重的水土流失、植被破坏;为了获取更多经济利益,他们无节制地开采煤矿、石油等自然资源,造成这些不可再生资源的极大消耗。到了现代,随着金钱角逐的日趋激烈,这种极端自私的个人主义也愈演愈烈,美国各个城市都争相进行开发与建设,只追逐经济利益而完全不考虑给环境带来的恶果。

20世纪50年代,美国经济空前繁荣,一举跃居世界第一经济强国,整个社会呈现出一片欣欣向荣的发展景象,但这一繁荣与发展是以环境的牺牲为代价。小说中,欧茨亦称50年代是"繁荣时期",这一繁荣建立在不断开发建设、城市扩大、人口增长的基础之上：

> 那些郊区的空地、林地还有耕地都被挖的挖、填的填，全部建成了工业区。这些工业区有几百亩——不，一定是上千亩……原始的土地被水泥地面所取代，树木被砍伐，锯开了运走，巨型的起重机和推土机随处可见。通往洛克港的那条老的双行道被加宽为三行道。一夜之间高速公路穿过了田地。新的灰褐合金的颜色桥梁建了起来，明亮而刺眼……原本荒无人烟的土地上，建立起了汽车配件制造厂、冷冻设备制造厂、化工厂、肥料厂、石膏生产厂等企业。沿河南岸，大型发电站正在建造中，利用大瀑布三分之一的水力去发电。(TF, 167)

在这种全面建设的浪潮中，尼亚加拉市的历史家们激动地宣称，20世纪50年代与尼亚加拉大瀑布的1850年代一样，是个大发展的年代。不同的是19世纪50年代尼亚加拉发展的是旅游业，而20世纪50年代发展的将是工业。在商业利润的刺激下，个人主义者无情地攫取自然资源，打破生态平衡，使自然环境遭受了无可挽回的破坏。在认识妮娜、见识环境污染的严重性之前，德克也赞同地将这种发展称为"进步"。然而，在目睹经济上的"进步"给环境带来致命的后果之后，德克开始意识到政府及企业从人的利益出发，忽视给环境造成的灾难性后果，这种极端自私的个人主义的错误与荒谬。当妮娜向他展示"科文庄园"触目惊心的污染时，他甚至不能相信这发生在自己的故乡。德克的社会责任感与道德良心使他对自己之前所持的自私个人主义羞愧难当，让他情不自禁地"血液上涌，满脸通红"。(TF, 180)权势集团极端自私、为了牟利不惜牺牲无辜民众以及生态环境的个人主义与德克的伦理道德观构成了一组不可调和的矛盾对立，压抑着这位善良的律师。

第二节 伦理压抑下的抗争

《大瀑布》中,两位男性主人公在巨大的伦理冲突下身心俱疲、几近崩溃。宗教伦理规范压抑着吉尔伯特的同性恋情结,造成了与道格拉斯恋情的无望。同时这一规范还迫使吉尔伯特放弃科学、忽略既有事实,盲目地相信基督教神学的绝对真理。对于吉尔伯特,信仰不再是心灵的寄托与精神的慰藉,相反却成为如大山般沉重的负担。在吉尔伯特自杀前,有目击者看见他的背微驼着,好像"一辈子都在弯着腰背负重物似的"。(TF, 4)最终,在如山般的伦理重压下,吉尔伯特选择用自杀的方式向施压于他的宗教伦理规范投以英勇的反击。而德克身为律师,其道德责任心在与妻子阿莉亚和自我内心深处狭隘个人主义的冲突让他身心俱疲,与资本主义政府和企业极端自利个人主义的对立却激起了他的愤怒。最终,在良心的驱使之下,德克决定听从自己的本性,"不是跟在钱的屁股后面走,而是跟着我的良心走"。(TF, 248)这一决定无疑是对20世纪50年代弥漫于整个美国社会的个人主义的宣战,是德克用生命激情奏起的悲剧之歌。

一、反击信仰的自杀

关于吉尔伯特的自杀,学界大多倾向于认为这是一名同性恋者在异性恋霸权社会绝望而无奈的选择,是向宗教及社会霸权无奈的妥协,是意志力丧失与懦弱的表现。(Smiley, 2007:14)也有学者从道德角度出发,认为他的行为是一种"自利型"自杀,为了寻求自我的解脱而弃家人于不顾,是对家庭不负责任的行为。(Araujo, 2006:92)

这些对吉尔伯特自杀持批判意见的论调很大程度是基于哲学对自杀行为一直以来压倒性的否定。加缪在随笔集《西西弗的神话》中的《荒谬与自杀》("Absurdity and Suicide")一文里对自杀行为进行了探讨,并将"能否自杀"这一问题上升到所有哲学问题中"真正严峻的一个"。(Camus, 1955: 2)对于自杀,众多哲学家们大都出于社会道德、宗教神学等考虑,极力反对自杀。古希腊三大哲学家苏格拉底、柏拉图以及亚里士多德都反对自杀,苏格拉底与柏拉图从宗教神学的立场出发,认为人的生命掌握在诸神之手,人无权终结自己的生命,自杀因此被视为亵渎诸神的邪恶之举。亚里士多德则站在社会伦理学的立场认为自杀者在道德上缺乏自制,自杀行为是对社会的不义之举。(Choron, 1972: 108-110)德国古典哲学家伊曼努尔·康德(Immanuel Kant)的道德哲学也否定了自杀。在《道德形而上学的奠基》(*Fundamental Principles of the Metaphysic of Morals*, 1785)一书中,康德认为自杀消减了人作为道德主体的道德性,因此是不道德的行为。加缪则从荒诞出发,认为生存是对荒诞的反抗,而自杀者放弃了与荒诞世界对峙的自我,因此自杀是一种"屈从"的懦夫行径。(转引自 Sagi, 2002: 68)

除了哲学界对自杀行为压倒性的否定批判,现实生活中的美国人对自杀也是持反对意见。在《大瀑布》中,欧茨通过众多小角色对吉尔伯特自杀行为的评论,呈现了在 20 世纪 50 年代美国人对于自杀普遍否定的态度。目睹吉尔伯特跳入大瀑布的守门人曾竭力想阻止吉尔伯特,因为他不能眼睁睁地看着人们犯下自杀这一"不可饶恕的罪过"。(TF, 5)阿莉亚在寻找吉尔伯特的尸体时,看着丈夫纵身跳下的瀑布处,将其看作"通向地狱的漩涡"。(TF, 77)德克的朋友考伯恩则激动地将自杀者称为"婊子养的自私的家伙",认为在精神上,"他们都是胆小鬼,选择了最简单的出路"。(TF, 57)在吉尔伯特生活的 20 世纪 50 年代,自杀者往往与"懦夫"、"逃避"、"绝望"这样的字眼挂钩,成为追求生命价值的对立面为美国人所不齿。

然而事实上,现实生活中的自杀者多为富有理性、极具反思精神的人,在苦苦追问生命价值无解后选择用自杀这种极端的方式了结生命,某种程度上而言是勇气的体现。真正浑浑噩噩、得过且过的人根本不会思考诸如生存价值之类的深刻问题,因而根本不会选择自杀。正如德克在与朋友的聊天中说道:"你必须在神秘的灵魂深处渴望毁灭你自己。你越肤浅,就越是安全。"(TF, 57)毁灭了自我的肤浅之辈只关心世俗利益与现实享乐,浑浑噩噩了此一生,根本不会思考人生沉重话题,因此也就不会察觉到精神层面伦理的冲突、感受不到痛苦,自然就不会选择用自杀终结自己宝贵的生命。

吉尔伯特的自杀是在思考信仰与同性恋情结、科学之间不可调和矛盾之后的无畏反抗,丝毫没有表现出懦弱与恐惧。在他纵身跃入尼亚加拉大瀑布时,那种无所畏惧、奔向新生的坚定意志流露出浓烈而悲壮的悲剧气概,深深地感染着读者。在吉尔伯特生命的尽头,他没有感到绝望。在欧茨看来,绝望"会使人想起温顺、被动和放弃。但是吉尔伯特·厄尔斯金什么也没有放弃"。(TF, 32)如果换了是另外一个男人,他可能会回到酒店套房里,回到法定结婚的妻子身旁,像道格拉斯一样在异性婚姻的坟墓中终老一生。吉尔伯特坚决不肯屈服,他用自杀维护了自己的真实自我。如果说道格拉斯娶妻生子的选择象征着屈服与妥协,用看似完美和谐的家庭生活终结自己真正的幸福,那么吉尔伯特用自杀向施压于他的宗教信仰报以反抗,使自我信仰与同性恋情结、科学这两对冲突在壮烈的行为中得以和解。吉尔伯特的"这一举动意味着他将像耶稣一样接受钉死在十字架上的磨难。他是作为一个男人而死去,而非懦夫"。(TF, 37)

吉尔伯特选择用自我毁灭而非别的方式进行反抗乃时代使然。在美国历史上,20世纪60年代反主流文化运动采取了较为激烈的方式来抗议传统价值观念以及宗教伦理观念的束缚,通过激进的游行示威、集会罢工等途径在整个美国社会掀起了巨大的抗议浪潮。然而,在吉尔伯特生活的50年代,宗教势力的强大以及深入人心的宗教规范使他不可能、也无力像60年代的激进者们一样采用这些激进、张扬的方式进行反抗。

19世纪之前,宗教在美国一直占据着不可撼动的重要地位,是美国的立国之本与美国人的精神支柱。然而从19世纪开始,不断加快的现代化进程加剧了宗教的世俗化,近代科学的迅猛发展动摇了宗教信仰的神学基础。1882年,尼采惊世骇俗地向全世界疾呼"上帝死了,基督教的上帝不可信了",宣称"一种古老而深切的信任变成了怀疑"。(转引自 Young, 2010: 25)在尼采的预言之后,众多学者开始相信宗教日渐式微,最终消亡的命运。美国存在主义哲学家威廉·巴雷特(William Barrett)认为"宗教日渐衰微";(Barrett, 2011: 210)美国社会学家丹尼尔·贝尔认为现代主义的真正问题是"信仰问题",因为"旧的信念已不复存在"。(Bell, 1978: 151)

然而,在吉尔伯特生活的50年代,宗教并未因为受到科学的冲击和现代化进程的影响而丧失社会生活中的主导地位。相反,宗教势力依然十分强大,其规定的伦理道德规范渗透到美国民众生活的方方面面。经历过两次世界大战的浩劫、经济大萧条以及麦卡锡主义的白色恐怖,美国人开始对传统价值观念产生怀疑,资产阶级民主、自由、博爱的思想以及理性的支撑在荒诞的社会现实面前轰然崩塌。为了重建精神家园、寻求心灵寄托,美国人重新投向宗教的怀抱。不仅如此,为了抵御不断高涨的社会主义运动以及持无神论的马克思主义信仰的入侵,美国政府大力鼓励人们的宗教信仰,企图利用宗教来对抗马克思主义。1916年至1942年间,美国基督教徒的人数增长至7200万。到了50年代,宗教继续保持复兴的势头,逐渐恢复了昔日的威望。信徒数量急速增长、宗教书籍大量涌现、教堂建设迅速发展,并且对宗教伦理规范的宣传十分活跃。

在宗教复兴、基督教伦理规范比以往更深入地渗透进美国民众的生活这一时代背景下,同性恋者沦为被社会边缘化的"他者",只能选择在沉默中压抑真正的自我。小说中,道格拉斯率先扯断与吉尔伯特之间同性恋的纽带,走入异性恋的婚姻。他在基督教伦理规范的规训下,选择了屈服与妥协,有了属于自己的幸福生活。表面看来,道格拉斯是位颇有威严的丈夫,膝下有一对两岁的双胞胎,家庭和睦、生活幸福。但实际上,压抑自我真实情感、选择退让屈服的人生又有多少乐趣可言,又何以体现个体顽强的意志力与抗争精神呢?

宗教势力的强大使得吉尔伯特无法选择其他反抗方式,只能用自我毁灭这一有违基督教信仰的方式对压迫自己的信仰做出最后的抗争。在基督教教义中,人的生命是极其宝贵的无价之物,主宰在上帝手中。根据圣经所言,上帝按照自己的形象创造了人类,赋予人类生命的同时也掌管着人的生命,这也意味着死亡也在上帝的掌管之中,因此只有上帝才有资格夺走人的生命,人类无权决定自己的生死。在《撒母耳记上》(1 *Samuel*)第二章中明确训示着:"耶和华使人死,也使人活;使人下阴间,也使人往上升。"(Jobling, 1998: 43)同样,在《申命记》(*Deuteronomy*)第 32 章中也表达了类似的训诫:"你们如今要知道:我,惟有我是上帝,在我以外并无别神。我使人死,我使人活;我损伤,我也医治,并无人能从我手中救出来。"(Rofe, 2002: 107)自杀这一行为作为毁坏上帝的创造的罪恶之举,是对上帝的蔑视与不敬。因此西方基督教教义规定,自杀者在死后得不到神的庇佑,甚至还要受到严厉的惩罚。身为上帝福音传播者的吉尔伯特在深知自己的行为是对信仰的背叛时,还毅然决然地选择了自杀,这一行为本身就象征着与信仰的诀别与抗议。根据目击吉尔伯特自杀的人所说,吉尔伯特在纵身跃入大瀑布之前做了一个永诀的手势:那是"一种轻蔑的致敬,一种公然反抗的致敬,就像一位聪明鲁莽的男生向年长者的挑衅"。(*TF*, 6)

吉尔伯特注定进入不了基督教许诺的美好天堂,但他毫不畏惧,选择听从内心的真实声音与上帝决裂。这一决裂象征性地体现在他临死前扔掉眼镜的动作中。吉尔伯特10岁时就被诊断患有近视,并一直都极其厌恶自己的眼镜,他曾一度认为眼镜是自己的"命运"。然而在纵身跃入大瀑布之前,吉尔伯特摆脱了自己的"命运":他"摘下眼镜,猛地将它抛向空中,这时他一生中从未尝试过的动作。终于摆脱喽,永远摆脱啦!"(TF, 38)扔眼镜这个动作无疑是内心挣脱宗教伦理规范束缚的外在表现,显示出吉尔伯特与长期桎梏自己的宗教伦理间的决裂。扔掉了眼镜的吉尔伯特完全自由,这种自由也体现在对自己生命的支配上。斯多亚学派(Stoicism)哲学家塞内加(Lucius Seneca)认为人生而自由,这种自由也反映在能够自由支配自己的生命。在某些情况下,自杀比屈辱的自然死去更有价值。(Szasz, 1986:272)英国哲学家大卫·休谟(David Hume)从普遍秩序出发,认为宇宙间万事万物的运行都是按照一种普遍秩序,不需要任何外力的干预。在《论自杀以及灵魂的不朽》(*Essays on Suicide and the Immortality of the Soul*, 1783)中,休谟认为自杀正如耕田、建房子等行为,都是每个自由人所享有的权利,同样不需要外力的干涉。(Hume, 2010:15)叔本华则将自杀比作"从经历梦魇的睡眠中醒过来",它否定了生命的痛楚,因此是肯定生命意志的体现。(转引自 Cartwright, 2010:93-94)雅斯贝尔斯虽然没有明确地从道德上对自杀行为做出评判,但认为"只有人才具有自杀的可能性",充分肯定了人的自由意志。(Jaspers, 1971:301)自由了的吉尔伯特用自杀凸显了自己的自由意志与不屈精神。

吉尔伯特用自杀使得自我同性恋情结、科学与宗教伦理规范这两对冲突得以和解,获得了新生。在吉尔伯特看来,大瀑布并非自己生命的终点,而是生命的开始:自杀毁灭了他的肉体,却在精神上赋予他自由与幸福。正如德国古典哲学最著名的唯物主义哲学家路德维希·费尔巴哈(Ludwig Andreas Feuerbach)在《论幸福》中所说,自杀是对于幸福的一种无畏的追求。他认为死是人的本性之一,"只有人才能舍弃一切,甚至放弃他自己的生命:只有人才能自杀"。(转引自 Marx, 1969: 412)他将自杀归为个体的行为能力和意志自由,认为人之所以自愿抛弃生命,只是追求幸福这一愿望的最后表现。在他看来,自杀者之所以希望死亡:

> 并非因为死是一种祸害,而是因为死是祸害和不幸的终结,他希望死并选择与追求幸福相矛盾的死,只是因为死是唯一——(虽然只是他自己认为是唯一的)良药,可以治疗已经存在的或只是带威胁性的、难以忍受和忍耐的、与他的追求幸福不相符合的那些矛盾。(Feuerbach, 1980: 32)

吉尔伯特正是在自由意志与获得幸福这一希望的驱使下选择了自杀,他的自杀并非出于绝望,相反源自一种希望。他知道"自杀带来的羞愧和绝望会在他死后长期留存,而行为本身所包含的勇气将会被淡化",但是吉尔伯特并不在乎,因为他清楚地意识到"上帝虽然将永不宽恕他,却赋予他自由的权利"。(TF, 28)因此,奔向大瀑布的道路既是解救之路,也是重生之路,他甚至带着狂喜对自己说:"跑啊,跑! 跑向你的生命。"(TF, 26)目睹吉尔伯特自杀的守门人后来回忆说,吉尔伯特虽然"眼窝深陷",但"目光却炯炯有神"。(TF, 4)"眼窝深陷"反映出吉尔伯特在宗教伦理的制约下备受折磨,"炯炯有神"的目光却表明他的自杀并非弱者在重压下的自暴自弃、心灰意冷,相反充满获得自由与新生的希望,洋溢出悲壮与崇高的悲壮精神。最终,在吉尔伯特跳下大瀑布的一瞬间,他彻底摆脱了上帝以及他所规定的一切伦理规范:他的"大脑和那似乎永不停歇的不朽之声也永远地灰飞烟灭了,好像声音从来没有存在过似的"。(TF, 36)

吉尔伯特用自杀使自己获得了自由与解脱,他并未选择懦弱的生存,而是在张扬的生命活力下选择用死亡来对压抑自我的基督教伦理投以最后的反抗,绽放出无限的悲剧式激情。

二、对抗个人主义的善良意志

在德克下定决心听从自己的良心后,他正式受理妮娜的诉讼,向尼亚加拉权势部门提出诉讼。他向尼亚加拉县地方法庭提交上诉,他要替他的当事人状告尼亚加拉大瀑布市、尼亚加拉大瀑布的卫生委员会、教育委员会、斯万化学公司、尼亚加拉市长办公室,还有尼亚加拉医疗检测处。为了推翻享有盛誉的联邦卫生委员会关于"爱的运河""没有任何问题"的谬论,为了向"科文庄园"的居民声讨正义,德克对"爱的运河"地区的环境问题做了大量的工作,通过调查、取证掌握了大量资料和记录。然而德克的对手实在太过强大,政府、企业、医疗机构等构成了一个掌握话语权的权势集团。他们深知公开这些被污染的空气、水和土壤对商业极为不利,对旅游贸易亦会产生极为糟糕的影响,因此不惜以下作的方式贿赂、收买证人、法官、律师、医生,颠倒黑白,否认"爱的运河"与居民的疾病之间的关联。他们从德克的证人处下手,破坏了关于"致病原因"的最重要的论证。19 名证人,医生、医护人员、科学家,都曾同意代表"科文庄园"的居民作证,但最后只来了 11 人,即使是到场的这些人说话的语气也带有模棱两可的不确定性。德克的诉讼被草草驳回,而当他再次控诉时,所有法官和陪审员都已被收买,在法庭上明显偏袒他的对手。有权有势的被告方雇用了 30 多名专家,把妮娜以及"科文庄园"所有居民的致病原因归咎于酗酒、吸烟、暴饮暴食等遗传和行为因素,从而撇清了与"爱的运河"的关系。妮娜一方败诉而归,德克十个月的努力全部白费。若干年后,有人回忆起德克时,认为他失败的原因在于他"犯了一个诉讼者不能犯的错误。他低估了对方的道德败坏程度。

处在他那种地位的人,根本无法了解他们有多腐败……他们却是——恶毒的"。(TF, 384)极端利己主义价值观导致了美国人普遍的道德沦丧:为了自我利益,有权有势的被告方充分利用他们所占有的资源对证人、医生等人实行贿赂;这些证人、医生同样出于自我利益的考虑欣然接受了这一贿赂。整个社会在极端自私的个人主义的引导下已形成一张巨大而坚固的关系网,势单力薄的德克仅凭一己之力与如此强大的势力抗争注定只能以失败告终。

德克的对手不仅贿赂证人、法官,在法庭上取得全面胜利,他们还在背后诋毁德克和妮娜,大肆宣扬德克与妮娜有染,在舆论上获得压倒性的支持。阿莉亚在这种虚假舆论的误导下,相信德克已经背叛家庭,认为他是家庭的叛徒。当丈夫四处奔走、忙碌一天回家时,阿莉亚会戏谑地说,"太棒了!你能回来在月神公园待上几个小时,就是我们全家人的荣幸,波纳比先生"。(TF, 226)阿莉亚甚至会当着孩子们的面,对德克的律师行业加以戏谑和嘲讽。德克原以为妻子与自己之间相互理解,相互默契,但阿莉亚回应他说婚姻就是长久的"感应性精神病",就像"走钢丝,下面没有安全网,不能往下看,所以彼此了解得越多,婚姻就越是没有意义"。(TF, 240)冷酷无情的话语让德克沮丧不已,他原以为阿莉亚会同情自己的处境,但实际上在他最孤立无援的时候受到了妻子的指责。在朋友圈中,德克昔日的好友将他视为他们这一"阶级的叛徒",一个个都离开了他,对他避而远之。就连德克到餐厅就餐,服务员的服务都十分缓慢,充满了讽刺意味。然而,即便在这样"众叛亲离"、孤独无依的情况下,德克依然没有放弃,他认真准备材料、坚持诉讼,为搜集更多证据而奔波、走访。

多年后,当德克的两个儿子钱德勒(Chandler)与罗约尔(Royal)为恢复父亲声誉而拜访父亲的老朋友时,有人这样形容德克的失败,"就像一只美丽飞蛾飞进了一个蜘蛛网。这个网他不但不知道它有多牢固,有多危险,而且他根本不知道有这样一个网"。(TF, 382)事实上,德克并非对黑暗的司法体制以及官商相护的腐朽现实一无所知,相反,身为律师的他比任何人都更清楚地知道自己对手的强大,也知道尼亚加拉大瀑布这起案子所有的法官和陪审员会如何偏袒他的对手。从人的天性上而言,利己是人存在的一种本能,趋利避害是人的天然属性。英国功利主义哲学家杰瑞米·边沁在《道德与立法原理导论》(An Introduction to the Principles of Morals and Legislation, 1789)中开宗明义地宣称:"法律的根本,就是谋取幸福。"而人,"首先会尽可能地排除任何倾向于妨碍他幸福的事物,换句话来说,他会竭尽所能地排除不幸"。(Bentham, 1823:1)这种趋利避害的本能使人在面对困难与危险时,会选择屈服和妥协,避免与危险的正面冲突。叔本华曾说:"当我们意识到悲剧所揭示出的生活本质的时候,合理的举动就是做出妥协、让步,不仅向社会屈服,而且泯灭内心生存的意愿,把心中原有的生存意志完全放弃。"(转引自Williams, 2006:59)在叔本华看来,只有放弃与妥协,悲剧人生才能在苦难中得到净化。他的这种否定生命意志的绝对悲观说否定了生命激情,否定了人存在的价值与意义,与悲剧精神背道而驰。德克明知在与个人主义的抗争中自己处于劣势,以一己之力根本无力与根深蒂固的美国个人主义价值观相抗衡,却依然选择"趋害避利"、趋善避恶,如飞蛾扑火般义无反顾地坚持与个人主义斗争到底,这才是悲剧所讴歌的逆进拼搏精神,这种悲剧精神绽放出英雄主义的光芒,激起读者的崇高感。

曾经,德克无法理解那些做出"疯狂"举动、"铤而走险"、"拿自己性命冒险"的人。他认为自己那三次走钢丝跨越尼亚加拉大瀑布的祖父是个勇士,但是"那又怎样呢? 谁原意做个鲁莽的勇敢人?"在德克看来,"如果能够逃避,他绝不会拿生命去冒险"。(TF, 69)而现在,德克彻底抛弃了自己的个人主义价值观,像他的祖父一样,成为在尼亚加拉大瀑布上走钢丝的人。在他前行途中,有一种神秘的东西像磁铁一样深深吸引着德克,使他在四处碰壁、孤立无援的境地之下仍然没有放弃。德克知道这种吸引不是妮娜,是"一种莫名的东西",却不知道究竟是什么。作为读者,当然很容易理解推动德克前行的正是他的社会责任感,是抗争自私自利的个人主义、伸张正义的"善良意志"。

人作为道德主体,总是在一定的伦理原则的指导下做出相应的判断并进行选择,从而使自己的行为符合内心道德。德克在其良知的驱使下选择了一条趋善避恶的道路,他的行为是康德哲学理论中"善良意志"(good will)最佳体现。善良意志是康德伦理学的核心概念,它是从实践理性中所产生的一种道德意识。在著作《道德形而上学的奠基》的第一部分,康德开宗明义地提出"一般而言,在世界范围之内,甚至在世界之外,除了善良意志之外,不可能设想任何东西能够被无限制地被视为善"。(Kant,2002:1)这种意志是没有条件的,也不是任何为了达到有条件目的的手段,不具备任何社会功利性质,而是道德意志行为中纯粹的利他部分,是纯粹的、"无限制的"善。在德克为了伸张正义而体现出来的善良意志中,行为主体的个人利益被抛至一边:他放弃了个人利益,不但免费为妮娜申诉,而且为了妮娜一家的健康着想,他自己出资为妮娜租了一套远离污染源的房子;不仅如此,为了搜寻证据德克四处走访,漫长的调查办案几乎耗尽了他所有的积蓄;最后由于腐朽黑暗的美国司法制度与根深蒂固的个人主义思想,德克输掉了官司并失去了律师资格。即便如此,德克依然未放弃希望,期望有朝一日可以重新上诉,伸张正义。善良意志成为支撑德克前行、坚持与个人主义斗争的动力。

德克最终在道德良知、善良意志与个人主义的伦理冲突中被摧毁,他的毁灭却体现了悲剧式的悲壮与崇高。1962年6月11日,德克在驱车回家途中遭到对手的打击报复,在一辆卡车与一辆警车的联合挤撞下冲下尼亚加拉大瀑布,为了正义付出了生命的代价。在《尼亚加拉政府新闻报》上,德克被描述成一个"英雄式的人物,不顾一切地自我毁灭"。(TF, 268)在德克选择与根深蒂固的个人主义抗争时,他就已经预见他的自我毁灭,也早已做好牺牲的准备。在席勒看来,生命的价值是无可衡量的,因此牺牲生命总是"违反常理的"。然而,出于道德的目的牺牲生命,是"高度合理的"。因为在席勒的理论中,生命之所以能凸显价值,就在于它"是达到道德的手段"。(Schiller, 1993: 50)因此,德克的毁灭并不"违反常理",他给读者带来的也绝不是悲观与绝望。通过德克这一现代个体的毁灭,我们反而能感受到一种古典英雄式的崇高。正如尼采所言,"感觉到世界生命意志的丰盈与不可毁灭,于是生出快感……如此达到的对人生的肯定,乃是最高意义上的肯定"。(Nietzsche, 1999: 4)

第三节 保守时代与生命抉择

20世纪50年代,战后的美国作为世界最具经济竞争力的国家与头号发达国家,实现了经济的蓬勃发展,人民的物质生活水平整体上得到大幅度提高。欧茨以往小说所突出反映的贫困、苦难以及社会阶级问题不再是社会此时的矛盾所在。在一片欣欣向荣的美好图景里,悲剧的根源似乎已经消除,悲剧艺术似乎也因此淡出了人们的生活。然而,欧茨在她的小说中向人们揭示,即使在这样和繁荣的社会表象之下,美国社会仍然存在着不可调和的伦理冲突。这一冲突成为50年代悲剧的重要原因。

法国哲学家保罗·利科(Paul Ricoeur)曾将悲剧的根源主要归于伦理冲突,认为"悲剧所展现的就是某种冲突,尤其是伦理冲突"。(转引自 Minnema, 2013: 168)利科的说法固然片面,却充分说明了伦理悲剧的普遍性。较之命运、性格与社会悲剧而言,伦理悲剧更凸显冲突的普遍性,毕竟命运的无常,以及社会动荡、更迭等因素在日常生活中并非寻常可见,性格悲剧所呈现的个体内在缺陷也具有强烈的时代性。伦理价值的冲突是个体存于社会中必然要经历的,它既表现为个体内在的伦理对立,也体现为个体与外在社会间的意识冲突。这种冲突的普遍性与必然性因而也赋予伦理悲剧更为普世的意义。

在《大瀑布》中,吉尔伯特因同性恋情结与宗教信仰、信仰与科学间的冲突而焦灼不安,德克在自我道德与个人主义间痛苦挣扎,他们的精神状态可以说是每个现代人的生动呈现。欧茨的伦理悲剧书写因而具有了某种普世性,成为现代人普遍生存困境的隐喻。肯尼斯·博克曾将悲剧分为"派系悲剧"(factional tragedy)与"普世悲剧"(universal tragedy)。在派系悲剧中,坏人受到严惩。而在普世悲剧中,悲剧主人公"代表了所有人……他所遭受的惩罚与苦难是对全人类的惩戒"。(转引自 Wess,1996:99)从这点上,欧茨的伦理悲剧小说超越了时代与国界的局限,当之无愧地堪称反映全人类苦难的"普世悲剧"。

揭示普遍存在的伦理冲突显然并非欧茨伦理悲剧小说的唯一目的,从经历这种伦理冲突的悲剧主人公身上汲取力量与精神动力才是其真正的意图。欧茨借《大瀑布》这出伦理悲剧讴歌了美国人不屈的反抗精神,向50年代"垮掉的一代"表达了自己的敬意;对当代美国新保守主义带给同性恋者的压迫给予了间接的批判;对极端利己主义和新自由主义进行的批判性书写也表达了她对社群主义的呼唤。她的伦理悲剧向保守时代的美国人做出生命抉择提供了一盏启明灯。

一、向"垮掉的一代"致敬

《大瀑布》中所呈现的20世纪50年代是美国蓬勃发展的十年,也是"寂静的十年"。美国政府当局在国内实施的政治迫害(麦卡锡主义)、对外发动的侵略战争(与苏联间的冷战与原子弹恐怖)造成了全国范围内的"寂静"。在这种寂静的氛围之下,任何不符合正统伦理规范的行为都被视为反动与异端,遭受严厉打击和压制,美国人因此变得谨言慎行、不敢逾矩。诺曼·梅勒在《白种黑人:关于嬉普斯特的一些肤浅思考》中将这段时期称为"随大流与消沉的"时代,认为在这个政治压抑的时代,"人们失去了勇气,惧怕个性的张扬,惧怕用自己的声音表达内心"。在这种压抑与随波逐流的气氛下,"人的一切创造本能被扼杀、被窒息"。(Mailer,1992:128)50年代的美国人也因此成为集体"沉默的一代",丧失了生命的激情与活力。根据美国著名民意测验公司盖洛普(Gallup)的一项民意调查,50年代的青年人普遍缺乏活力以及其祖先引以为荣的冒险精神与创新的勇气,他们大都意志消沉、贪图安逸。1957年6月,美国《生活》(*Life*)杂志刊出IBM总裁托马斯·沃森(Thomas Watson, Jr.)在美国迪保尔大学(DePauw University)的演讲。在这篇演讲中,沃森言辞激烈地批评了50年代的美国青年。他指出这些青年人缺乏野心,"太过于关注自我安全而非自我完善",善于"跟风模仿"而非"创造自我价值"。沃森嘲笑他们躲避"对自由与无畏生活的追寻",他将这些"视野被限制,以至于失去声音、失去面孔的'组织'中的成员们"形象地称为"包裹于玻璃纸中的水母"。(Cavalla,1999:23)20世纪50年代美国恐怖的政治环境造就了压抑沉闷的社会氛围,欧茨的整个大学时光都是在这样异常恐怖与单调沉闷的氛围中度过。回首50年代,欧茨将其称为"一段十分压抑时期"。(Oates,2005:12)

然而,政治上的重压压制不住美国人所崇尚的自由思想,即使是在国内白色恐怖最猖獗的时期，一些勇敢无畏的美国人仍然敢于向权威的伦理规范发起挑战,这些敢于逆流而动的勇士就是"垮掉的一代"(the Beat Generation)。"垮掉的一代"最早出现于杰克·克鲁亚克(Jack Kerouac)与约翰·霍尔默斯(John Clellon Holmes)1948年的一次谈话中。克鲁亚克解释说该词是他1944年在芝加哥听爵士乐时想到的,指的是爵士乐的节拍。后来霍尔默斯在1952年于《纽约时代杂志》(New York Times Magazine)上发表了一篇名为《这就是垮掉的一代》("This is the Beat Generation")的文章,将50年代初一批沉溺于爵士乐、吸毒、性放纵的年轻一代称为"垮掉的一代"。此后,"垮掉的一代"一词便被广为流传,成为美国50年代反叛青年的代名词。

这些"垮掉的一代"年轻人是60年代嬉皮士(hippy或hippies)的鼻祖,也是后现代主义运动的先驱。表面上看来,这些"垮掉派"生活放纵、无可救药。他们蔑视传统伦理规范,常常身穿奇装异服,行为乖僻;他们吸毒酗酒、纵情享乐,并且大都性放纵。美国媒体因而常将他们称为"彻底垮掉"(beaten completely)的失败者。《旧金山编年史》的编撰者赫博·卡恩(Herb Caen)更是将这群玩世不恭、浪荡不羁的年轻人讽刺地称为"比特尼克"(beatnik)。①

对于传统势力的讽刺与指责,"垮掉的一代"的重要代表杰克·克鲁亚克(Jack Kerouac)做出回应,称他们并非"被彻底击垮"的一代,而是"幸福"、"欢腾"的一代。在其代表作《在路上》(On the Road, 1957)中,克鲁亚克称主人公迪恩·莫里亚蒂(Dean Moriarty)"他是欢乐(Beat)——欢乐、圣福的(Beatific)根基与灵魂"。在克鲁亚克看来,beat意味着"至福"(beatitude),而不是"被击

---

① "比特尼克"也被译为"披头族",是卡恩由当时苏联发射的人造卫星"Sputnik"创造出来的。卡恩借这一词汇讽刺"垮掉的一代",暗示他们和共产主义之间有着某种亲缘关系。

垮"(beat up)。(转引自 Sargeant，2008：10)约翰·霍尔默斯也认为，"这行为狂放的一代并不迷惘，在他们那神采奕奕、总是蔑视一切权威、专注而热切的面孔上找不到'迷惘'的影子"。霍尔默斯进而辩护说，这些年轻人醉心于寻欢作乐，体验吸毒和性滥交，是"出于好奇，而并非幻灭"。(Holmes，2012：110)在另一位"垮掉派"代表人物艾伦·金斯堡(Allen Ginsberg)眼中，他们这些不甘随波逐流的年轻人是用吸毒、性放纵等种种惊世骇俗、离经叛道的生活方式、行为举止来表达自己对社会的不满、愤懑与抗议。(Ginsberg，1996：xiii - xvii)

50 年代的这些"比特尼克"们在成长的道路上经历了经济大萧条与第二次世界大战，因此对美国现存体制强烈不满。他们不相信集体，反对各种资产阶级所恪守的道德准则与伦理规范，对社会中各种压制他们的个性、摧残他们人性的伦理规范做了大胆而又彻底的反叛与否定。在法国思想家及文学家乔治·巴塔耶看来，

> 反叛是个体对事物的发展超出人所能承受的限度所做出的一种反应。表面上看来，它是否定性的，但在本质上而言，它却是肯定的，因为它体现了个体所要捍卫的东西……因此，反叛意味着存在。(Bataille，2012：39)

"垮掉的一代"年轻人用他们的反叛在集体沉默的 50 年代发出了自己的呐喊，证明了自我的存在，成为打破时代黑暗的"破晓男孩"(the daybreak boys)，为 60 年代美国如火如荼的反主流文化运动吹响了战斗的号角。(Stephenson，1990：1)

当大多数美国人在白色恐怖的阴影下成为"沉默的一代"，在妥协与压抑中消磨生命，扼杀自我时，这些"垮掉的一代"年轻人表现出了奋进、抗争的美国精神。虽然他们的反抗十分短暂，但是他们以极

端的方式在沉寂时代发出了自己的呐喊。《大瀑布》中,吉尔伯特挣脱伦理束缚、选择自杀以及德克不畏强权、用善良意志对抗个人主义伦理的行为正是这些反叛青年无畏反抗精神的最好体现。从某种意义上,欧茨对20世纪50年代伦理冲突以及伦理悲剧的书写,对吉尔伯特与德克奋起反抗精神的歌颂是向20世纪50年代"垮掉的一代"年轻人的致敬。

二、批评新保守主义

欧茨借《大瀑布》向读者呈现了20世纪50年代美国反叛青年的激情与反抗精神,然而,这部小说的意义并不止于此,它还体现了作者对当代美国社会的反思与批判。在2013年的一次采访中,欧茨曾说:"我认为大多数历史小说都和它们所呈现的时代相关,同时,它们也和被创作的那一时期息息相关。"对《大瀑布》的解读因此也必须延伸到小说创作的21世纪。

时移世易,小说中描绘的50年代的极端恐怖气氛在《大瀑布》出版的2004年早已成为历史,但小说所反映的伦理冲突与宗教压制依然存在。吉尔伯特作为一名同性恋者在20世纪50年代所遭遇的宗教压制与社会歧视并不只存在于小说中,而是21世纪美国社会的真实写照。

轰轰烈烈的20世纪60年代是美国社会发生剧变、盛行叛逆的时代,这期间传统伦理被倾覆、被抛弃。在这充满反叛的氛围中,同性恋者迎来了他们短暂的春天。1969年6月27日发生于纽约格林威治村"石墙"(Stonewall)酒吧内的冲突引发了全国范围内的同性恋解放运动,随后组建的同性恋解放阵线更是为同性恋者争取了不少权益。70年代,在"出柜"(coming out of the closet)口号的呼吁下,数十万同性恋者在旧金山集会参加游行,公开自己的同性恋身份。然而,1981年艾滋病的发现使同性恋运动瞬间陷入低谷。由于艾滋病早期患者大多为同性恋者,同性恋被人们等同于艾滋病,成为死亡的代名词。同性恋因此也被称为"同性恋癌症"(the homosexual cancer)或"同性恋瘟疫"(the gay plague)。(Power, 2011: 31)

20世纪整个80年代见证了同性恋运动的低迷,这一低迷一方面源于人们对艾滋病的恐惧,另一方面则源于美国新保守主义(Neoconservatism)的压制。美国新保守主义产生于20世纪60年代末、70年代初,兴盛于80年代。它源起于保守主义(Conservatism),是保守主义在新时代的进一步发展。作为与自由主义、社会主义并列的三大政治思潮,保守主义在美国社会一直起着举足轻重的作用。相对于其他国家的保守主义,美国保守主义更注重对宗教的坚持与传统价值的回归。美国保守派政治学家塞缪尔·亨廷顿(Samuel Huntington)认为美国保守主义的基本特征是"对上帝的信仰,对人性恶的坚持以及对国家的承诺"。(Huntington, 2000: 3)美国保守主义学者丹尼尔·贝尔(Daniel Bell)则将宗教视为"在生存的最深层次寻求生活的意义"。(Bell, 1978: xxix)美国保守主义者拉塞尔·柯克(Russell Kirk)更是宣称"服务上帝就是身处美好的自由之中"。(转引自McDonald, 2004: 127)

作为一种新型的保守主义,新保守主义在重视宗教及传统伦理方面可谓有过之而无不及,这点在新保守主义代表人物小布什身上得到最好体现。2001年,小布什在总统竞选中提出"富有同情心的保守主义"(compassionate conservatism)的口号,呼吁人们虔诚信仰宗教,强调宗教、传统伦理道德对人的正确引导与规范作用。在其自传《抉择时刻》(*A Charge to Keep*, 2001)中,布什声称:"我将一直用自己的心灵为耶稣基督服务。"(Bush, 1999: 135)《乔治·W·布什的信仰》(*The Faith of George W. Bush*, 2003)和《一个有信仰的人:乔治·W·布什的精神之旅》(*A Man of Faith: The Spiritual*

Journey of George W. Bush，2004)也都讲述了小布什对宗教的信仰与对传统价值、伦理的强调。

可以说,新保守主义者小布什对宗教的虔诚信仰影响了整个美国社会。正如美国学者理查德·哈切森在《白宫中的上帝》(*God in the White House*, 1988)中所言,"在美国体制中,总统正是处于这样的地位,即能以个人的宗教信仰实实在在地左右政府政策"。(Hutcheson, 2003：15)2000 年至 2004 年间,以小布什为首的美国共和党人①借助社会舆论大肆宣扬同性婚姻对传统婚姻的危害,主张对传统婚姻的捍卫。布什总统甚至在公开场合声称"我相信婚姻是男女之间的结合……我相信这是神圣的构成机制,对我们的社会健康和家庭和睦起到至关重要的作用,因此异性婚姻必须要得到保卫"。作为对布什"保卫异性婚姻"号召的响应,共和党人与宗教右翼势力联手,在美国各州推出禁止同性婚姻的宪法修正案提议。在这一提议影响下,同性之间的性行为在美国 15 个州仍被视为非法。

2004 年,在小布什与约翰·克里(John Kerry)的总统角逐中,布什再次强调保守的家庭价值观、个人责任与宗教信仰,支持制止同性婚姻的宪法修正案通过。民主党派候选人克里则对同性恋行为及婚姻持包容态度,主张美国社会全面包容同性家庭,赞成保障同性伴侣的权益。最终,小布什在竞选中获胜,再次入主白宫,象征着新保守主义的再次胜利,也意味着同性恋者进一步争取解放与自由的愿望成为泡影。

在新保守主义大肆"恐同"、仿佛 50 年代重新回归的社会氛围下,欧茨于 2004 年推出《大瀑布》无疑带有了反映社会的现实意义。虽然历经半个世纪,21 世纪的同性恋者相较 20 世纪 50 年代的前辈

---

① 在美国政坛上,由于共和党人一直以来对同性恋行为的反对,素来有"恐同党"的称号。

们已争取不少权益与福利,但吉尔伯特在 50 年代所遭受的伦理冲突之痛在新的世纪依然存在。在根深蒂固的传统伦理与宗教信仰前,同性恋者仍然能感受到社会中浓郁的压抑气氛。欧茨用她的悲剧书写影射了新保守主义横行的当代美国社会,控诉了这种充满压制性的当代伦理。

三、呼吁社群主义

除了对美国共和党人及新保守主义压制同性恋的专制现象表达抗议与控诉之外,《大瀑布》还体现了欧茨对当代美国个人主义伦理的反思。在欧茨笔下,20 世纪 50 年代的德克成为美国个人主义伦理与个人道德冲突下的殉道者。在当代美国社会,个人主义并未消亡。相反,作为西方一种核心价值观,它仍然盛行于当代美国。在 21 世纪的美国,个人主义就体现在新自由主义这股新思潮中。

新自由主义(Neo-liberalism)兴起于 20 世纪 90 年代,其核心价值观正是个人主义。它在经济上宣扬自由化、私有化和市场化,在国际战略上鼓吹以超级大国为主导的全球资本主义化。在文化和意识形态上,新自由主义对集体主义展开抨击,鼓吹极端利己主义。(Luxton, 2010: 163)在新自由主义者看来,"人是独立于社会而存在的自给自足体",因此必须竭尽全力为自身谋取福利。对于这一自由论调,加拿大著名哲学家理查斯·泰勒(Charles Taylor)予以严厉抨击。(Taylor, 1985: 200)在其著名论文《原子论》("Atomism")中,泰勒将新自由主义视为原子主义论调。他认为在这种思想的引导下,人与人之间的关系就像原子一样是"单个"而"独立的",相互之间互不关联。[1] (Taylor, 1985: 187)在泰勒看来,新自由主义的这

---

[1] 原子论最初由古希腊哲学家德谟克利特(Democritus)提出,认为万物的本质是原子,原子是最后不可分割的物质微粒。近现代西方发展出原子论的个人主义,由原子论的思维方式引导,其主要特征是极端利己主义,过分强调对个人利益的谋取。

种狭隘自私的原子论思想对自由社会的危害极大。

现代西方社会一直以来都是建立在以个人为中心这一基本原则的基础之上,个人的自由被放在首要地位。对于美国而言,自由主义甚至可被称为整个国民精神。这种个体自由远非绝对的自由,而是在保证他人权利基础上的自由。《人权宣言》对于个体自由做出这样的规定,声称个人"有权从事一切无害于他人的活动",而这种权利的行使必须以"保证社会其他成员享有同样的权利"为前提。然而,90年代兴起的新自由主义将个人自由凌驾于集体之上,鼓吹绝对的自由。这种以绝对自由为主导价值观的个人主义破坏了美国社会的道德秩序,侵害了与个体相对立的他人的利益。美国《时代》杂志的记者荣格·罗森贝尔特曾评价新自由主义对美国人的影响,认为在新自由主义的鼓吹下,"自由的思想已经逐渐变得像变异的动物一样"。由于没有道德与理性的约束,这种"自由已经变得危险而毫无意义"。在罗森贝尔特看来,由于对自由与自我满足的过度追求,21世纪的美国家庭中普遍缺乏"权威,责任、关注与爱"。(转引自 Donohue,2000:223)而美国学者理查德·布隆克(Richard Bronk)认为在极端个人与新自由主义的思想引导下,20世纪末的一个突出特征是人们普遍的孤独感,他们独自一人,有的只是"个人意识和自由信仰"。(Bronk,1998:269)

在新自由主义将美国人引向极端自利与自我的背景之下,欧茨于世纪初推出的《大瀑布》颇具现实意义,她对20世纪50年代极端利己主义伦理所导致的悲剧的描写就有了现实投射:正如50年代一样,21世纪的新自由主义思潮也在酝酿着无数悲剧。从这一意义上,欧茨是用50年代的伦理悲剧批判了当代美国社会基于原子论——个人主义的新自由主义思潮。

欧茨在《大瀑布》的结尾提出了一种新型价值伦理,体现了她对当代美国人美好未来的期待与展望。德克的两个儿子都继承了父亲善良无私、乐于助人、富有责任心的美德,象征着善良美德在下一代人身上的延续与发展。钱德勒从大学时代就开始参加志愿者工作。他参加过反对越南战争和轰炸柬埔寨的游行示威活动;帮助在布法罗、尼亚加拉大瀑布及其富裕郊区设立红十字献血站;参与学校的联合请愿,呼吁保护环境、保护水资源;投入急救工作,成为撒马利坦会(The Samaritans)①成员。即使是工作后,钱德勒仍然积极参加社会公益事业,加入红十字会、危机干预中心等机构帮助那些陷入困境、绝望无助的人。弟弟罗约尔在学校就是有名的"热心肠",经常自告奋勇承担各种工作。他常常在餐厅帮人搬桌椅,爬好几层楼梯帮人拎东西,甚至因为帮助他人错过了期末考试险些没能毕业。毕业后,罗约尔的工作是开船载着游客在尼亚拉加峡谷中穿梭,他时常为了救起落水游客而奋不顾身地跳入尼亚加拉大瀑布湍急的水流中。

钱德勒与罗约尔身上所展现的与新自由主义截然不同的新型价值伦理正是当代西方有识之士所倡导的新个人主义或社群主义(Communitarianism)。美国哲学家约翰·杜威(John Dewey)在其著作《新旧个人主义》(*Individualism Old and New*,1930)中对个人主义提出批判并倡导一种新型个人主义,这种新个人主义在肯定个体自由与利益的基础之上强调了人的社会性以及人与人合作的重要性,呼吁人对社会的奉献以及社会价值的创造。(Dewey,2008:67)杜威的新个人主义与社群主义伦理颇为相似。在《负责的社群主义纲要:权利与责任》("The Responsive, Communitarian Platform: Rights and Responsibilities",1991)一文中,美国社会学家阿米泰·艾兹欧尼(Amitai Etzioni)等人宣称:

---

① 撒马利坦会是世界性组织"国际救助者"(Befrienders International)的一部分,是一个对处于危机中的民众提供救助与接济的慈善机构,其本部在英国。

美国男性、女性和儿童都是诸多社群的成员——他们构成了家庭、邻居、无数的社会、宗教、种族、职业性的社会群体以及美国的政治体系。没有互相依赖、相互重叠的社群,人类生存或个人自由无法维持长久。没有其成员的奉献、关注、投入精力和共享资源,社群也难以为继。排他性的仅仅追求个人利益会损害我们所共同依赖的社会环境网络,并且会危及我们共同自治的民主。出于这些原因,我们坚信,没有一个社群主义视角,个人的权利便无法长久。社群主义的视角既承认个人自由与尊严,也肯定人类存在的社会性。(Etzioni, 2010: 231)

不难看出,社群主义基于整体论,强调个人存在的社会性与相互依赖性,强烈反对基于原子论的新自由主义。它强调人与人的团结与合作,反对个人主义与新自由主义对财富聚敛的关注以及对周围人及他们的苦难不闻不问的冷漠态度。它与新个人主义一样提倡个人融入社会,共同营造一个和谐的社会网络,建立集体的福祉。

在对个人主义的批判以及对美国社会未来的展望上,欧茨与新个人主义和社群主义的倡导者们不谋而合。她用钱德勒与罗约尔的善举呼吁美国人放弃狭隘自私的个人主义,致力于对社会与集体的奉献。在经济繁荣、物质富裕的 21 世纪,欧茨仍然看到了社会伦理规范对个体的压制,也看到了个体对这种压制的反抗。她用《大瀑布》这出伦理悲剧抨击了 21 世纪初泛滥于美国社会的新自由主义思想,为当代美国人敲响了警钟,同时也热情讴歌了美国人在重压下的反抗精神,对美国人的道德之善充满信心。在了解了父亲英勇、无私的事迹之后,两兄弟为恢复父亲声誉而四处奔走。1978 年,在两兄弟的努力下,德克的追思会在尼亚加拉大瀑布边举行,现场座无虚席。德克被尊敬地称为"英勇无比"、"智力超常、精神高尚"的"正义的理想主义者",是"超前于时代的悲剧人物"。(*TF*, 470)在追思会进行途中,一道瑰丽的彩虹出现在大峡谷上方,预示着德克无私、高尚的道德与抗争精神在美国民众中得到认可与传播的美丽前景。这种预示使读者获得一种悲剧"形而上"的慰藉,对战胜个人主义以及新自由主义的狭隘面充满希望。

第六章 结 论

"我认为悲剧是艺术的最高形式。"

——乔伊斯·卡罗尔·欧茨

"苦难在悲剧中得以叙述,因此悲剧不可避免地成为灵魂的拯救……这一艺术所展示的对抗虚无的胜利向我们呈现了一个未来,一个我们无法想象的未来。我们为自己的精彩卓绝而喝彩。"

——乔伊斯·卡罗尔·欧茨①

在《弗兰纳里·奥康纳的艺术想象》("The Visionary Art of Flannery O'Connor")一文中,欧茨曾说:"没有哪个作家不是带着深沉的个人意义去对一个主题进行不懈的创作与再创作的。"(Oates,1973:242)纵观欧茨半个多世纪的小说创作,悲剧书写构成了她持之以恒的习惯。欧茨的悲剧书写所传达出的"个人意义"具有两层含义:一方面是她对当代美国人生存困境的关注并且用严肃的悲剧艺术反映这一困境,她的悲剧创作成为令当代美国人警醒的暮鼓晨钟;另一方面则是她对美国民族在困境下展现出不屈的奋进精神的大力讴歌,向美国人呈现出一个充满希望的悲剧世界。

---

① Joyce Carol Oates. *The Edge of Impossibility*: *Tragic Forms in Literature*. New York: The Vanguard Press, 1972, p. 11.

艺术必须具有目的性,用于揭示、转化问题,这是欧茨一贯的文学主张。因而,在"社会小说"和"为艺术而艺术"进行创作之间,欧茨选择了前者。她的小说并不刻意追求文字上的精妙优美,而是将关注点放在小说的社会功用上。作为一名严肃的作家,欧茨创作的目的"并非简单地记录下 20 世纪的伟大现实",而是向当代美国人"提供一种生命的意识(a vision of life)",使其摆脱肤浅乐观主义与悲观主义情绪。这种意识就是欧茨的悲剧意识,它"认为生命不完整且极具悲剧性"。显然,唤醒普通大众的第一步必然是意识的改变,使他们"必须强烈地意识到个人的悲剧生存困境"。(Grant,1978:5)然而,现代社会的纷繁复杂掩盖了其可怖压抑的本质,被摧毁的大众也茫然不知、浑浑噩噩。黑格尔在论及悲剧时曾说道,"当他完全习惯了生活,精神和肉体都已变得迟钝,而且主观意识和精神活动间的对立也已消失了,这时他就死了"。(转引自尹鸿,1992:50)对自身被摧毁这一事实的无知,必然导致个人对现有生活的习惯,自然谈不上改变、超越,最终个体将面临精神上的死亡。因此向美国大众揭示这一本质、袒露他们被摧毁的现状便是如欧茨这般严肃知识分子的职责所在。奥康纳曾说,对于精神麻木者,作家"得用惊骇的方式把你所见的显明——对于聋子你要大喊,对于瞎子,你要把画画得大大的"。(O'Connor,1969:34)在欧茨的悲剧书写中,她选择了用真实并且稍显夸大的笔触,通过书写美国人在极端环境中的生存困境向世人发出最振聋发聩的声音。

在欧茨笔下,20 世纪 30 年代的极度贫困、40 及 50 年代的极度保守与压抑、60 年代的极度激扬与喧嚣构成了美国人极度悲剧性的生存困境。《他们》中,20 世纪 30 至 60 年代底层人民的贫穷命运如噩梦般挥之不去。抽象而无形的命运使得困禁其中的人们无法逃遁,无力反抗。用暴力的形式,通过偶然与巧合实现对个人价值体的摧毁。《光明天使》中喧嚣、极端的 20 世纪 60 年代造就了主人公的性格缺陷以及欲望的极度张扬,引发不可避免的灾难,自我冲突成为悲剧主人公难以逾越的生存困境。《狐火》聚焦 20 世纪 50 年代底层女性,揭露她们在男性暴力下悲惨的生存体验以及群体性失语的状态。这种失语不仅表现为女性在男性话语前完全丧失语言能力,变得沉默失言,还体现为女性意图借助男性话语改变其失语状态,却最终被证明不过是苍白模仿与鹦鹉学舌。《大瀑布》中,宗教信仰与个人主义这两种在 50 年代占主导地位的社会规范与价值观成为压制个体的伦理力量。对美国人悲剧性生存困境的揭示是欧茨文学价值观的直接体现。

在对当代美国人生存困境的揭示中,暴力成为欧茨悲剧书写的重要媒介和工具。车尔尼雪夫斯基在论悲剧本质时曾这样定义,悲剧是"人生中可怕的事物,是人的苦难和死亡"(Chernyshevsky,2002:31);英国哲学家安德鲁·布拉德雷(Andrew Bradley)则继承了黑格尔的观点,认为悲剧"其实就是善白白被糟蹋"(Bradley,1904:192);鲁迅先生对于悲剧的论述则更精辟有力:"悲剧是将人生有价值的东西毁灭给人看。"(鲁迅,2007:115)无论是"苦难和死亡"、善的被"糟蹋",还是有价值的东西被"毁灭",都不可避免地要和一个词联系在一起,那就是暴力。暴力的残酷击碎了世间的美和善,摧毁了人们珍视的价值体,造就了个体的苦难和死亡,也因此成为欧茨悲剧性小说中不可或缺的因素之一。

在现今社会,普遍存在的暴力已然成为艺术家们无法回避的问题。英国戏剧家爱德华·邦德(Edward Bond)曾直言,"如果有人不愿意作家描写暴力,那么就是不愿意让他们来书写我们自己和我们这个时代"。(转引自 Zimmermann,2001:8)对于这一观点,欧茨显然极为赞同。在面对批评家们指责自己的小说过于暴力黑暗时,她

回应说:

> 这些事(这里指代"暴力")不需要被构思。这就是美国。这个美国充满种族暴乱、移民劳动营、下层人的贪婪、摩托车骑手和赛车手、邮购枪支、暴力性行为、多变而夸张的青少年、政治谋杀、家庭暴力、自制手册宣传死亡和毒品——这就是我们每天在报纸头条新闻所看到的美国。(Friedman, 1980: 8)

因此,这位美国"编年史家"如实地在作品里记录下这些暴力,是对美国社会的真实再现。欧茨认为,作家的理想工作就是"充当他这一族群的良心",出于这一"良心",作家就不得不诚实地记录下生活中的一切,包括其黑暗、暴力的一面。因此,她"写出了我作为一个美国人的所见所闻,我不能假装这些事情不存在"。(Johnson, 1998: 177)欧茨曾说:"人们总是误解严肃艺术,因为它总是充满暴力、毫无吸引力。我也希望世界更加美好,但假如忽视我身边的真实环境的话那我便不是个诚实的作家。"(转引自 Parini, 1989: 155)欧茨对现实暴力的真实记录不仅是她"诚实"的体现,还使得她的作品具有了真实感与现实意义。美国当代学者乔舒华·戴恩斯塔(Joshua Foa Dienstag)在著作《悲观主义:哲学、伦理与精神》(*Pessimism: Philosophy, Ethic, Spirit*, 2006)中认为,现代世界不断地向生活于其中的人们传递坏消息,与其自欺欺人地去粉饰、美化生活中存在的阴暗面,现代人必须学会去面对它们。(Dienstag, 2006: ix)欧茨正是用自己犀利的笔触为世人描画出当代美国的苦难、阴暗、暴力与残忍的一面,使美国人不得不直面现实的残酷。《他们》中洛雷塔的初恋情人惨遭枪击、无辜枉死,莫琳遭遇继父的家庭暴力;《狐火》中少女们面临的男性暴力;《大瀑布》中德克在黑暗的政治暴力下丧生。欧茨的暴力书写建构了一个悲惨世界,在这个世界中各种危险与恐惧无处不在。阅读欧茨的小说,读者能够切身感受小说人物的悲哀,并发现他们的悲惨不是个例,而是所有美国人生活状态和精神状态的影射。美国文学评论家阿尔弗莱德·卡辛(Alfred Kazin)说得好,欧茨笔下的悲惨世界使读者不禁"深深地意识到在生活中没有什么能持久,没有什么绝对安全,没什么始终陪伴我们周围"。(Kazin,1971:45)这样可悲而无可奈何的生存困境构成了贯穿欧茨小说始终的悲剧性氛围。

暴力书写为欧茨的作品披上了通俗的外衣,但这种暴力绝非某些批评家所言,是欧茨迎合大众的噱头。从社会文化批评的角度来看,这种无时无刻围绕在现代人身边的暴力恰恰反映了当代美国人在残酷现实面前惨遭践踏劫掠的生存困境,而欧茨用文字真实地将这种困境赤裸裸地展现在读者面前,是用最振聋发聩的声音警醒混沌懵懂的现代人。欧茨写作路上的精神领航人托马斯·曼(Thomas Mann)曾说:

> 没有对疾病、疯狂和精神犯罪的书写,就不能取得精神上和认识上的某种成就:伟大的病夫是为了人类及其进步,为了拓宽人类情感和知识的领域,简言之,是为了人类具有更加高尚的健康而被钉在十字架上的牺牲者。(转引自 Kurzke,1999:54)

欧茨用看似极端、黑暗的暴力书写成为某些批评家口中的"怪胎",而事实上却是托马斯·曼所言的"为了人类及其进步"而自甘牺牲的"病夫",将这世界的黑暗丑陋与病态如实甚至夸大地展现在美国大众面前。

欧茨以她始终植根于美国当代生活的土壤,又深刻反映现代人生存困境的震撼人心的悲剧,一改泛滥于美国小说中的娱乐性传统。美国学者尼尔·波兹曼(Neil Postman)在其著作《娱乐至死》

(*Amusing Ourselves to Death*, 1985)中称,"我们的政治、宗教、新闻、体育和任何其他构成公共事务的领域,都心甘情愿地成为娱乐的附庸"。这种争相娱乐大众的倾向逐渐成为美国的文化精神,其结果是使美国人"沦为一个娱乐至死的物种"。(Postman, 2006:4)在种全民娱乐的氛围下,欧茨并未迎合大众采用跌宕起伏、惊悚悬疑的故事情节,或为小说人物安排圆满结局,趋向盲目的欢快与乐观。因此,在美国著名记者罗伦斯·格罗贝尔(Lawrence Grobel)看来,

> 欧茨并不是有如史蒂芬·金①、拉里·麦克默特里②般广受读者欢迎的流行作家。她的主题阴暗且复杂,写作风格多变。如果让读者在欧茨与雷蒙德·卡佛③或埃尔莫·伦纳德④的作品间做个选择,他往往会选择后两者。她的创作,如同她的小说主题,既让人难以揣摩也令人不那么舒服。(Grobel, 2006:143)

欧茨用表面上"令人不舒服"的阴郁笔触来探讨现代美国人生活的悲剧性困境,以一种"向死而生"(being towards death)的态度启发人们正视苦难与困境,认识自我,寻找出路。"向死而生"是德国哲学家

---

① 史蒂芬·金(Stephen King),美国畅销书作家、编剧、导演,代表作有《肖申克的救赎》(*The Shawshank Redemption*, 1982)、《闪灵》(*The Shining*, 1977)、《穹顶之下》(*Under the Dome*, 2009)等。

② 拉里·麦克默特里(Larry McMurtry, 1936—),美国畅销书作家、剧作家,代表作有《寂寞之鸽》(*Lonesome Dove: A Novel*, 1985)、《西城双煞》(*Streets of Laredo: A Novel*, 1993)等。

③ 雷蒙德·卡佛(Raymond Carver, 1938—1988),美国当代著名短篇小说家、诗人,代表作有《当我们谈论爱情时我们在谈论什么》(*What We Talk About When We Talk About Love: Stories*, 1981)、《大教堂》(*Cathedral*, 1983)等。

④ 埃尔莫·伦纳德(Elmore Leonard, 1925—2013),美国流行小说家和编剧,代表作有《射杀》(*Killshot*, 1989)、《火线警探》(*Fire in the Hole: Stories*, 2001)等。

海德格尔的经典论述,这种观点认为死亡是人类最大的,也是最本己的可能性。然而,没有人能确定死亡何时降临,它像把达摩克利斯之剑(the Sword of Damocles)①高悬在人的头上,人在这一威胁下无所逃遁。欧茨悲剧书写的第一层正是向人们启示这种生存的困境,揭示出"向死"的必然。

欧茨小说中的"向死"书写使她的作品区别于当代美国普遍的肤浅乐观主义。乐观主义可谓美国的建国精神,在美国历史的前进发展中发挥了巨大的作用。美国历史学家大卫・波特(David M Potter)在《富足的人:经济富裕与美国国民性格》(*People of Plenty*: *Economic Abundance and the American Character*, 1966)中引用弗雷德里克・帕克森(Frederic L. Paxson)的话说,"当拓荒者们带着他微薄的财产沿着崎岖山路佝偻前行时,他的脑海中不是现在,而是充满了对未来的憧憬:一个以粗糙简陋、仅仅能遮风挡雨的小木屋为起点的未来;但同时也是一个拥有肥沃良田、高大房屋、家禽遍地、人丁兴旺的未来"。(Potter,1966:151)可以说,乐观主义成为支撑美国人在困境中前行的精神动力。然而,当代美国人中普遍蔓延的肤浅乐观主义(superficial optimism)有如致命的毒瘤,只能"滋生彻底的绝望"。(Forde,1997:16)这些肤浅的乐观主义者在面对现实的残酷与人生困境时往往自欺欺人地选择视而不见,天真地在自我编织的美好虚幻中荒度一生。莱昂内尔・阿贝尔在《是否真有人生悲剧感?》一文认为,"乐观主义在现实生活中固然重要,但肤浅的乐观主义无视人生的苦难、失败与死亡"。(Abel,1981:58)痛苦与失败是人生存的必然,自由意志在与命运、性格、社

---

① 在英语中,达摩克利斯之剑意指时刻存在的危险。古希腊神话中,狄奥尼索斯二世(Dionysius II)虽然贵为国王,却时刻感觉自身地位的不稳。为了阐述自己的感受,他邀请自己的宠臣达摩克利斯赴宴,并命其坐在由一根马鬃悬挂的利剑之下。在这根时刻可能坠落的利剑下,达摩克利斯明白了权力的表象之下随时存在的杀机和危险。

会以及伦理实体分裂的冲突下的失败构成了人类的生存困境,肤浅的乐观主义对此视而不见,它所应允的希望与美好则完全建立在虚构的基础之上。因此,尼采认为"乐观主义者如同颓废者、悲观主义者一样,甚至可能更加有害"。(Nietzsche,1910:102)而奥尼尔在《乐观主义者们,见鬼去吧》("Damn the Optimists!")一文中更是毫不客气地直呼让乐观主义者让路于悲剧。(O'Neill,1961:104-106)在一篇采访中,欧茨称:"我大多数的写作都围绕着'苦难的想象',这是因为人们需要苦难的帮助,而不是快乐。"(Oates,1973:54)欧茨对苦难与美国人悲剧性生存困境的书写使当代美国人不得不放弃肤浅乐观主义,正视困境、直面痛苦,向当代美国人敲响警钟。

揭示美国人的苦难以及生存困境是欧茨悲剧性小说的第一层面,但她的悲剧绝不等同于苦难。在当今社会生活中,悲剧一词常常被滥用,与悲惨或者苦难混淆在一起:一起车祸、一场大火、一夜暴毙等世间不幸都被冠以悲剧的头衔。区分悲剧与悲惨便成为文学研究者的首要任务。美国学者罗伯特·海尔曼(Robert Bechtold Heilman)在《悲剧和情节剧》(*Tragedy and Melodrama: Versions of Experience*,1968)一书中提出"灾难文学"或"灾难戏剧"(drama of disaster)的概念,以此将悲剧艺术与现实生活中的灾难区别开来。在海尔曼看来,灾难文学是现实苦难的文学反映,它的"所有篇章都讲述了火灾、饥荒、战争和暴徒给人类带来的不幸后果;我们在其中扮演的是约伯的角色,被自己的同类、机器和大自然所加害"。悲剧与这种"灾难文学"的区别就在于:"在悲剧中,我们积极行动,而在灾难文学中,我们被动地接受外界所施加的行动。"(Heilman,1968:19)因此,海尔曼认为在生活中,恶疾、车祸之类的不幸事故不能称作悲剧,它们在文学中的反映只能被归为"灾难文学"(disaster literature)。约瑟夫·科鲁契也认为悲剧中的苦难只是一种结尾方式,人类那不被外在宇宙所压倒的巨大精神力量只有在苦难中才得以充分展示。因而悲剧区别于"灾难文学"之处就是在真正的悲剧中,"艺术家才能自信并且能使人相信他作品中的人物及其行动具有那种使之显得高尚的丰富而重要的特性"。(转引自程朝翔,1992:3)在科鲁契看来,高尚的品质(nobility)是悲剧不可或缺的基本特征。

欧茨悲剧书写的核心正是这种高尚的品质,这使她的作品摆脱了悲观主义的阴霾,流露出浓郁的生命活力。在《不可能的边缘》中,欧茨将悲剧视为"灵魂的拯救",认为"苦难在悲剧中得以叙述,因此悲剧不可避免地成为灵魂的拯救……这一艺术所展示的对抗虚无的胜利向我们呈现了一个未来,一个我们无法想象的未来。我们为自己的精彩卓绝而喝彩"。(Oates,1972:9)书写苦难并非欧茨的重点,而是借以凸显人个体"精彩卓绝"的手段,"灵魂的拯救"才是她悲剧书写的目的。因而,她的悲剧最核心的部分是从人的奋起反抗中凸显的高尚品格与崇高精神。海德格尔从"向死"这一必然性中发掘出一种积极的人生态度,认为只有清醒意识到死亡的存在,才能真正领会生的价值,获得生的动力。欧茨的悲剧书写在张扬悲剧精神这一层面上与海德格尔的"而生"不谋而合,她笔下的悲剧主人公们正是在自身悲剧处境的清醒意识下,奋起反抗,获得对死亡、对压抑自我的一切获得超越。爱尔兰诗人威廉·巴特勒·叶芝(William Butler Yeats)在诗歌《回旋者》("The Gyres")中曾创造性地发明了一个词——"悲剧式喜悦"(tragic joy),意指"人在面对死亡时放声大笑,蔑视死亡的卑下"。(转引自 Ross,2009:106)欧茨的悲剧性小说书写带给当代美国甚至全世界读者的正是这种"悲剧式喜悦"。

20世纪以来,随着信仰的倒塌与生命价值的日渐虚无,西方世界存在着一种普遍性的精神危机和悲观情绪。这种悲观主义也影响了根植乐观主义传统的美国人,与肤浅的乐观主义共同构成了当代美国人精神状态的两个极端。20世纪初的金融危机带给美国人难以忘却的萧条阴影、不间断的国际恐怖威胁,使得相当一部分美国人陷入了无比的焦虑与悲观。根据美国著名民意测验公司盖洛普(Gallup)于2013年进行的一项民意调查,仅有39%的美国人对国家现状感到满意。与此同时,55%的美国人认为美国的现状"糟糕透了",并且40%的美国人对于未来五年的前景依旧感到悲观。不仅如此,布什总统发起的伊拉克战争使得美国泥潭深陷,更加深了美国人的悲观主义情绪。有学者甚至声称,布什最大的失败并非发动伊拉克战争,而是"扼杀了美国人的建国精神——乐天精神"。在这一背景下,欧茨笔下那些弱小而无助的人在巨大的生存困境前反抗命运、抗击社会以及荒谬世界,展现出无所畏惧、激扬绽放的悲剧精神就显得弥足珍贵。亨利·迈尔斯在《悲剧:一种人生观》(*Tragedy: A View of Life*, 1956)中认为,伟大的悲剧作品在读者心中"激发的不仅仅是怜悯与恐惧,还有敬畏、敬佩与欣赏,以及一些深藏心底难以言喻的感情"。(Myers, 1956: 142)欧茨的悲剧性小说正具备这样的品质,她的创作绝不是旨在使人永远沉沦于痛苦悲伤的苦海,而是使美国人在悲剧审美中感受人的尊严感和价值,在悲剧精神的鼓舞下直面现实的苦难,获得"灵魂的拯救"。

欧茨对悲剧精神的热情讴歌使得她的悲剧作品与古典悲剧在精神实质上呈现出完美的契合,她笔下的主人公无论是传统意义上高大、崇高的英雄,还是现代悲剧中常见的地位低贱、平庸卑微的普通人都流露出蓬勃的生命力与高贵崇高的悲剧精神。《光明天使》中,欧文和柯尔斯顿这两位"天使"出身名门,品行高贵,有着崇高的理想和意愿为此拼搏牺牲的无畏精神。面对黑暗的社会现实,虽然也有犹豫和彷徨,但他们从未有怯懦、退缩之意,始终坚持承担重负、力图恢复被颠覆的秩序,直至生命的尽头。《大瀑布》中,出生高贵、社会名流的德克在良心的驱使下放弃了上流社会安逸幸福的生活,无所畏惧地与自己的所属阶层为敌。明知在与个人主义的抗争中处于劣势,以自己的一己之力根本无力与根深蒂固的美国个人主义价值观相抗衡,他却依然像飞蛾扑火般义无反顾地坚持斗争到底,最终付出生命的代价。他们的高贵、善良、无畏代表了美国国民人性中最耀眼、最光辉的品质。在整个西方世界普遍质疑人性、怀疑人的价值的背景下,欧茨仍然对美国人人性中的善与高贵充满信心。

除了传统意义上的古典悲剧英雄重新登场外,欧茨小说中占绝大部分的"小人物"主人公们同样展现出人性的光芒。这些小人物位于社会的最底层,是社会权势生活的圈外人,在政治上无所依傍,经济上惨遭掠夺。他们是《他们》中一辈子颠沛流离的洛雷塔,在寻找美国梦的道路上不断受挫的朱尔斯以及摆脱不了命运的莫琳,也是《狐火》中出生寒微、无依无靠、只能抱团取暖的底层少女。他们没有英雄高贵的出身,也不像英雄行为高尚、道德无瑕,但不能被称为现代悲剧中的反英雄或非英雄,而更像两者的结合。他们没有反英雄卑鄙、不光彩的品行,也不像非英雄在现实的残酷下失去精神支柱,碌碌无为,在茫然与困惑中了此一生。相反,这些小人物在品行道德上有着与非英雄一样的普通,在精神上却和反英雄一样充满抗争意识,向压抑束缚自我的力量奋起反抗。洛雷塔用积极存活下去对抗命运的荒谬,朱尔斯用暴力唤醒内心的圣灵,莫琳不惜勾引有妇之夫抗击命运,"狐火"帮少女则在姐妹情谊的维系下向男性霸权发起挑战。在悲剧创作中,欧茨在内容上仍然遵循古典悲剧崇高的原则,大力讴歌澎湃激情的悲剧精神。而在形式上,欧茨不囿于古典悲剧的窠臼,将小人物带进悲剧的殿堂,让她的悲剧作品具有了反映时代的特色,体现了现代悲剧平易近人的特点。这些小人物占据着欧茨的悲剧舞台,是欧茨对普通人担当悲剧主人公的肯定,也是她对普通人人性中闪光点的肯定。在英雄跌落、信仰崩塌的现代社会,欧茨用这些小人物向美国人展现了一个充满激情与希望的悲剧世界。

在与悲剧性生存困境进行抗争的过程中,暴力往往成为欧茨小说主人公有力的斗争武器,也是凸显悲剧激情的重要手段。《他们》

中的朱尔斯开枪杀死了警察,用暴力唤醒内心的圣灵;《光明天使》中的两兄妹用凶残的屠戮对背叛的母亲展开了复仇;《狐火》中无所依傍的少女用暴力切断了权力与话语之间的联系,从男性处夺取了话语权;《大瀑布》中的吉尔伯特用自杀宣示了不肯妥协的自我,是对宗教信仰的反抗。在这些反抗中,暴力展现的不是残忍,而是激情与悲剧气概。施暴越是剧烈,主体的顽强与坚持在这暴力营造出的悲惨与悲哀衬托下才显得越发刚强,主人公的悲剧气概越得以张扬。诚如黑格尔在《美学》中所言:

> 人格的伟大和刚强只有借矛盾对立的伟大和刚强才能衡量出来,环境的互相冲突越多、越艰巨,矛盾破坏力越大,而心灵越能坚持自己的性格,也就越显出主体性格的深厚和坚强……因为在否定中保持住自己,才足以见出威力。(Hegel, 1981: 227)

欧茨的小说因这暴力中的激情,以其壮丽的诗情和英雄的格调使之洋溢出悲剧式的崇高,引导读者感受超乎日常体验的壮美。对于暴力与崇高,美国佐治亚大学比较文学教授乔艾尔·布莱克(Joel Black)曾断言,"假如有种人类行为能激发崇高这种美学体验,那肯定是谋杀"。(Black, 1991: 14)在布莱克看来,文学作品中的谋杀作为暴力的一种形式是激发读者崇高感的唯一途径。美国政治理论家科里·罗宾(Corey Robin)也赞同暴力与崇高间的亲密联系,认为"崇高在下列两个政治形式中最易被发现:等级与暴力"。罗宾进而阐述说:"规则也许是崇高的,但暴力更为崇高。而崇高的至高境界是这两者融为一体:当暴力的施行是为了创造、维护或恢复规则的统治时。"(Robin, 2011: 19)在欧茨笔下,悲剧主人公之所以选用暴力这一斗争武器无不是为了推翻压抑自我的规则制度、力图创造新的规则。从这点上而言,欧茨的暴力书写达到了罗宾所言的"崇高的至高境界",那些对欧茨偏爱暴力的指责就显得肤浅而表面。欧茨是借助暴力向读者呈现生命的激情与悲剧式崇高,其暴力书写反映的是这位严肃作家对生命意义以及个体行动力的慎重思考。正如美国戏剧评论家哈斯科尔·弗兰克(Haskel Frankel)所承认的,"暴力绝不是她唯一关注的对象"。(Johnson,1998:107)暴力表象的背后是欧茨对人类悲剧式存在困境的关注,更是对个体激情、生存本能的讴歌。

欧茨在她半个多世纪的创作中,流露出对悲剧的钟情,这种钟情绝非出于对生命的悲观,相反是源自一种严肃的乐观主义。正如美国现代哲学家与文学批评家乔治·桑塔亚纳(George Santayana)在《悲剧的面具》("The Tragic Mask")中将表面阴郁的悲剧称为"最欢乐的"哲学,将"悲剧性哲学"视为"思想上激情澎湃的浪花"。(Santayana,1981:73)欧茨悲剧性小说中流露出的希望与悲剧精神给读者的是振奋与鼓舞,而非消沉与低落。亨利·迈尔斯曾说,"悲剧人生观不是乐观主义,因为它并不代表世界中的邪恶迅速消失;同样,它也不是悲观主义,因为它也并不代表善的不可避免的毁灭"。(Myers,1956:5)欧茨的悲剧性小说用表面上的阴郁抛弃了肤浅乐观主义,却用更深沉的"向死而生"的悲剧精神激发人们的斗志,给人们希望,是对当代美国社会悲观主义的反拨。正因如此,虽然欧茨仍然时常被描述为一位专写阴郁苦难小说的作家,这一切源于其"对现代美国'噩梦般的意识'(nightmare vision)",但也有评论家深刻地看到,"若因此而称呼其为悲观作家则实非得当"。(Manske,1992:131-143)

美国悲剧大师尤金·奥尼尔曾说,"生活本身毫无意义,使我们斗争、希望、生活下去的是梦想"。(O'Neill,1987:96-97)而在欧茨看来,"艺术与梦想一样。我们渴望梦想,而艺术实现了这种渴望。

现实生活已经是一种失望。这正是我们为何需要艺术"。(Zimmerman, 1989: 16)欧茨相信作家的本职工作就是通过写作影响来读者,发挥小说的教育功效,因此她的写作带有"强烈的改变世界的愿望"。(Oates, 1982: 15-16)她在美国当代社会的表面繁荣下看到了美国人生存的危机与困境,因而用自己的悲剧创作致力于探索美国社会危机的根源,并且希望以自己的悲剧创作显示人内在的激情与悲剧精神从而起到对现代美国人的激励作用。她的小说构成了一个西西弗斯式的悲剧世界,一个个人物在暴力的重压下被碾碎,一个接一个的人物却又站了起来,延续着生命。正如欧茨自己所言,"艺术,需要的就是一种视生命为周而复始悲剧的意识;它的目的就是引领读者更深刻地感知人类困境的神秘与神圣"。(Oates, 1971: 2)从这些个体的不断努力中,欧茨"世界改良论"的意识得以体现:这些个体行为如此重要,正是这些个体行为才是集体行为得以进步的唯一途径。相比较集体而言,"进化"一词对于个体而言更具可能性。作家书写个体,而我们也寄希望于这些个体。作为一个关注社会、关心集体的作家,欧茨知道集体的健康有赖于"个体的适应力"。(Cologne-Brookes, 2005: 5)个体是渺小有限的,但人类整体是战无不胜、勇往直前的,人类也正是在付出无数个体牺牲的代价后向未来大踏步前进。

美国悲剧理论家奥林·克拉普(Orrin Klapp)曾在《悲剧和美国观点症候》(*Tragedy and the American Climate of Opinion*, 1958)中引用亚丹斯的话阐述美国人对悲剧的轻视,认为当代美国人"忙于纷繁复杂的社会活动,无暇顾及悲剧。美国大多数人想到悲剧都觉得那是非常偶然的现象……你可以连续不断地看电影和电视一个月,而不看一部悲剧"。在克拉普看来,美国人有"胆量、乐观主义和现实主义",却不是"具有悲剧精神的人民"。(Klapp, 1965: 302)这种轻视悲剧的态度以及悲剧意识的缺乏是很危险的。尼采在谈及人类未来时,将人类未来的希望寄托在悲剧之上,他甚至宣称"假如人类丧失悲剧的信念,那么,必定只有凄惨的恸哭声响彻大地了"。(Nietzsche,1999:127)尽管在当今社会,悲剧作为一种叙事文体对升华和舒缓现代人的生活压力可能不再是唯一的途径。但人生的悲剧感是永恒的,人类的悲剧意识和悲剧精神也永不会消逝,因此作为戏剧艺术冠冕的悲剧也将在人类历史的长河中永放异彩。正如布莱士·帕斯卡尔在《沉思录》中称艺术的"最后一幕肯定是悲剧,无论其他戏剧是如何令人高兴"。(Pascal,2004:210)悲剧不会消亡,随着现代人不确定感与荒谬感的增强,悲剧和对人类充满悲悯关怀的悲剧意识将是文学上永不衰败的艺术形式与主题。

在《自我的转变》("Transformation of Self")这则采访中,欧茨曾这样表达自己对人类未来的期望,她说:

> 布莱克、惠特曼、劳伦斯和其他很多人都相信人类精神巨大的转变作用。我本人十分赞同。我认为这快要来临了……我不认为我能活着看到这一天。但我想做的是怎样力所能及的做些事情让这一天早点来临。(Oates,1973:61)

明知仅凭一己之力无法做出改变,却依然坚守信念在重压下奋斗、努力,这正是欧茨所要展现的悲剧意识。在这不乏欢笑与喧嚣的生命之旅中,欧茨这位独行者通过悲剧书写对人生根本困境的探析以及对困境根源的追问,不仅给当代美国人也为全世界读者提供了前行的指路明灯与精神支持。

参考文献

Abel, Lionel. "Is There a Tragic View of Life?" Ed. Robert W Corrigan. *Tragedy: Vision and Form*. New York: Harper & Row, 1981, p. 58.

Aeschylus. *Prometheus Bound*. Trans. Paul Roche. Illinois: Bolchazy-Carducci Publishers, Inc, 1998.

Allen, Mary. *The Necessary Blankness: Women in Major American Fiction of the Sixties*. Urbana: University of Illinois Press, 1976.

Aquinas, Thomas. *Basic Writings of Saint. Thomas Aquinas*. New York: Random House, 1973.

Anikst, Aleksandr Abramovich. *History of English Literature*. Moscow: Moscow Literature Study, 1956.

Armstrong, Louise. *Kiss Daddy Goodnight*. New York: Pocket Books, 1978.

Ashcroft, Bill, Gareth Griffiths & Helen Tiffin. *Post-colonial Studies: The Key Concepts*. New York: Routledge, 2000.

Assiter, Alison. *Althusser and Feminism*. New York: Palgrave Macmillan, 1990.

Araujo, S. "Joyce Carol Oates Reread: Overview and Interview with the Author." *Critical Survey*. 2006(3), pp. 92 – 105.

Archer, William. *The Old Drama and the New*. New Delhi: Atlantic Publishers & Distributors Ltd, 1929.

Aristotle. *Metaphysics*. Beijing: China Social Sciences Publishing House, 1999.

——. *Poetics*. Trans. Kenneth McLeish. London: Nick Hern Books, 1999.

Avant, John Alfred. "An Interview with Joyce Carol Oates." *Library Journal* 15 (Nov.) 1972, pp. 11-12.

Barrett, William. *Irrational Man: A Study in Existential Philosophy*. New York: Knopf Doubleday Publishing Group, 2011.

Barth, John. "The Literature of Replenishment: Postmodernist Fiction." *The Friday Book: Essays and Other Non-fiction*. New York: G. P. Putnam's Sons, 1984.

Bataille, George. *Erotism: Death and Sensuality*. New York: Walker and Company, 1962.

——. *Literature and Evil*. New York: Penguin Books Limited, 2012.

Beauvoir, Simone de. *The Second Sex*. New York: Vintage Books, 1973.

Bedient, Calvin. "Vivid and Dazzling." *Nation* No. 1, (Dec.) 1969, p. 610.

Bell, Daniel. *The Cultural Contradictions of Capitalism*. New York: Basic Books, 1978.

Bella, Dena. "them." *New York Times*. No. 1, (October) 1969, p. 45.

Bellamy, Joe David. "The Dark Lady of American Letters." Ed.

Lee Milazzo. *Conversations with Joyce Carol Oates*. Mississippi: The University Press of Mississippi, 1989, pp. 17 - 27.

Bellow, Saul. "The Writer as Moralist." *Atlantic Monthly*. No. 209, (March)1963, p. 62.

Belinskiy, V. G. *Selected Works of Belingskiy*. Shanghai: Shanghai Translation Publishing House, 1980.

Bentham, Jeremy. *An Introduction to the Principles of Morals and Legislation*. London: W. Pickering, 1823.

Berger, John. *Ways of Seeing*. London and New York: Penguin Books Ltd, 1972.

Bernstein, Mark H. *Fatalism*. Lincoln: University of Nebraska Press, 1992.

Black, Joel. *The Aesthetics of Murder*. Baltimore: Johns Hopkins University Press, 1991.

Bloom, Harold. *Introduction to Modern Critical Views: Joyce Carol Oates*. New York: Chelsea House Publishers, 1987.

———. *Joyce Carol Oates*. New York: Chelsea House Publishers, 1987.

Bowen, Croswell. *Curse of the Misbegotten: A Tale of the House of O'Neill*. New York: McGraw-Hill, 1959.

Bradbury, Malcolm. *The Modern American Novel*. New York: Oxford University Press, 1984.

Bradley, Andrew. *Hegel's Theory of Tragedy*. London: Williams & Norgate, 1904.

Bradley, Francis Herbert. *Collected Essays*. Oxford: Clarendon Press, 1935.

Bronk, Richard. *Progress and the Invisible Hand: the Philosophy and Economics of Human Advance*. London: Little Brown, 1998.

Burke, Kenneth. "On Tragedy." Ed. Robert W Corrigan. *Tragedy: Vision and Form*. San Francisco: Chandler Publishing Company, 1965.

Bushnell, Rebecca. *Tragedy: A Short Introduction*. Oxford: Blackwell Publishing, 2008.

Bywater, Ingram. *The Rhetoric and the Poetics of Aristotle*. New York: Random House, 1954.

Camus, Albert. *The Myths of Sisyphus*. London: Hamish Hamilton, 1955.

Carlyle, Thomas. *Heroes, Hero-worship and the Heroic in History*. London: University of Nebraska Press, 1966.

Cartwright, David. *Schopenhauer: A Biography*. Cambridge: Cambridge University Press, 2010.

Cassirer, Ernest. *An Essay on Man*. New Haven & London: Yale University Press, 1944.

——. *Language and Myth*. Trans. Susanne L. Langer. New York: Dover Publications Inc, 1946.

Castelnuovo, Shirley & Sharon Cuthrie. *Feminism and the Female Body*. Boulder: Lynne Rienner, 1998.

Castro, Ginette. *American Feminism: A Contemporary History*. Paris: Presses de la Fondation Nationale des Sceiences Politiques, 1990.

Cavallo, Dominick. *A Fiction of the Past: The Sixties in American History*. New York: Palgrave, 1999.

Cayton, Andrew R. L, Richard Sisson & Chris Zacher. *The American Midwest: An Interpretive Encyclopedia*. Bloomington: Indiana University Press, 2007.

Chatterjee, Partha. *The Politics of the Governed: Popular Politics in Most of the World*. Columbia: Columbia University Press, 2004.

Chaucer, Geoffrey. *Troilus and Criseyde: A New Translation*. Trans. Barry Windeatt. New York: Oxford University Press, 1998.

Chernyshevsky, Nikolay Gavrilovich. *Aesthetic Relations of Art to Reality*. Saint-Petersburg: St. Petersburg University, 1855.

———. *Selected Philosophical Essays*. Honolulu: University Press of the Pacific, 2002.

Chodorow, Nancy. *Feminism and Psychoanalytic Theory*. New Haven & London: Yale University Press, 1992.

Chroron, Jacques. *Suicide*. New York: Scribner, 1972.

Ciabattari, Jane. "Joyce Carol Oates's *The Falls*." *The Washington Post*, 2004(2), pp. 15 – 16.

Cixous, Helene. "The Laugh of the Medusa." Trans. Keith Cohen and Paula Cohen. *Signs: Journal of Women in Culture and Society*, 1976, pp. 875 – 893.

Clemons, Walter. "Joyce Carol Oates: Love and Violence." *Newsweek*, (Dec.) 1972, pp. 72 – 77.

Clayton, John Jacobs. *Saul Bellow: In Defense of Man*. Bloomington: Indiana University, 1979.

Clemons, Walter. "Joyce Carol Oates: Love and Violence." *Newsweek*, (Dec.)1972, p. 72.

Cologne-Brookes, Gavin. *Dark Eyes on America: The Novels of Joyce Carol Oates*. Baton Rouge: Louisiana State University Press, 2005.

Commager, Henry. *The American Mind: An Interpretation of American Thought and Character Since the 1880s*. New Haven & London: Yale University Press, 1950.

Conkin, Paul K & David Burner. *A History of Recent America*. New York: Crowell, 1974.

Cook, Rebecca J. *Human Rights of Women: National and International Perspectives*. Philadelphia: University of Pennsylvania Press, 1994.

Cooley, Charles Horton. *Human Nature and the Social Order*. New York: Charles Scribner, 2009.

Corrigan, Robert W. "Preface to Tragedy: Vision and Form." Ed. Robert W Corrigan. *Tragedy: Vision and Form*. San Francisco: Chandler Publishing Company, 1965.

Crawley, John. "Outlaw Girls on the Rampage." *New York Times Book Review*, (August)1993, p. 6.

Creighton, Joanne. *Joyce Carol Oates*. Boston: Twayne Publishers, 1979.

——. *Joyce Carol Oates: Novels of the Middle Years*. Boston: Twayne Publishers, 1992.

Crouse, Joan. *The Homeless Transient in the Great Depression*. New York: State University of New York Press, 1986.

Daly, Brenda. *Lavish Self-Divisions: The Novels of Joyce Carol Oates*. Mississippi: The University Press of Mississippi, 1996.

Daisaku, Ikeda & Brian Wilson. *Human Values in a Changing World: A Dialogue on the Social Role of Religion.* London and New York: I. B. Tauris, 2008.

David, M Koss. "Because We Are Poor, Must We Be Vicious?" *Atlanta Journal-Constitution.* (March) 1971, p. 313.

DeKeseredy, Walter & Linda MacLeod. *Woman Abuse; A Sociological Story.* San Diego: Harcourt Brace, 1997.

Descartes, Rene. *Meditations of First Philosophy.* New York: Easy Read, 2006.

Devereux, George. *Dreams in Greek Tragedy.* Berkeley and Los Angeles: University of California Press, 1976.

Dewey, John. "The Lost Individual." *The Later Works of John Dewey: 1929 - 1930.* Illinois: Southern Illinois University, 2008.

Djopkang, Jean-Djosir. *Physical Violence Against Women in Domestic Situation.* Germany: Europaeischer Hochschulverlag Gmbh, 2013.

Diamant, L. *Introduction to Male and Female Homosexuality: Psychological Approaches.* Washington: Hemisphere, 1987.

Diamond A, Stephen. *Anger, Madness and the Daimonic: the Psychological Genesis of Violence, Evil and Creativity.* Albany: State University of New York Press, 1996: 196.

Dicey, A. V. *Law and Public Opinion in England.* London: Universal Law Publishing, 1962.

Dickstein, Morris. *Gates of Eden: American Culture in the Sixties.* Cambridge: Harvard University Press, 1997.

Dienstag, Joshua Foa. *Pessimism: Philosophy, Ethic, Spirit.*

New Jersey: Princeton University Press, 2006.

Donohue, William A. *The New Freedom: Individualism and Collectivism in the Social Life of Americans*. New Jersey: Transaction Publishers, 2000.

Drakakis, John. and Liebler, Naomi Conn. *Tragedy*. London and New York: Longman, 1998.

Dryden, John. *The Major Works*. New York: Oxford University Press, 1987.

Dunayer, Joan. "Sexist Words, Speciesist Roots." Ed. Carol J. Adams & Josephine Donovan. *Animals and Women: Feminist Theoretical Explorations*. North Carolina: Duke University Press, 1999.

Durkheim, Emile. *On Suicide*. New York: Penguin Books Limited, 2006.

Eagleton, Terry. *The Ideology of the Aesthetics*. Oxford: Blackwell, 1990.

Echols, Alice. *Daring To Be Bad: Radical Feminism in America, 1967 - 1975*. Minneapolis: University of Minneasota Press, 1989.

Edwards, Thomas R. "The House of Atreus Now." *New York Times*, (August)1981, pp. 105 - 108.

Elder, G. H. *Children of the Great Depression: Social Change in Life Expression*. Chicago: University of Chicago Press, 1980.

Ellie, Vidaurre. "A Departure for Oates." *Contemporary Literature*, (Summer)1971, p. 208.

Engles, Frederick. *The Origin of the Family, Private Property and the State*. Resistance Books, 2004.

Etzioni, Amitai. "The Responsive, Communitarian Platform: Rights and Responsibilities." Ed. Paul Schumaker. *The Political Theory Reader*. Massachusetts: Blackwell Publishing, 2010, pp. 231-236.

Fairclaugh, Norman. *Language and Power*. London: Longman, 1989.

Farley, Wendy. *Tragic Vision and Divine Compassion: A Contemporary Theodicy*. Kentucky: Westminster/ John Knox Press, 1990.

Fass, Ekbert. *Tragedy and After*. Quebec: McGill-Queen's University Press, 1986.

Feinberg, Joel. *Freedom and Fulfillment: Philosophical Essays*. Princeton: Princeton University Press, 1992.

Fetterley, Judith. *The Resisting Reader: A Feminist Approach to American Fiction*. Bloomington and London: Indiana University Press, 1978.

Feuerbach, Ludwig. *Thoughts on Death and Immortality*. Berkeley: University of California Press, 1980.

Forde, Gerhard O. *On Being A Theologian of the Cross*. Michigan: Wm. B. Eerdmans Publishing Co., 1997.

Foucault, Michel. *The Discourse on Language. Appendix of The Archaeology of Knowledge*. New York: Random House, 1973.

Fossum, Robert. "Only Control: The Novels of Joyce Carol Oates." *Studies in the Novel*, Vol. 7, No. 2, (Summer) 1975, pp. 285-297.

Foucault, Michel. "Power/Knowledge." Ed. Gary Percesepe. *Philosophy: An Introduction to the Labor of Reason*. New York: Macmillan, 1991.

Franklin, Benjamin. *The Way to Wealth*. New York: Leavitt, Trow & Co. , Printers, 1848.

Freud, Sigmund. "Freud on Oedipus." Ed. Lowell Edmunds & Alan Dundes. *Oedipus: A Folklore Casebook*. Madison: The University of Wisconsin Press, 1983.

Friedan, Betty. *The Feminine Mystique*. New York: Norton, 2013.

Friedman, Ellen G. *Joyce Carol Oates*. New York: Frederick Ungar Publishing Co. , 1980.

Fromm, Erich. *The Art of Loving*. New York: Harper & Row, 1956.

——. *Escape from Freedom*. New York: Farrar & Rinehart, 1941.

——. *The Anatomy of Human Destructiveness*. New York: Holt, Rinehart, 1973.

Frye, Northrop. *The Harper Handbook to Literature*. New York: Harper & Row, Publishers, 1985.

——. *Anatomy of Criticism: Four Essays*. Princeton, New Jersey: Princeton University Press, 1957.

Galbraith, John Kenneth. *The Affluent Society*. Berkeley: California University Press, 1984.

Gallagher, Laird Thomas. *Already Dead, Not Yet Living: The Tragedy of Ethics in Hegel's Phenomenology*. Connecticut: Wesleyan University Press, 2011.

Gassner, John. "The Possibilities and Perils of Modern Tragedy." Ed. Robert Corrigan. *Tragedy: Vision and Form*. San Francisco: Chandler Publishing Company, 1965.

Germain, David. "Author Oates Tells Where She's Been, Where She's Going." Ed. Lee Milazzo. *Conversations with Joyce Carol Oates*. Mississippi: The University Press of Mississippi, 1989.

Gilbert, Dennis. *The American Class Structure in an Age of Growing Inequality*. California: Pine Forge Press, 2011.

Giles R, James. "Suffering, Transcendence and Artistic Form: Joyce Carol Oates's them." *Arizona Quarterly*, 1974, p. 219.

——. *The Naturalistic Inner-City Novel in America: Encounters with the Fat Man, Columbia*. South Carolina: University of South Carolina Press, 1995.

Gill, Sean. *The Lesbian and Gay Christian Movement*. London: Guildford and King's Lynn, 1998.

Gillis, Christina. "Where Are You Going, Where Have You Been?" *Washington Post Book World*, 1981, p. 65.

Gindin, James. *Postwar British Fiction*. London: Cambridge University Press, 1962.

Ginsberg, Allen. "Foreword." Ed. Anne Waldman. *The Beat Book: Writings from the Beat Generation*. Boston: Shambhala Publications, Inc, 1996, pp. xiii - xvii.

Glicksberg, Charles. I. *The Tragic Vision in Twentieth-Century Literature*. Illinois: Southern Illinois University Press, 1963.

——. "The Literature of Silence." *Centennial Review*, (Spring) 1970, p. 169.

Gordon, Paul. *Tragedy After Nietzsche: Rapturous Superabundance*. Urbana: University of Illinois Press, 2001.

Grant, Mary Kathryn. *The Tragic Vision of Joyce Carol Oates*. Durham, North Carolina: Duke University Press, 1978.

Green, F. C. *Diderot's Writings on the Theatre*. Cambridge: Cambridge University Press, 2012.

Greenbie, Sydney. *Furs to Furrows: An Epic of Rugged Individualism*. Montana: Literary Licensing, 2011.

Grobel, Lawrence. "An Interview with Joyce Carol Oates." Ed. Johnson, Greg. *Joyce Carol Oates: Conversations 1970 - 2006*. Princeton: Ontario Review Press, 2006.

Grosz, Elizabeth. *Sexual Subversions: Three French Feminists*. Sydney: Allen & Unwin, 1989.

Hall, Edith. *Greek Tragedy: Suffering Under the Sun*. Oxford: Oxford University Press, 2010.

Harrington, Carol. *Politicization of Sexual Violence: From Abolitionism to Peacekeeping*. Burlington: Ashgate Pub. Company, 2010.

Harrington, Michael. *The Other America: Poverty in the United States*. New York: Scribner, 1997.

Harris, Charles. *Contemporary American Novelists of the Absurd*. New Haven: College and University Press Services, Inc, 1971.

Harris, David. *Dreams Die Hard*. New York: St. Martin's, 1982.

Harvey, Brett. *The Fifties: A Women's Oral History*. New York: Harper Collins, 1993.

Hayden, Tom. *Reunion: A Memoir*. New York: Random House, 1988.

———. "The Streets of Chicago: 1968." Ed. Peter Stine. *The Sixties*. Detroit: Wayne State University Press, 1995.

Hegel, Georg Wilhelm. *Aesthetics, Lectures on Fine Art*. Trans. Thomas M. Knox. Oxford: Clarendon Press, 1975.

———. *Elements of the Philosophy of Right*. Trans. Thomas M Knox. Oxford: Oxford University Press, 1967.

———. *The Science of Logic*. Cambridge: Cambridge University Press, 2010.

———. *Aesthetics*, Volume 3. Trans. Zhu Guangqian. Beijing: The Commercial Press, 1981, p. 282.

Heidegger, Martin. "What Are Poets For?" *Poetry, Language, Thought*. Trans. Albert Hofstadter. New York: Harper, 1971, pp. 89–139.

Heilman, Robert B. *Tragedy and Melodrama: Versions of Experience*. Seattle and London: University of Washington Press, 1968.

Hemingway, Ernest. *The Old Man and the Sea*. New York: Infobase Publishing, 2008.

Henkins, Kathryn Marie. *Joyce Carol Oates's America*. Claremont: The Claremont Graduate University, 1986.

Hewlett, Sylvia Ann. *A Lesser Life: The Myths of Women's Liberation in America*. New York: Williams Morrow & Company Inc, 1986.

Hodge, Devon. "Frankenstein and the Feminine Subversion of the Novel." *Tulsa Studies in Women's Literature*, Vol. 2, No. 2

(Autumn)1983: pp. 155 - 164.

Hoffman, Danniel. *Harvard Guide to Contemporary American Writing*. Cambridge, Massachusetts: Harvard University Press, 1979.

Holmes, John Clellon. "This Is the Beat Generation." Ed. James A. Swartz. *Substance Abuse in America*. California: ABC-CLIO, LLC, 2012.

Hook, Sidney. "Pragmatism and the Tragic Sense of Life." Ed. Robert W Corrigan. *Tragedy: Vision and Form*. San Francisco: Chandler Publishing Company, 1965, pp. 63 - 66.

Horkheimer, Max &. Theodor Adorno. *Dialectic of Enlightenment: Philosophical Fragments*. California: Stanford University Press, 2002.

Hörmann, Raphael. "Social Tragedy and Political Farce." Ed. Christopher Hamilton, Otto Neumaier, etc. *Facing Tragedies*. New Brunswick: Transaction Publishers, 2009, pp. 203 - 214.

Hume, David. *Essays on Suicide and the Immortality of the Soul*. Carolina: BiblioBazaar, 2010.

Huntington, Samuel. "Robust Nationalism." *The National Interest*. 58(winter)2000, p. 3 - 15.

Hutcheson, Richard. *God in the White House*. New York: Harperone, 2003.

Iceland, John. *Poverty in America: A Handbook*. California: University of California Press, 2006.

Irigaray, Luce. *An Ethics of Sexual Difference*. Trans. Carolyn Burke et al. London: The Athlone Press, 1993.

——. *This Sex Which Is Not One*. Trans. Catherine Porter & Carolyn Burke. Ithaca, New York: Cornell University Press, 1985.

Jacobs, Rita D. "A Day in the Life." Ed. Lee Milazzo. *Conversations with Joyce Carol Oates*. Mississippi: The University Press of Mississippi, 1989.

Jaggi, Maya. "Reviews of *The Falls*." *The Guardian*, (October) 2004, p. 6.

Jarzombek, Mark. *On Leon Baptista Alberti: His Literary and Aesthetic Theories*. Massachusetts: MIT Press, 1989.

Jaspers, Karl. *Tragedy is Not Enough*. Trans. H. A. T. Reiche. Lancaster: Gazelle Book Services Ltd, 1952.

——. *Philosophy of Existence*. Pennsylvania: University of Pennsylvania Press, 1971.

——. "Basic Characteristics of the Tragic." Arthur B. Coffin. *The Questions of Tragedy*. Library of Congress Cataloging-in-Publication Data, 1991.

Jindal, Pushpinder. *An Introduction to Linguistics: Language, Grammar and Semantics*. New Delhi: Prentice-Hall of India Private Limited, 2007.

Johnson, David. *The Lavender Scare: The Cold War Persecution of Gays and Lesbians in the Federal Government*. Chicago: University of Chicago Press, 2006.

Jobling, David. *1 Samuel*. Collegeville: The Liturgical Press, 1998.

Johnson, Greg. *Invisible Writer*. New York: Dutton, 1998.

——. *Understanding Joyce Carol Oates*. Columbia: University of

South Carolina Press, 1987.

Johnson, Matthew V. *The Tragic Vision of African American Religion*. Palgrave Macmillan, 2010.

Jones, Ann. *Next Time, She'll Be Dead: Battering and How to Stop It*. Boston: Beacon Press, 2000.

Jung, Carl. *Modern Man in Search of a Soul*. Trans. W. S. Dell & Cary Baynes. California: Harcourt Harvest, 1955.

Kakutani, Michiko. "A Book Review of *Foxfire*." *The New York Times*, (10)1993, pp. 10–11.

Kant, Immanuel. *Groundwork for the Metaphysics of Morals*. Trans. Allen W. Wood. New Haven: Yale University Press, 2002.

Karpen, Lynn. "Legs Sadovsky Goes Mythic." *New York Times Book Review*, (August)1992, p. 6.

Kauffmann, Stanley. "Violence amid Gentility." *New York Times Book Review*, (68)1963, pp. 4–7.

Kaufmann, Walter. *Nietzsche: Philosopher, Psychologist, Antichrist*. Princeton: Princeton University Press, 1974.

Kazin, Alfred. *Bright Book of Life: American Novelists and Storytellers from Hemingway to Mailer*. Boston: Little, Brown, 1974.

——. "Oates." Ed. Johnson Greg. *Joyce Carol Oates: Conversations, 1970–2006*. Princeton: Ontario Review Press, 2006, p. 9.

Khatchadourian, Haig. "The Tragic Protagonist and the Meaning of Suffering." Ed. Roy Arthur Swanson & Chad Matthew Schroeder. *Cygnifiliana: Essays in Classics, Comparative

Literature, and Philosophy. New York: Peter Lang Publishing, Inc, 2005.

Kierkegaard, Soren. *Soren Kierkegaard's Journals and Papers*. Bloomington: Indiana University Press, 1967.

King, Jeannette. *Tragedy in the Victorian Novel*. Cambridge: Cambridge University Press, 1978.

Kitto, H. D. *Greek Tragedy*. New York: Routledge, 2002.

Klapp, Orrin E. "Tragedy and the American Climate of Opinion." Ed. Robert W Corrigan. *Tragedy: Vision and Form*. San Francisco: Chandler Publishing Company, 1965.

Klatch, Rebecca. *Women of New Right*. Philadelphia: Temple University press, 1987.

Krieger, Murray. *Visions of Extremity in Modern Literature: The Classic Vision*. London: Johns Hopkins University Press, 1973.

Krutch, Joseph Wood. "The Tragic Fallacy." Ed. Robert W Corrigan. *Tragedy: Vision and Form*. San Francisco: Chandler Publishing Company, 1965.

Kurzke, Hermann. *Thomas Mann: Life as a Work of Art. A Bibliography*. Trans. Leslie Willson. New York: Princeton University Press, 1999.

Kuehl, Linda. "An Interview with Joyce Carol Oates." Ed. Lee Milazzo. *Conversations with Joyce Carol Oates*. Mississippi: University Press of Mississippi, 1989, pp. 7 - 13.

Kumar, Rajesh. "Tragedy in the Novels of Thomas Hardy." *International Research Journal*, Vol. 1(July)2010, pp. 7 - 8.

Laan, Thomas Van. "The Death-of-Tragedy Myths." *Journal of*

Dramatic Theory and Criticism, (Spring) 1991, p. 29.

Ladd, George Eldon. *A Theology of the New Testament*. Michigan: Wm. B. Eerdmans Publishing Co., 1993.

Langer, Susan. *Feeling and Form: A Theory of Art*. Textbook Publishers, 2003.

——. *Fictions of Authority: Women Writers and Narrative Voice*. New York: Cornell University Press, 1992.

Larimer, Louie. *Ethical Virtuosity*. New York: Human Resource Development, 2004.

Lauretis, Teresa de. "The Violence of Rhetoric: Considerations on Representation and Gender." Ed. Nancy Armstrong and Leonard Tennenhouse. *The Violence of Representation*. New York: Routledge, 1989.

Leech, Clifford. *Tragedy: The Critical Idiom*. London: Methuen and Co, Ltd, 1969.

Leonard, John. "Joyce Carol Oates and *them*." *New York Times Book Review*, (Sept.)1969, p. 4.

Liddell H. G. and R. Scott. *A Greek-English Lexicon, With a Revised Supplement*. Oxford: Oxford University Press, 1996.

Listowel, William. *A Critical History of Modern Aesthetics*. Wales: G. Allen & Unwin, 1933.

Longinus, Cent. *On the Sublime*. Read Books, 2008.

Lubin, Harold. *Heroes and Anti-Heroes*. California: Chandler Publishers, 1968.

Lucas, F. L. *Tragedy: Serious Drama in Relation to Aristotle's Poetics*. London: Chatto & Windus, 1972.

Luxton, Meg. "Doing Neoliberalism: Perverse Individualism in

Personal Life." Ed. Luxton, Meg. & Susan Bradley. *Neoliberalism and Everyday Life*. Ontario: McGill-Queen's University Press, 2010.

Macdonald, Dwight. "Our Invisible Poor." *New Yorker*, (January) 1963, pp. 82 – 132.

Machiavelli, Niccolo. *The Prince*. Chicago: University of Chicago Press, 1998.

Mailer, Norman. "The White Negro: Superficial Reflections on the Hipster." *Advertisements for Myself*. Cambridge: Harvard University Press, 1992.

Manske, Eva. "The Nightmare of Reality: Gothic Fantasies and Psychological Realism in the Fiction of Joyce Carol Oates." Ed. Versluys, Kristiaan. *Neo-Realism in Contemporary American Fiction*. Amsterdam: Rodopi, 1992, pp. 131 – 143.

Marx, Karl. *Theses on Feuerbach*. Moscow: Progress Publishers, 1969.

——. *Writings of the Young Marx on Philosophy and Society*. Indiana: Doubleday & Company, Inc, 1967.

Marx, Karl & Friedrich Engels. *Selected Writings: Karl Marx & Friedrich Engels*. Cirencester: CRW Publishing Ltd, 2004.

Maslow, Abraham. *Maslow on Management*. New York: John Wiley & Sons, Inc, 1998.

McCue, Margi Laird. *Domestic Violence: A Reference Handbook*. Santa Barbara: ABC-CLIO, Inc, 2008.

McDonald, Wesley. *Russel Kirk and the Age of Ideology*. Columbia: University of Missouri Press, 2004.

Mental, Hilary. "Rev. of *The Falls* by Joyce Carol Oates." *The

Spectator, (September) 2001, p. 46.

Milazzo, Lee. *Conversations With Joyce Carol Oates*. Jackson and London: University Press of Mississippi, 1989.

Miller, Arthur. "Tragedy and the Common Man." Ed. Robert W Corrigan. *Tragedy: Vision and Form*. San Francisco: Chandler Publishing Company, 1965.

Millett, Kate. *Sexual Politics*. Urbana: University of Illinois Press, 2000.

Minnema, Lourens. *Tragic Views of the Human Condition*. New York: Bloomsbury Publishing Plc, 2013.

Morris, David B. *The Culture of Pain*. Berkeley: University of California Press, 1993.

Morrison, Blake. *The Movement: English Poetry and Fiction of the 1950s*. Oxford: Oxford University Press, 1980.

Muller, H. *The Spirit of Tragedy*. New York: Knopf, 1956.

Myers, George. "Oates Writes out of 'Fascination', not Zeal." Ed. Lee Milazzo. *Conversations with Joyce Carol Oates*. Mississippi: The University Press of Mississippi, 1989.

Myers, Henry Alonzo. *Tragedy: A View of Life*. New York: Cornell University, 1956.

Neal, Arthur. *National Trauma and Collective Memory: Major Events in the American Century*. New York: M. E. Sharpe, Inc, 1998.

Newman, David. *Sociology: Exploring the Architecture of Everyday Life*. California: Pine Forge Press, 2008.

Nietzsche, Friedrich. *The Will to Power*. Trans. Anthony M Ludovici. London: George Allen Unwin, 1910.

Nicoll, Allardyce. *Tragical-Comical-Historical-Pastoral: Elizabethan Dramatic Nomenclature*. Manchester: The John Rylands Library, 1960.

Nowell-Smith, Geoffrey. "Minnelli And Melodrama." Ed. Marcia Landy. *Imitations of Life: A Reader on Film & Television Melodrama*. Detroit: Wayne State University Press, 1991.

Oates, Joyce Carol. "An American Tragedy." *New York Times Book Review*, (Jan.) 1971, pp. 2 – 10.

——. "Is There a Female Voice?" Ed. Mary Eagleton. *Feminist Theory: A Reader*. Oxford: Blackwell Publishers, 1996.

——. "My Father, My Fiction." *New York Times Magazine*. (19 March) 1989, pp. 45 – 84.

——. *New Heaven, New Earth: the Visionary Experience in Literature*. New York: Vanguard Press, 1974.

——. "Off the Page: Joyce Carol Oates." *The Washington Post*, (Oct.)2003, pp. 12 – 13.

——. "Stories that Define Me: The Making of a Writer." *New York Times Book Review*, (July)1982, pp. 15 – 16.

——. *The Edge of Impossibility: Tragic Forms in Literature*. New York: Vanguard, 1972.

——. *The Gravedigger's Daughter*. New York: HarperCollins Publishers Inc, 2007.

——. "The Visionary Art of Flannery O'Connor." *Southern Humanities Review*, (Summer)1973, p. 242.

——. "Transformation of Self: An Interview of Joyce Carol Oates." *Ohio Review*, (Fall)1973, pp. 50 – 61.

——. *Uncensored: Views & Reviews*. New York: Ecco Press,

2005.

——. "Vision of Detroit." *Michigan Quarterly Review*, 1986, p. 308.

——. "Why Is Your Writing So Violent?" *New York Times Book Review*, (29 March) 1981, p. 15.

Oberbeck, S. K. "A Masterful Explorer in the Minefields of Emotion." *Washington Post Book World*, (Sept.) 1971, p. 142.

O'Connor, Flannery. *Flannery O'Connor: Collected Works*. New York: Library of America, 1988.

——. "The Fiction Writer and His Country." *Mystery and Manners*. New York: Farrar, Straus and Groux, 1969, p. 34.

Oliver, Kelly & Marilyn Pearsall. *Feminist Interpretations of Friedrich Nietzsche*. Pennsylvania: The Pennsylvania State University, 1998.

O'Neill, Eugene. *Comments on the Drama and the Theatre: A Source Book*. Ed. Halfmann, Urich. Tubingen: Gunter Narr Verlag, 1987.

——. *O'Neill: Complete Plays: 1933-1943*. New York: Library of America, 1988.

——. "Damn the Optimists!" Ed. Oscar Cargill, Bryllion Fagin and William J. Fisher. *O'Neill and His Plays: Four Decades of Criticism*. New York: New York University Press, 1961.

Olson, Elder. "Modern Drama and Tragedy." Ed. Robert W Corrigan. *Tragedy: Vision and Form*. San Francisco: Chandler Publishing Company, 1965.

Orleck, Annelise. "Introduction: The War on Poverty from the

Grass Roots Up." Ed. Annelise Orleck & Lisa Gayle Hazirjian. *The War on Poverty: A New Grassroots History, 1964-1980*. Athens: The University of Georgia Press, 2011, pp. 1-30.

Ostriker, Alicia. "The Thieves of Language." Ed. Showalter, Elaine. *New Feminist Criticism: Essays on Women, Literature, and Theory*. New York: Pantheon Books, 1985.

Palmer, Richard H. *Tragedy and Tragic Theory, An Analytical Guide*. London: Greenwood Press, 1992.

Parini, Jay. "My Writing Is Full of Lives I Might Have Led." Ed. Lee Milazzo. *Conversations with Joyce Carol Oates*. Mississippi: The University Press of Mississippi, 1989.

Pascal, Blaise. *Pensees*. Montana: Kessinger Publishing, 2004.

Paulos, Sheila. "*Foxfire: Confessions of a Girl Gang* by Joyce Carol Oates." *The Philadelphia Inquirer*, (10)1993, p. 8.

Phillips, Robert. "The Art of Fiction: No. 72. Joyce Carol Oates." *The Paris Review*, 1978, pp. 74-76.

Plato. *Phaedo*. Trans. G. M. Grube. Indiana: Hackett Publishing Company, 1977.

———. *The Republic*. Trans. Allen, R. E. New Haven: Yale University Press, 2006.

Postman, Neil. *Amusing Ourselves to Death*. New York: Penguin Books, 2006.

Potter, David M. *People of Plenty: Economic Abundance and the American Character*. Chicago: University of Chicago Press, 1966.

Power, Jennifer. *Movement, Knowledge, Emotion: Gay Activism and HIV/AIDS in Australia*. Canberra: ANUE Press, 2011.

Publishers Weekly. "Book Review of Joyce Carol Oates's *The Falls.*" *Publishers Weekly*, (4)2004, p. 12.

Random House. *Webster's Encyclopedic Unabridged Dictionary of English Language*. New York: Random House, 1994.

Raphael, David. *The Paradox of Tragedy*. London, Hertford and Harlow: Indiana University Press, 1960.

Robin, Corey. "Easy to Be Hard: Conservatism and Violence." Ed. Austin Sarat, Carleen Basler & Thomas L. Dumm. *Performances of Violence*. University of Massachusetts Press, 2011.

Rofe, Alexander. *Deuteronomy: Issues and Interpretations*. Edinburgh: T & T Clark Ltd, 2002.

Ross, David. *Critical Companion to William Butler Yeats*. New York: Infobase Publishing, 2009.

Rousseau, Jean-Jacques. *The Social Contract: Principles of Political Rights*. Toledo: Aziloth Books, 2011.

Russell, Bertrand. *Marriage and Morals*. London: George Allen & Unwin, 1929.

Sagi, Abraham. *Albert Camus and the Philosophy of the Absurd*. New York: Rodopi, 2002.

Sanders, Andrew. *The Short Oxford History of English Literature*. Oxford: Clarendon Press, 1994.

Santayana, John. "The Tragic Mask." Ed. Robert W Corrigan. *Tragedy: Vision and Form*. New York: Harper & Row, 1981.

Sapir, Edward. *Selected Writings in Language, Culture, and*

Personality. Berkeley: University of California Press, 1949.

Sargeant, Jack. *Naked Lens: Beat Cinema*. Berkeley: Soft Skull Press, 2008.

Sartre, Jean-Paul. *Jean-Paul Sartre: Basic Writings*. New York: Routledge, 2000.

———. *Existentialism is a Humanism*. New Haven & London: Yale University Press, 2007.

———. *Being and Nothingness*. Washington: Washington Square Press, 1993.

Scheler, Max. "On the Tragic." Ed. Robert W Corrigan. *Tragedy: Vision and Form*. San Francisco: Chandler Publishing Company, 1965: 6.

Schiller, Friedrich. *Friedrich Schiller: Essays*. New York: Continuum Publishing Company, 1993.

Schmidtz, David. *The Elements of Justice*. Cambridge: Cambridge University Press, 2006.

Schopenhauer, Arthur. *The Wisdom of Life*. New York: Dover Publications Inc., 2004.

———. *The World as Will and Representation*. New York: Dover Publications Inc., 1967.

———. *Essays of Schopenhauer*. Toronto: Bastian Books, 2008.

———. *Studies in Pessimism, on Human Nature, and Religion: A Dialogue, etc*. Stilwell: Digireads. com Publishing, 2008.

Sewall, Richard, B. "The Vision of Tragedy." Ed. Robert W Corrigan. *Tragedy: Vision and Form*. San Francisco: Chandler Publishing Company, 1965.

Shaw, George Bernard. *Mrs Warren's Profession*. Auckland: The

Floating Press, 2011.

Shaw, Harry. *Concise Dictionary of Literary Terms*. New York: McGraw-Hill, 1976.

Sheppard, J. T. *Greek Tragedy*. Cambridge: Cambridge University Press, 2012.

———. "Joyce Carol Oates at Home." Ed. Lee Milazzo. *Conversations with Joyce Carol Oates*. University Press of Mississippi, 1989, p. 5.

Showalter, Elaine. "Joyce Carol Oates: A Portrait." Ed. Harold Bloom. *Modern Critical Views: Joyce Carol Oates*. New York: Chelsea House Publishers, 1987, p. 139.

Shulman, Alix Kates. "Sex and Power: Sexual Bases of Radical Feminism." Ed. Catherine Stimpson & Ethel Person. *Women: Sex and Sexuality*. Chicago: University of Chicago Press, 1998, pp. 21–35.

Smiley, Pamela. "Incest, Roman Catholicism and Joyce Carol Oates." *Literature Resource Center*, (June)2007, pp. 12–15.

Sophocles. *Oedipus the King*. New York: Simon & Schuster, 2005.

Spelman, Elizabeth. "Woman As Body: Ancient and Contemporary Views." *Feminist Studies*, (Spring)1982, pp. 109–131.

Spivak, Gayatri. "Can the Subaltern Speak?" Ed. Bill Ashcroft, Gareth Griffiths & Helen Tiffin. *The Post-colonial Studies Reader*. New York: Routledge, 1995.

Stanton, Sarah & Martin Banham. *The Cambridge Paperback Guide to Theatre*. Cambridge: The Press Syndicate of the University of Cambridge, 1996.

States, Bert O. "Tragedy and Tragic Vision." *Journal of Dramatic Theory and Criticism*, (Spring) 1992, pp. 5 – 22.

Steigerwald, David. *The Sixties and the End of Modern America*. London: St. Martin's Press, 1995.

Steiner, George. *The Death of Tragedy*. London: Faber & Faber, 1961.

Sternlicht, Stanford. *A Reader's Guide to Modern American Drama*. New York: Syracuse University Press, 2002.

Storr, Anthony. *Freud, A Very Short Introduction*. New York: Oxford University Press, 1989.

Suleiman, Susan. *Subversive Intent: Gender, Politics and the Avant-Garde*. Boston: Harvard University Press, 1990.

Sullivan, Walter. "The Artificial Demon: Joyce Carol Oates and the Dimensions of the Real." Ed. Wagner, Linda. *Critical Essays on Joyce Carol Oates*. Boston: Hall, 1979, p. 77.

Szasz, Thomas. "The Ethics of Suicide." Ed. Robert Weir. *Ethical Issues in Death and Dying*. New York: Columbia University Press, 1986, pp. 367 – 380.

Tajalli, Hassan. "Providing Educational Opportunities for Children Living in Poverty." Ed. Barbara Arrighi & David Maume. *Child Poverty in America Today*. Connecticut: Greenwood Publishing Group, 2007, pp. 93 – 108.

Talbert, Charles H. *Reading Corinthians: A Literary and Theological Commentary on 1 & 2 Corinthians*. Macon: Smyth & Helwys Publishing, 2002.

Tallon, Philip. *The Poetics of Evil: Toward an Aesthetic Theodicy*. New York: Oxford University Press, 2012.

Taylor, Charles. *Philosophy and the Human Sciences: Philosophical Papers 2*. Cambridge: Cambridge University Press, 1985.

Thody, Philip. *Jean-Paul Sartre*. London: Hamish Hamilton, 1964.

Thorndike, A. H. *Tragedy*. London: Kessinger Publishing, 1908.

Tocqueville, Alexis. *Democracy in America*. New York: Anchor Book, 1969.

Tolstoy, Leo. *The Kingdom of God Is Within You*. Buckingham: Accessbile Publishing Systems PTY, Ltd, 2008.

Tonner, Philip. "Action and Hamartia in Aristotle's Poetics." *Electronic Journal For Philosophy*, 2008, p. 5.

Tracy, David. "On Tragic Wisdom." Ed. Hendrik M. Vroom. *Wrestling with God and with Evil: Philosophical Reflections*. New York: Rodopi, 2007.

Tyson, Lois. *Critical Theory Today: A User-friendly Guide*. New York: Garland Publishing, 1999.

Updike, John. "What You Deserve is What You Get." *New Yorker*, 1987, p. 119.

Voltaire. *Philosophical Letters: Letters Concerning the English Nation*. Trans. Ernest Dilworth. New York: Dover Publications Inc, 2003.

Wallace, Jennifer. *The Cambridge Introduction to Tragedy*. Cambridge: Cambridge University Press, 2007.

Warren, Karen. *Ecofeminism: Women, Culture and Nature*. Bloomington: Indiana University Press, 1997.

Watanabe, Nancy Ann. *Love Eclipsed: Joyce Carol Oates's*

Faustian Moral Vision. New York: University Press of America Inc, 1998.

Wess, Robert. *Kenneth Burke: Rhetoric, Subjectivity, Postmodernism*. Cambridge: Cambridge University Press, 1996.

Williams, Raymond. *Modern Tragedy*. Ontario: Pamela McCallum, 2006.

Wood, Allen W. *Hegel's Ethical Thought*. Cambridge: Cambridge University Press, 1990.

Young, Julian. *Friedrich Nietzsche: A Philosophical Bibliography*. Cambridge: Cambridge University Press, 2010.

——. *The Philosophy of Tragedy: From Plato to Žižek*. Cambridge: Cambridge University Press, 2013.

Zimmerman, Bonnie. "What Has Never Been." Ed. Elaine Showalter. The New *Feminist Criticism: Essays on Women, Literature and Theory*. London: Virago Press, 1989.

Zimmermann, Heiner. "Theatrical Transgression in Totalitarian and Democratic Societies: Shakespeare as a Trojan Horse and the Scandal of Sarah Kane." *Contemporary Drama in English*, 2001, p. 8.

Zimmerman, Paul. "Hunger for Dreams." Ed. Lee Milazzo. *Conversations with Joyce Carol Oates*. Jackson: University Press of Mississippi, 1989, p. 14.

北京大学哲学系外国哲学史教研室:《古希腊罗马哲学》,北京:三联书店1957年版。

程梦辉:《西方悲剧学说史》,北京:商务印书馆2009年版。

程朝翔、傅正明:《西方悲剧美学的历史渊源和现代发展》,《国外文学》1992年第2期,第1—26页。

傅俊、韩媛媛:《论女性话语权的丧失与复得》,《当代外国文学》2006年第3期,第94—99页。

郭英剑:《〈大瀑布〉序》,《大瀑布》,武汉:长江文艺出版社2006年版。

何念:《20世纪60年代美国激进女权主义研究》,北京:知识产权出版社2009年版。

鲁迅:《鲁迅杂文集:坟》,北京:东方出版社2007年版。

莫里·缅杰利松:《当代美国作家探胜》,傅仲选译,上海:上海译文出版社1994年版。

尼采:《查拉图斯特拉如是说》,桂林:漓江出版社2000年版。

王逢振:《六十年代》,天津:天津社会科学院出版社2000年版。

闻礼华:《狂放的恶之花——〈狐火〉序言》,《狐火:一个少女帮的自白》,武汉:长江文艺出版社2006年版。

王理行:《一位世界性的杰出作家——〈狐火〉序言》,《狐火:一个少女帮的自白》,武汉:长江文艺出版社2006年版。

王卫新:《〈可怜的Koko〉中的权力与暴力》,《英美文学研究论丛》,2008年第1期,第72—82页。

王岳川:《后殖民主义与新历史主义人文论》,济南:山东教育出版社1999年版。

谢德辉:《疯子带着瞎子走》,《光明天使》,南昌:百花洲文艺出版社,2005年版。

肖巍:《作为一种学术视角的女性主义》,《面向21世纪人文社会科学的100重大问题》,济南:山东教育出版社2005年版。

尹鸿:《悲剧意识与悲剧艺术》,合肥:安徽教育出版社1992年版。

余华:《虚伪的作品》,《上海文论》,1989年第5期,第45页。

杨文华:《亚氏的"错误说"与莎翁的性格悲剧》,《山西师大学报》(社会科学版),2003年4期,第60—65页。

朱光潜:《悲剧心理学》,张隆溪译,合肥:安徽教育出版社1996年版。

后　记

在当今娱乐至死的时代，谈论悲剧似乎显得有些过时。但在人类文学长河中，经过岁月打磨和沉淀、最终能隽永长存、被人铭记的文学经典大多都是悲剧。从悲剧视角研究欧茨的小说，一方面源于我对欧茨这位精力充沛、笔耕不辍的女作家的研究兴趣，另一方面也确源自我对现代社会大众悲剧意识匮乏的体悟。欧茨希望通过她的创作唤醒人们苦难意识的觉醒与不屈的抗争精神，我则希望本书能够引起越来越多的人对悲剧艺术及悲剧意识的关注，从悲剧中获取面对荒诞人生坚定前行的力量。

本书是在我的博士论文的基础上修改而成的。读博期间，我与导师商讨本书的定题，坐在电脑前写下第一行字，在苏州大学的银杏树下、古运河畔捕捉灵感的一个个瞬间，至今依然历历在目。本书即将付梓之际，我要向指导和帮助过我的师长、同窗好友以及亲人表达最诚挚的感谢：在最难以坚持的时候，师恩、友情与亲情是我坚持前行的动力与精神支柱。

首先感谢我的导师王腊宝教授。依然清晰地记得 2009 年在南京师范大学的澳大利亚文学学术研讨会议上初见王老师的情景，王老师睿智与渊博的学识给我留下了深刻的印象，我也因此暗下决心一定要考上王老师的博士生。王老师广阔的思想维度和敏锐犀利的理论见解常常让我惊叹，而他在工作如此繁忙之际对学术研究的热情、勤奋严谨的钻研态度更是让我折服。在这部专著的撰写过程中，王老师也是倾注了大量心血。从专著的选题到具体的写作，从章节的推敲到细节的修改，王老师多次给我启发性的指导。我天资愚钝，性情慵懒，正是王老师的鞭策以及细心指导才使我得以最终完成本书的写作。在此，再次表达对恩师深深的感激之情。

南京航空航天大学外国语学院的石云龙教授是我硕士研究生时期的导师，他对学术几十年如一日的坚持与热情以及认真严谨的学术作风常常让我由衷地敬佩。在生活上，石老师对每位学生都视如己出，永远都会尽最大的能力给予我们帮助。即使在毕业后，石老师仍然对我十分关心，让我备感温暖。每次与石老师以及师母金老师的见面都会给我家的温暖，他们的鼓励与支持给了我前行的动力与信心。

在攻读博士学位期间，其他老师的指点和帮助也使我受益匪浅。苏州大学外国语学院朱新福教授、宋艳芳教授和方红教授在撰写时提出了许多富有建设性的修改意见。其中朱新福教授给我提供了关于欧茨的研究论文以及悲剧研究方面的经典著作，给予我极大的帮助。在此，再次向朱教授表示由衷的感谢。对以上师长，我表示最衷心的感谢。

感谢我的同窗好友李震红、柯英、陈振娇、侯飞和王丽霞。依然记得宿舍中的欢笑与畅谈，聚会时的调侃与玩笑，她们的陪伴让略显枯燥的博士生涯变得丰富多彩，也让我在收获知识的同时收获了友情。和她们在一起的许多欢聚时光已经成为我心目中永不褪色的美好回忆。我还要特别感谢我的同窗好友黄洁与师兄杨保林在学习及生活上给我的无私帮助，他们在学习上对我的督促以及生活上给我的宝贵建议让我受益匪浅，衷心祝愿他们在各自的工作中大有作为、在生活中幸福美满。

感谢我的母亲，感谢她多年来对我的支持与鼓励。母亲用她柔弱的肩膀一力担起家庭的重担，含辛茹苦地将我抚养长大。可以说，今天我所拥有的一切都离不开母亲的付出。在她身上，我看到了中国女性的坚强、善良、隐忍与一切美好品质。

感谢我的爱人徐大为与我的公婆，感谢他们对我的包容与理解。大为是我研究生时期的校友，携手相伴的十余载让我们成为彼此最亲密的爱人、最知心的朋友，也是最温暖的家人。公婆对我生活上的悉心照料让我感动却也常常心生愧疚，唯有将来更好的报答才能回报他们无私的关爱。

最后，感谢我的小天使徐立昂，他给我带来太多喜悦，让我体会到做母亲的满足和幸福。我愿他的一生健康平安、自由快乐。

师恩，友情，亲情之重，难以用文字表达，一句"谢谢"也不足以表达我的感激之情。窗外和风吹过，世界一片美好，唯愿所有人在这美妙的时光里一切如愿、美满。

王　静

2018 年秋于姑苏城

图书在版编目(CIP)数据

乔伊斯·卡罗尔·欧茨的悲剧小说研究 / 王静著.
— 南京：南京大学出版社，2018.12
ISBN 978-7-305-21213-0

Ⅰ. ①乔… Ⅱ. ①王… Ⅲ. ①乔伊斯·卡罗尔·欧茨
—小说研究 Ⅳ. ①I712.074

中国版本图书馆 CIP 数据核字(2018)第 256499 号

出版发行	南京大学出版社
社　　址	南京市汉口路 22 号　　邮　编　210093
出 版 人	金鑫荣
书　　名	乔伊斯·卡罗尔·欧茨的悲剧小说研究
著　者	王　静
责任编辑	郭艳娟
照　　排	南京南琳图文制作有限公司
印　　刷	江苏凤凰扬州鑫华印刷有限公司
开　　本	880×1230　1/32　印张 8.5　字数 220 千
版　　次	2018 年 12 月第 1 版　2018 年 12 月第 1 次印刷
ISBN	978-7-305-21213-0
定　　价	39.00 元

网址：http://www.njupco.com
官方微博：http://weibo.com/njupco
官方微信号：njupress
销售咨询热线：(025) 83594756

* 版权所有，侵权必究
* 凡购买南大版图书，如有印装质量问题，请与所购
　图书销售部门联系调换